CLIVE
BARKER
Cabal

D0545552

CLIVE BARKER
Cabal

Roman

WILHELM HEYNE VERLAG
MÜNCHEN

Band-Nr. 41/18

Wir danken für die freundliche Genehmigung zum Abdruck der
unten aufgeführten Songtexte:

Chrysalis Music, Jones Music America und Screen Gems-EMI Music Inc.:
Auszüge aus dem Liedtext »Aladdin Sane« von David Bowie.
Copyright © 1973 by Moth Music, Bewlay Bros. Music and
Fleur Music. Alle Rechte für die Vereinigten Staaten und
Kanada bei Chrysalis Music, Jones Music America und Screen
Gems-EMI Music Inc.
Third Story Music, Inc.: Auszüge aus dem Liedtext
»Once I Was« von Tim Buckley. Copyright © 1968 by
Third Story Music, Inc.
Warner/Chappel Music, Inc.: Auszüge aus dem Liedtext
»My Death« von Jacques Brel, Mort Shuman und Eric Blau.
Copyright © 1967 by Rightsong Music, Inc. All rights reserved.
Used by permission.

Titel der englischen Originalausgabe
CABAL
Übersetzt von Joachim Körber

DEUTSCHE ERSTAUSGABE

3. Auflage

Copyright © 1988 Clive Barker
Copyright © der deutschen Ausgabe 1989
by Wilhelm Heyne Verlag GmbH & Co. KG, München
Printed in Germany 1990
Umschlaggestaltung: Atelier Ingrid Schütz, München
Gesamtherstellung: Ebner Ulm

ISBN 3-453-03626-3

FÜR ANNIE

»Wir sind alle imaginäre Tiere...«

DOMINGO D'YBARRONDO
Bestiarium der Seele

INHALT

4. Teil

HEILIGE UND SÜNDER

5. Teil

DIE GUTE NACHT

1. Teil

LOCO

*»Ich wurde lebend geboren. Ist das nicht
Strafe genug?«*

MARY HENDRICKSEN
während ihrer Verhandlung
wegen Muttermordes

I

DIE WAHRHEIT

Daß von allen hastigen und mitternächtlichen Versprechen, die im Namen der Liebe gemacht wurden, keines gewißlicher gebrochen wurde als: *Ich werde dich nie verlassen*, wußte Boone jetzt.

Was einem die Zeit nicht unter der Nase wegstahl, stahlen die Umstände. Es war vergebens, etwas anderes zu hoffen; vergebens zu träumen, daß einem die Welt irgend etwas Gutes tun wollte. Alles Wertvolle, alles, woran man sich seiner geistigen Gesundheit zuliebe klammerte, verdarb oder wurde einem auf lange Sicht entrissen, und der Abgrund klaffte unter einem, wie er jetzt für Boone klaffte, und plötzlich war man – ohne auch nur den Hauch einer Erklärung – einfach verschwunden. Zum Teufel gegangen oder Schlimmeres, trotz Liebesbeteuerungen und allem.

Seine Einstellung war nicht immer so pessimistisch gewesen. Es hatte eine Zeit gegeben – das war noch gar nicht so lange her –, da hatte er gespürt, wie sich die Last seines Zorns gehoben hatte. Weniger psychotische Episoden, weniger Tage, an denen ihm danach zumute gewesen war, sich die Pulsadern aufzuschlitzen, anstatt die Stunden bis zur nächsten Verabreichung seiner Medizin auszuhalten. Es schien eine Chance bestanden zu haben, glücklich zu werden.

Diese Aussicht hatte ihm die Beteuerung seiner Liebe entlockt, dieses: »*Ich werde dich nie verlassen*«, das er in Loris Ohr geflüstert hatte, als sie in dem schmalen Bett lagen, von dem er sich nie hätte träumen lassen, daß einmal zwei darin liegen würden. Die Worte waren nicht in den Wehen heftigster Leidenschaft hervorgebracht worden. Ihr Liebesleben war, wie so vieles zwischen ihnen, von Problemen überfrachtet. Aber wo ihn andere Frauen aufgegeben und sein Versagen nie verziehen hatten, war sie beharrlich geblieben: hatte ihm gesagt, sie hätten genügend Zeit, es in Ordnung zu bringen, alle Zeit der Welt. Ich bin bei dir, solange du es willst, schien ihre Geduld ihm gesagt zu haben.

Niemand hatte je eine solche Verpflichtung angeboten; und er wollte eine als Gegenleistung bieten. Diese Worte: »Ich werde dich nie verlassen.« Das war sie.

Die Erinnerung daran, und an ihre Haut, die in der Düsternis seines Zimmers fast leuchtend gewesen war, und an das Geräusch ihres Atems, als sie endlich neben ihm einschlief – das alles hatte immer noch die Kraft, sein Herz zu packen und zu drücken, bis es schmerzte.

Er sehnte sich danach, von den Erinnerungen und den Worten frei zu sein, da ihm die Umstände jetzt jegliche Hoffnung auf ihre Erfüllung genommen hatten. Aber sie würden nicht vergessen werden. Sie verweilten, um ihn mit seiner Schwäche zu quälen. Sein schwacher Trost war, daß *sie* – da sie wußte, was sie über ihn wissen mußte – daran arbeiten würde, die Erinnerung auszulöschen; und daß sie mit der Zeit Erfolg haben würde. Er hoffte nur, sie würde die Unwissenheit bezüglich seiner selbst verstehen, als er das Versprechen ausgesprochen hatte. Er hätte diesen Schmerz niemals riskiert, hätte er bezweifelt, daß die Gesundheit endlich in seiner Reichweite war.

Träum weiter!

Decker hatte diesen Selbsttäuschungen ein abruptes Ende bereitet, als er an jenem Tag die Praxistür abgesperrt, die Jalousien vor den Frühlingssonnenschein von Alberta gezogen und mit einer Stimme, die kaum lauter als ein Flüstern war, gesagt hatte:

»Boone. Ich glaube, wir sind in schrecklichen Schwierigkeiten, Sie und ich.«

Boone sah, daß er zitterte, eine Tatsache, die sich bei einem so gewaltigen Körper nicht leicht verbergen ließ. Decker hatte die Physis eines Mannes, der die Angst des Tages in einer Sporthalle ausschwitzte. Nicht einmal seine stets anthrazitfarbenen Maßanzüge konnten seine Masse zähmen. Das hatte Boone am Anfang ihrer gemeinsamen Arbeit nervös gemacht; die körperliche und geistige Autorität des Doktors hatte ihn eingeschüchtert. Jetzt fürchtete er das Scheitern dieser Kraft. Decker war ein Fels; er war Vernunft; er war Ruhe. Diese Angst lief allem zuwider, was er über den Mann wußte.

»Was ist los?« fragte Boone.

»Setzen Sie sich, ja? Setzen Sie sich, dann sage ich es Ihnen.« Boone tat, wie ihm geheißen worden war. In seiner Praxis war

Decker der Herr. Der Doktor lehnte sich in seinem Ledersessel zurück und atmete durch die Nase, sein Mund war zu einer abwärts gekrümmten Kurve versiegelt.

»Sagen Sie mir...« sagte Boone.

»Wo soll ich anfangen?«

»Irgendwo.«

»Ich dachte, es ginge Ihnen besser«, sagte Decker. »Das dachte ich wirklich. Dachten wir *beide*.«

»Ich denke es noch«, sagte Boone.

Decker schüttelte unmerklich den Kopf. Er war ein Mann mit bemerkenswerter Intelligenz, aber davon zeigte sich wenig in den dichtgedrängten Zügen, es sei denn vielleicht in den Augen, die in diesem Moment nicht den Patienten ansahen, sondern den Tisch zwischen ihnen.

»Sie haben angefangen, bei Ihren Sitzungen zu reden«, sagte Decker, »über Verbrechen, die Sie Ihrer Meinung nach begangen haben. Erinnern Sie sich daran?«

»Sie wissen, daß ich mich nicht erinnere.« Die Trancen, in die Decker ihn versetzte, waren zu tief: »Ich erinnere mich nur, wenn Sie das Band abspielen.«

»Von diesen werde ich keine abspielen«, sagte Decker. »Ich habe sie gelöscht.«

»Warum?«

»Weil... ich Angst habe, Boone. Um Sie.« Er machte eine Pause. »Vielleicht um uns beide.«

Der Riß in dem Fels wurde breiter, und Decker konnte nichts tun, um ihn zu verbergen.

»Was *sind* das für Verbrechen?« fragte Boone mit zögernden Worten.

»Morde. Sie sprechen wie besessen davon. Zuerst dachte ich, es wären Traumverbrechen. Sie hatten immer eine Ader der Gewalt in sich.«

»Und jetzt?«

»Jetzt fürchte ich, daß Sie sie tatsächlich begangen haben könnten.«

Es folgte ein längeres Schweigen, während Boone Decker mehr verwirrt als wütend studierte. Die Jalousien waren nicht ganz heruntergezogen. Ein Streifen Sonnenlicht fiel über ihn und auf den

Tisch zwischen ihnen. Auf der Glasplatte standen eine Flasche stilles Wasser, zwei Schwenker und ein großer Umschlag. Decker beugte sich nach vorne und hob ihn hoch.

»Was ich jetzt mache, ist wahrscheinlich auch ein Verbrechen«, sagte er zu Boone. »Vertraulichkeit bei Patienten ist eines, aber einen Killer zu schützen etwas anderes. Aber ein Teil von mir fleht immer noch zu Gott, daß es nicht wahr ist. Ich möchte glauben, daß ich erfolgreich war. Daß *wir* erfolgreich waren. Gemeinsam. Ich möchte glauben, daß es Ihnen gutgeht.«

»Es *geht* mir gut.«

Statt einer Antwort riß Decker den Umschlag auf.

»Ich möchte gerne, daß Sie sich das hier für mich ansehen«, sagte er, glitt mit der Hand in den Umschlag und förderte einen Stapel Fotografien ans Licht.

»Ich warne Sie, sie sind nicht angenehm.«

Er legte sie auf sein Spiegelbild – so gedreht, daß Boone sie betrachten konnte. Seine Warnung war gut gewesen. Das erste Bild auf dem Stapel war wie ein körperlicher Angriff. Als er es sah, stieg eine Angst in ihm empor, wie er sie nicht mehr empfunden hatte, seit er in Deckers Obhut gekommen war: daß das Bild ihn *besitzen* könnte. Er hatte Stein für Stein eine Mauer gegen diesen Aberglauben gebaut, aber jetzt bebte sie und drohte einzustürzen.

»Es ist nur ein Bild.«

»Das stimmt«, antwortete Decker. »Es ist nur ein Bild. Was sehen Sie?«

»Einen toten Mann.«

»Einen ermordeten Mann.«

»Ja. Einen ermordeten Mann.«

Nicht einfach ermordet: abgeschlachtet. Das Leben in rasender Wut mit Stichen und Schlitzen aus ihm herausgeschlachtet, sein Blut mit der Klinge, die seinen Hals zerfetzt, sein Gesicht verwüstet hatte, an die Mauer hinter ihm geschleudert. Er hatte lediglich Unterhosen an, so daß man die Verletzungen an seinem Körper trotz des vielen Blutes mühelos zählen konnte. Genau das tat Boone jetzt, damit das Entsetzen ihn nicht überwältigte. Nicht einmal hier, in diesem Zimmer, wo der Doktor aus dem Block des Zustands seines Patienten ein anderes Selbst gemeißelt hatte, hatte Boone jemals so am Grauen gewürgt, wie er jetzt würgte. Er schmeckte das Frühstück in seinem Hals, oder die Mahlzeit vom Vorabend, die wider die Natur aus seinen Eingeweiden emporstiegen. Scheiße in seinem Mund, gleich dem Schmutz dieser Tat.

Zähle die Wunden, sagte er zu sich; tu so, als wären sie Perlen eines Abakus. Drei, vier, fünf in Unterleib und Brust: Eine besonders zerfetzte, mehr ein Riß als eine Wunde, klaffte so weit, daß die Innereien des Mannes herausschauten. Zwei weitere an der Schulter. Und dann das Gesicht, von Schnittwunden entstellt. So viele, daß man ihre Zahl nicht einmal schätzen konnte, nicht einmal der teilnahmslose Beobachter. Sie machten das Opfer völlig unkenntlich: Augen herausgerissen, Lippen aufgeschlitzt, die Nase in Fetzen.

»Genug?« fragte Decker, als wäre diese Frage nötig gewesen.

»Ja.«

»Es gibt noch viel mehr zu sehen.«

Er deckte das zweite auf und legte das erste neben den Stapel. Dieses zeigte eine auf einem Sofa liegende Frau, deren Ober- und Unterleib auf eine Weise verdreht waren, die die Natur nicht zugelassen hätte. Sie war zwar wahrscheinlich nicht mit dem ersten Opfer verwandt, aber der Schlächter hatte eine garstige Ähnlichkeit erzeugt. Dieselbe Lippenlosigkeit, dieselbe Augenlosigkeit. Sie waren von verschiedenen Eltern geboren worden, aber sie waren Geschwister im Tod, von derselben Hand vernichtet.

Und ich bin ihr Vater? überlegte sich Boone.

›Nein‹, war die Antwort seines Innersten. ›Das habe ich nicht getan.‹

Aber zwei Dinge hinderten ihn daran, sein Leugnen in Worte zu kleiden. Zunächst einmal wußte er, Decker würde das Gleichgewicht seines Patienten nicht in dieser Weise gefährden, wenn er nicht gute Gründe dafür hatte. Zweitens war das Leugnen wertlos, da sie beide wußten, wie leicht sich Boones Verstand in der Vergangenheit selbst getäuscht hatte. Selbst wenn er für diese Scheußlichkeiten verantwortlich war, herrschte keine Gewißheit, ob er es wissen würde.

Daher wahrte er sein Schweigen und wagte nicht, zu Decker aufzusehen, weil er fürchtete, den Fels zertrümmert zu sehen.

»Noch eines?« sagte Decker.

»Wenn wir müssen.«

»Wir müssen.«

Er deckte ein drittes Foto auf und ein viertes, legte die Bilder wie Karten bei einer Tarotsitzung auf den Tisch, nur war in diesem Fall jede einzelne der Tod. In der Küche, vor der offenen Kühlschranktür. Im Schlafzimmer, neben Lampe und Wecker. Oben auf der Treppe; vor dem Fenster. Die Opfer waren in jedem Alter, jeder Hautfarbe; Männer, Frauen und Kinder. Welcher Dämon auch immer dafür verantwortlich war, er traf keinerlei Unterscheidungen. Er löschte das Leben einfach aus, wo immer er es fand. Nicht schnell; nicht rationell. Die Zimmer, in denen diese Menschen gestorben waren, legten ein deutliches Zeugnis ab, wie der Killer in bester Laune mit ihnen gespielt hatte. Möbel waren umgeworfen worden, als sie sich bemühten, dem *coup de grace* zu entgehen, ihre blutigen Fingerabdrücke waren auf Wänden und gestrichenen Flächen zu sehen. Einer hatte einen Finger an der Klinge verloren, hatte möglicherweise danach gegriffen; die meisten hatten ihre Augen verloren. Aber keiner war entkommen, wie tapfer ihr Widerstand auch gewesen sein mochte. Letztendlich waren sie alle gefallen, waren in ihre Unterwäsche verschlungen oder hatten hinter einem Vorhang Zuflucht gesucht. Waren schluchzend gefallen; waren würgend gefallen.

Es waren alles in allem elf Fotos. Jedes war anders – große und kleine Zimmer, nackte und bekleidete Opfer. Und doch waren sie alle gleich: Bilder von dargestelltem Wahnsinn, die aufgenommen worden waren, nachdem der Darsteller bereits wieder gegangen war.

Allmächtiger Gott, war *er* dieser Mann?

Da er selbst die Antwort nicht wußte, stellte er dem Fels die Frage, sprach, ohne von den glitzernden Karten aufzusehen.

»Habe ich das getan?« sagte er.

Er hörte Decker seufzen, bekam aber keine Antwort, daher wagte er es, seinen Ankläger anzusehen. Als die Fotos vor ihm ausgebreitet worden waren, hatte er den Blick des Mannes wie einen kribbelnden Schmerz auf der Kopfhaut gespürt. Aber jetzt stellte er fest, daß der Blick wieder abgewendet war.

»Bitte sagen Sie es mir«, sagte er. »Habe ich das getan?«

Decker wischte sich die feuchten Hautsäcke unter den grauen Augen ab. Er zitterte nicht mehr.

»Ich hoffe nicht«, sagte er.

Die Antwort schien lächerlich mild zu sein. Dies war keine unbedeutende Gesetzesübertretung, von der sie hier sprachen. Es war elffacher Mord; und wie viele weitere mochten es noch sein? Aus den Augen, aus dem Sinn?

»Sagen Sie mir, wovon ich gesprochen habe«, bat er. »Sagen Sie mir die Worte...«

»Es war größtenteils Gestammel.«

»Wie kommen Sie dann darauf, daß ich verantwortlich bin? Sie müssen doch Gründe haben.«

»Ich habe Zeit gebraucht«, sagte Decker, »um die ganze Sache zusammenzufügen.« Er sah auf die Leichenhalle auf dem Tisch hinab und schob eine etwas schief liegende Fotografie gerade.

»Ich muß einen vierteljährlichen Bericht über unsere Fortschritte abgeben. Das wissen Sie. Daher spiele ich die Bänder unserer früheren Sitzungen regelmäßig ab, um mir ein Bild zu machen, wie wir vorankommen...« Er sprach langsam, niedergeschlagen. »...und mir ist aufgefallen, daß in Ihren Antworten immer dieselben Phrasen auftauchen. Meistens in anderem Material begraben, aber *da*. Es war, als würden Sie etwas gestehen; aber etwas so Gräßliches, daß Sie es nicht einmal in Trance über sich bringen konnten, es auszusprechen. Statt dessen kam es in diesem... *Kode* heraus.«

Boone kannte Kodes. Während der schlimmen Zeit hatte er sie überall gehört. Botschaften eines imaginären Gegners im zwischen Sendern eingestellten Radio; oder im Murmeln des Verkehrs vor der Dämmerung. Es überraschte ihn nicht, daß er selbst die Kunst gelernt haben könnte.

»Ich habe bei den Polizisten, die ich behandelt habe«, fuhr Decker fort, »ein paar beiläufige Erkundigungen eingezogen. Nichts Eindeutiges. Und sie haben mir von den Morden erzählt. Einige Einzelheiten kannte ich natürlich aus der Presse. Sieht so aus, als würde das schon seit etwa zweieinhalb Jahren andauern. Mehrere hier in Calgary; der Rest im Umkreis einer Fahrtstunde. Die Arbeit eines einzigen Mannes.«

»Meine.«

»Ich weiß nicht«, sagte Decker und sah Boone endlich an. »Wenn ich sicher wäre, hätte ich alles gemeldet...«

»Aber Sie sind es nicht.«

»Ich will es ebensowenig glauben wie Sie. Sollte sich herausstellen, daß es wahr ist, bekleckert es mich nicht gerade mit Ruhm.« Es war Zorn in ihm, der kaum verhohlen wurde. »Darum habe ich gewartet. Ich hoffte, Sie würden bei mir sein, wenn der nächste passierte.«

»Sie meinen, einige dieser Menschen sind gestorben, als Sie es schon wußten?«

»Ja«, sagte Decker tonlos.

»Mein Gott!«

Dieser Gedanke riß Boone vom Sessel, sein Bein stieß gegen den Tisch. Die Mordfotos wirbelten durcheinander.

»Seien Sie leise«, forderte Decker.

»Menschen sind gestorben, und Sie haben *gewartet?*«

»Dieses Risiko bin ich für *Sie* eingegangen, Boone. Das werden Sie respektieren.«

Boone wandte sich von dem Mann ab. Kalter Schweiß bedeckte sein Rückgrat.

»Setzen Sie sich«, sagte Decker. »Bitte setzen Sie sich und sagen Sie mir, was Ihnen diese Fotos bedeuten.«

Boone hatte unwillkürlich die Hand vor die untere Gesichtshälfte gelegt. Er wußte aus Deckers Anweisungen, was dieser spezielle Ausdruck der Körpersprache bedeutete. Sein Verstand benutzte seinen Körper, um eine Enthüllung zu dämpfen; oder völlig zum Schweigen zu bringen.

»Boone. Ich brauche Antworten.«

»Sie bedeuten nichts«, sagte Boone, ohne sich umzudrehen.

»Gar nichts?«

»Gar nichts.«

»Sehen Sie sie noch einmal an.«

»Nein«, beharrte Boone. »Ich kann nicht.«

Er hörte den Doktor einatmen und erwartete halb die Forderung, sich dem Grauen nochmals auszusetzen. Statt dessen war Deckers Tonfall versöhnlich.

»Schon gut, Aaron«, sagte er. »Schon gut. Ich entferne sie.«

Boone drückte die Handballen gegen die geschlossenen Augen. Die Augenhöhlen waren heiß und naß.

»Sie sind fort, Aaron«, sagte Decker.

»Nein, sind sie nicht.«

Sie waren noch bei ihm; perfekt eingeprägt. Elf Zimmer und elf Leichen, die jenseits jeglichen Exorzismus vor seinem geistigen Auge verankert waren. Die Mauer, die Decker in fünf Jahren aufgebaut hatte, war in ebenso vielen Minuten niedergerissen worden, von ihrem eigenen Architekten. Boone war wieder der Barmherzigkeit seines Wahnsinns ausgeliefert. Er hörte ihn in seinem Kopf heulen, er kam aus elf aufgeschlitzten Luftröhren, aus elf durchbohrten Mägen. Atem und Darmgas sangen die alten Lieder des Wahnsinns.

Warum waren seine Verteidigungsmechanismen nach soviel Mühe so leicht zusammengebrochen? Seine Augen kannten die Antwort, sie vergossen Tränen, um das auszusprechen, was seine Zunge nicht konnte. Er war schuldig. Warum sonst? Hände, die er eben jetzt an seinen Hosen trockenrieb, hatten gequält und gemordet. Tat er, als wäre es nicht so, würde er sie lediglich zu weiteren Verbrechen verlocken. Es war besser, wenn er gestand, auch wenn er sich an nichts erinnerte, als einen weiteren unbedachten Augenblick zu riskieren.

Er drehte sich um und sah Decker an. Die Fotos waren eingesammelt und verkehrt herum auf den Tisch gelegt worden.

»Erinnern Sie sich an etwas?« sagte der Doktor, der die Veränderung in Boones Gesicht sah.

»Ja«, antwortete er.

»Woran?«

»Ich war es«, sagte Boone einfach. »Ich war es jedesmal.«

II

AKADEMIE

1

Decker war der mildeste Staatsanwalt, den sich ein Angeklagter nur wünschen konnte. Die Stunden, die er nach jenem ersten Tag mit Boone verbrachte, waren von sorgfältig formulierten Fragen erfüllt, während sie gemeinsam – Mord für Mord – die Beweise für Boones geheimes Leben untersuchten. Obwohl der Patient darauf beharrte, daß es seine Verbrechen waren, riet Decker zur Vorsicht. Schuldeingeständnisse waren keine gültigen Beweise. Sie mußten sicher sein, daß bei den Geständnissen nicht einfach Boones selbstzerstörerische Natur mitspielte, die die Verbrechen aus Gier nach Bestrafung gestand.

Boone war nicht in der Position, zu widersprechen. Decker kannte ihn besser, als er sich selbst kannte. Und er hatte auch Deckers Bemerkung nicht vergessen, sollte sich das Schlimmste als wahr erweisen, würde der Ruf des Doktors als Heiler vor die Hunde gehen: Keiner von ihnen konnte es sich leisten, sich zu irren. Die einzige Möglichkeit, sich Gewißheit zu verschaffen, war es, die Einzelheiten der Morde durchzugehen – Zeiten, Namen und Orte – und zu hoffen, Boones Gedächtnis würde sich erinnern. Oder daß sie einen Mord fanden, der geschehen war, als er ohne jeden Zweifel in Gesellschaft von anderen gewesen war.

Der einzige Teil des Vorgangs, vor dem Boone zurückschreckte, war das neuerliche Betrachten der Fotos. Er leistete Deckers sanftem Druck achtundvierzig Stunden lang Widerstand und gab erst nach, als die Sanftheit verschwand und Decker ihn bedrängte und ihm Feigheit und Täuschungsmanöver vorwarf. War das alles ein Spiel, wollte Decker wissen; eine Übung in Selbstkasteiung, nach der keiner von ihnen schlauer sein würde? Wenn ja, konnte Boone verdammt noch mal sofort aus seinem Büro verschwinden und jemand anderem die Zeit stehlen.

Boone willigte ein, die Fotos zu betrachten.

Nichts an ihnen löste seine Erinnerung aus. Das Blitzlicht der Kamera hatte zahlreiche Einzelheiten ausgewaschen; was blieb, war das Übliche. Die einzigen Anblicke, die eine Reaktion hätten auslösen können – die Gesichter der Opfer – waren vom Killer ausgelöscht und zur Unkenntlichkeit zerstückelt worden; nicht einmal der meisterhafteste Maskenbildner hätte diese zerschmetterten Fassaden wieder zusammenfügen können. Daher lief alles auf die unbedeutenden Einzelheiten hinaus, wo Boone in dieser oder jener Nacht gewesen war; mit wem; was er gemacht hatte. Da er nie Tagebuch geführt hatte, war es schwierig, die Fakten zu bestätigen, aber er war die meiste Zeit – abgesehen von den Stunden, die er mit Lori oder Decker verbracht hatte, von denen keine mit Mordnächten zusammenzufallen schienen, allein gewesen – und ohne Alibi. Am Ende des vierten Tages begann die Beweislast gegen ihn erdrückend zu wirken.

»Genug«, sagte er zu Decker. »Wir haben genug getan.«

»Ich würde es gern noch einmal durchgehen.«

»Was soll das?« sagte Boone. »Ich möchte alles hinter mich bringen.«

In den vergangenen Tagen – und Nächten – hatten sich viele der alten Symptome, die Anzeichen der Krankheit, die er, wie er glaubte, fast völlig überwunden hatte, wieder eingestellt. Er konnte nicht mehr länger als fünf Minuten am Stück schlafen, bevor abstoßende Visionen ihn in ein benommenes Wachsein zurückstießen; er konnte nicht mehr richtig essen; er schlotterte von innen nach außen, jede Minute des Tages. Er wollte dem ein Ende machen; wollte die Geschichte preisgeben und bestraft werden.

»Geben Sie mir noch etwas Zeit«, sagte Decker. »Wenn wir jetzt zur Polizei gehen, werden Sie mir weggenommen. Sie werden mir wahrscheinlich nicht einmal gestatten, Sie zu besuchen. Sie werden allein sein.«

»Das bin ich schon«, antwortete Boone. Seit er diese Fotos zum ersten Mal gesehen hatte, hatte er sich jeglichen Kontakt untersagt, selbst mit Lori, weil er sein Potential, Schaden anzurichten, fürchtete.

»Ich bin ein Monster«, sagte er. »Das wissen wir beide. Wir haben alle Beweise, die wir brauchen.«

»Es ist keine Frage der Beweise.«

»Was dann?«

Decker lehnte sich an den Fensterrahmen, als wäre ihm seine Masse neuerdings eine Last.

»Ich verstehe Sie nicht, Boone«, sagte er.

Boones Blick glitt vom Mann zum Himmel. Heute wehte der Wind aus Südost; Wolkenfetzen eilten ihm voraus. Ein schönes Leben, dachte Boone, dort oben zu sein, leichter als Luft. Hier unten war alles schwer; Fleisch und Schuld brachen einem das Rückgrat.

»Ich habe vier Jahre mit dem Versuch verbracht, Ihre Krankheit zu verstehen und habe gehofft, ich könnte sie heilen. Und ich dachte, ich hätte Erfolg. Dachte, es bestünde eine Chance, daß alles gut würde...«

Er verstummte, stürzte in die Grube seines Scheiterns. Boone war nicht so sehr in seinem eigenen Schmerz versunken, daß er nicht sah, wie sehr dieser Mann gelitten hatte. Aber er konnte nichts tun, um dieses Leid zu lindern. Er sah nur den Wolken zu, die oben im Licht vorüberzogen, und wußte, es lagen nur dunkle Zeiten vor ihnen.

»Wenn die Polizei Sie vernimmt...« murmelte Decker, »werden nicht nur Sie allein sein, Boone. Ich werde auch allein sein. Sie werden Patient eines anderen werden: eines Kriminalpsychologen. Ich werde keinen Zugang mehr zu Ihnen haben. Darum bitte ich... Geben Sie mir noch etwas Zeit. Lassen Sie mich soviel ich kann verstehen, bevor es zwischen uns aus ist.«

Er redet wie ein Liebhaber, dachte Boone am Rande; als wäre es sein Leben, was zwischen uns ist.

»Ich weiß, daß Sie leiden«, fuhr Decker fort. »Daher habe ich Medizin für Sie. Tabletten, die das Schlimmste im Zaum halten. Nur bis wir fertig sind...«

»Ich traue mir selbst nicht«, sagte Boone. »Ich könnte jemandem weh tun.«

»Das werden Sie nicht«, antwortete Decker mit ersehnter Gewißheit. »Die Drogen werden Sie nachts zurückhalten. Die restliche Zeit werden Sie bei mir sein. Bei mir sind Sie sicher.«

»Wie lange wollen Sie noch?«

»Höchstens ein paar Tage. Das ist nicht zuviel verlangt, oder? Ich muß wissen, warum wir versagt haben.«

Der Gedanke, nochmals über diesen blutgetränkten Boden zu schreiten, war erschreckend, aber er mußte eine Schuld begleichen. Mit Deckers Hilfe hatten sich neue Möglichkeiten abgezeichnet; er mußte dem Doktor die Möglichkeit lassen, etwas aus den Ruinen dieser Vision zu bergen.

»Machen Sie schnell«, sagte er.

»Danke«, sagte Decker. »Das bedeutet mir sehr viel.«

»Und ich brauche die Tabletten.«

2

Er hatte die Tabletten bekommen. Dafür hatte Decker gesorgt. Tabletten, die so stark waren, daß er nicht einmal sicher war, ob er seinen eigenen Namen noch hätte nennen können, nachdem er sie genommen hatte. Tabletten, die das Schlafen leicht und das Wachsein zu einem Besuch in einem Halbleben machten, aus dem er mit Freuden wieder floh. Tabletten, nach denen er binnen vierundzwanzig Stunden süchtig war.

Decker stand zu seinem Wort. Wenn er mehr wollte, wurden sie geliefert, und sie machten sich unter ihrem einlullenden Einfluß wieder an die Beweise, während der Doktor immer wieder die Einzelheiten von Boones Verbrechen in der Hoffnung durchging, sie zu begreifen. Aber nichts wurde klar. Boones zunehmend passiver Widerstand konnte sich nach diesen Sitzungen nur noch an verschwommene Bilder von Türen erinnern, durch die er geschlüpft war, und von Treppen, die er hinaufgestiegen war, um Morde zu begehen. Von Decker, der sich immer noch bemühte, etwas von Wert aus dem zunehmend verschlossenen Verstand seines Patienten zu retten, bekam er immer weniger mit. Boone kannte nur noch Schlaf und Schuld und die ständig höher bewertete Hoffnung, beide mochten ein Ende haben.

Nur Lori, oder besser gesagt, Erinnerungen an sie, brachen die Herrschaft der Drogen. Manchmal konnte er mit seinem inneren Ohr ihre Stimme hören, so klar wie ein Glocke, die Worte wiederholte, welche sie während einer beiläufigen Unterhaltung zu ihm gesagt hatte, die er nun aus der Vergangenheit emporzerrte. Diese

Phrasen enthielten nichts Wichtiges; wahrscheinlich assoziierte er sie mit einem Blick, den er genossen hatte, oder einer Berührung. Jetzt konnte er sich weder an Blicke noch an Berührungen erinnern – die Drogen hatten einen Großteil seiner Fähigkeit der *Fantasie* entfernt. Er hatte nur noch diese zusammenhanglosen Zeilen, die ihn nicht nur beunruhigten, weil sie von jemandem an seiner Schulter gesprochen worden zu sein schienen, sondern auch, weil sie keinen Zusammenhang hatten, an den er sich erinnern konnte. Am schlimmsten aber, ihr Klang erinnerte ihn an die Frau, die er geliebt hatte und die er nie mehr wiedersehen würde, es sei denn über eine Balustrade im Gerichtssaal hinweg. Eine Frau, der er ein Versprechen gegeben hatte, das er innerhalb von Wochen danach brach. In seinem Elend und mit seinem kaum zusammenhängenden Denken erschien ihm dieses gebrochene Versprechen ebenso monströs wie die Verbrechen auf den Fotos. Es verdammte ihn zur Hölle.

Oder in den Tod. Besser in den Tod. Er war nicht ganz sicher, wieviel Zeit seit seiner Übereinkunft mit Decker verstrichen war, dieses dumpfe Dahindämmern für einige weitere Tage der Untersuchungen einzutauschen, aber er war sicher, daß er seinen Teil der Abmachung eingehalten hatte. Er hatte sich leergeredet. Es gab nichts mehr zu sagen, nichts mehr zu hören. Jetzt blieb ihm nur noch, sich dem Gesetz zu stellen und seine Verbrechen zu gestehen, oder das zu tun, wozu der Staat keine Macht mehr hatte, und das Monster töten.

Er wagte nicht, Decker in seinen Plan einzuweihen; er wußte, der Doktor würde alles in seiner Macht Stehende unternehmen, um den Selbstmord seines Patienten zu verhindern. Daher spielte er das stumme Subjekt noch einen Tag länger. Dann versprach er Decker, er würde am folgenden Morgen in der Praxis sein, ging nach Hause und bereitete alles vor, um sich selbst zu töten.

Ein weiterer Brief von Lori erwartete ihn, der vierte, seit er sich zurückgezogen hatte, und sie wollte wissen, was los war. Er las ihn, so gut seine verwirrten Gedanken es zuließen, und versuchte eine Antwort, aber er konnte den Sinn der Worte, die er zu schreiben versuchte, nicht begreifen. Statt dessen steckte er den Appell ein, den sie an ihn gemacht hatte, und ging in die Dämmerung hinaus, um den Tod zu suchen.

3

Der Lastwagen, vor den er sich warf, war ihm nicht wohlgeson-
nen. Er preßte die Atemluft aus ihm heraus, aber nicht das Leben.
Er wurde mit Prellungen und Schnitten und Schürfwunden blu-
tend aufgehoben und ins Krankenhaus gebracht. Später sollte er
einsehen, wie das alles in den Plan der Ereignisse paßte und daß
ihm der Tod unter den Reifen des Lastwagens aus einem be-
stimmten Grund verweigert worden war. Aber während er im
Krankenhaus saß und in einem weißen Zimmer darauf wartete,
bis Menschen versorgt waren, denen es schlechter ging als ihm,
konnte er sein Pech nur verfluchen. Anderer Leben hatte er mit
schrecklicher Leichtigkeit nehmen können; sein eigenes widersetzte sich ihm. Selbst dabei war er in sich selbst geteilt.

Doch das Zimmer barg – auch wenn er es nicht wußte, als er hin-
eingeführt wurde – ein Versprechen, das die kahlen weißen
Wände nicht andeuteten. In ihm sollte er einen Namen hören, der
mit der Zeit einen neuen Menschen aus ihm machen würde. Auf
seinen Ruf hin würde er ausgehen wie das Monster, das er war,
bei Nacht, und das Wunderbare kennenlernen.

Dieser Name war Midian.

Er und auch er selbst hatten vieles gemeinsam, nicht zuletzt die
gemeinsame Macht, Versprechen zu machen. Doch während sich
sein Schwur ewiger Liebe schon nach Wochen als hohl erwiesen
hatte, machte Midian Versprechungen – mitternächtlich, wie
seine eigenen, ganz und gar mitternächtlich –, die nicht einmal
der Tod brechen konnte.

III

DER SCHWÄRMER

In den Jahren seiner Krankheit, innerhalb und außerhalb von psychiatrischen Anstalten und Sanatorien, hatte Boone sehr wenige andere Leidende kennengelernt, die sich nicht an einen Talisman klammerten, ein Zeichen oder Andenken, das an den Pforten ihrer Herzen und Köpfe Wache hielt. Er hatte rasch gelernt, solche Amulette nicht zu belächeln. *Was immer einen durch die Nacht bringt*, war ein Leitspruch, den ihn harte Erfahrungen gelehrt hatten. Die meisten dieser Schutzwälle gegen das Chaos hatten für die, die sie gewirkt hatten, persönliche Bedeutung. Trinkgläser, Schlüssel, Bücher und Fotos: Andenken an bessere Zeiten, die als Verteidigung gegen die schlechten gehütet wurden. Aber manche gehörten dem kollektiven Bewußtsein an. Sie waren Worte, die er mehr als einmal hören sollte: Nonsensverse, deren Reime die Schmerzen auf Distanz hielten; Namen von Göttern.

Unter ihnen Midian.

Er hatte den Namen dieses Ortes schätzungsweise ein halbes dutzendmal von Menschen ausgesprochen gehört, denen er unterwegs begegnet war, normalerweise von denen, deren Kraft verbraucht war. Wenn sie von Midian sprachen, dann von einem Ort der Zuflucht; einem Ort, zu dem man sich tragen ließ. Mehr noch: ein Ort, wo ihnen sämtliche Sünden, die sie begangen hatten – echte und eingebildete –, verziehen wurden. Boone kannte die Ursprünge dieser Mythologie nicht; sie hatten ihn auch nie so sehr interessiert, daß er ihnen nachgeforscht hätte. Er hatte keine Vergebung gebraucht, hatte er jedenfalls geglaubt. Jetzt wußte er es besser. Er hatte genügend, von dem er sich reinigen mußte; Obszönitäten, welche keine Instanz, die er kannte, von ihm nehmen konnte, die sein Verstand vor ihm verborgen hatte, bis Dekker sie ans Licht holte. Er hatte sich zu einer anderen Klasse von Wesen gesellt.

Midian rief.

Er war so sehr in seinem Elend gefangen, er hatte gar nicht gemerkt, daß er das Zimmer jetzt mit jemandem teilte, bis er die krächzende Stimme hörte.

»Midian...«

Zuerst dachte er, es wäre eine andere Stimme aus der Vergangenheit, wie die von Lori. Aber als sie wieder sprach, geschah das nicht an seiner Schulter, wie es bei ihr gewesen war, sondern von jenseits des Zimmers. Er machte die Augen auf, Blut von einer Schnittwunde an der Schläfe verklebte das linke Lid, und sah den Sprechenden. Offenbar ein weiterer Verwundeter der Nacht, der zum Verarzten hierhergebracht und dann sich selbst überlassen worden war, bis etwas Flickwerk gemacht werden konnte. Er saß in der am weitesten von der Tür des Zimmers entfernten Ecke, auf die sein wilder Blick gerichtet war, als würde jeden Moment sein Erlöser hereinkommen. Es war buchstäblich unmöglich, sein Alter oder sein wahres Aussehen zu schätzen: Schmutz und getrocknetes Blut verbargen beides. Ich muß ebenso schlimm oder schlimmer aussehen, dachte Boone. Es kümmerte ihn nicht weiter; die Leute starrten ihn immer an. In ihrem derzeitigen Zustand waren er und der Mann in der Ecke die Leute, vor denen andere die Straßenseite wechselten, um ihnen nicht zu begegnen.

Aber wo er mit seinen Jeans, den Halbstiefeln und dem schwarzen T-Shirt nur ein weiterer Niemand war, hatte der andere Mann Spuren an sich, die ihn abhoben. Der lange Mantel, den er trug, war von mönchischer Schlichtheit; das graue Haar war straff auf der Kopfhaut zurückgekämmt und hing als geflochtener Pferdeschwanz bis zur Mitte seines Rückens. Er trug Schmuck um den Hals, der von dem hohen Kragen fast verdeckt wurde, und an den Daumen zwei künstliche Nägel, die wie zu Klauen geformtes Silber aussahen.

Und schließlich war da der Name, den der Mann wieder aussprach. »...nimmst du mich mit?« fragte er leise. »Nimmst du mich mit nach Midian?«

Sein Blick ließ nicht eine Sekunde von der Tür ab. Es schien, als würde er Boone gar nicht bemerken, bis er ohne Vorwarnung den verletzten Kopf drehte und durch das Zimmer spie. Der von Blut marmorierte Speichel traf vor Boones Füßen auf dem Boden auf.

»Zum Teufel, verschwinde von hier!« sagte er. »Du hältst sie von mir fern. Sie kommen nicht, wenn du hier bist.«

Boone war zu müde, um zu widersprechen, und zu zerschunden, um aufzustehen. Er ließ den Mann toben.

»Verschwinde!« sagte er wieder. »Vor deinesgleichen werden sie sich nicht zeigen. Kapierst du das nicht?«

Boone legte den Kopf zurück und versuchte, sich nicht von den Schmerzen des Mannes überwältigen zu lassen.

»Scheiße!« sagte der andere. »Ich habe sie verpaßt. *Ich habe sie verpaßt!*«

Er stand auf und ging zum Fenster. Draußen herrschte völlige Dunkelheit.

»Sie sind vorbeigegangen«, sagte er plötzlich flehend. Im nächsten Augenblick war er einen Meter von Boone entfernt und grinste durch den Schmutz.

»Hast du was gegen die Schmerzen?« wollte er wissen.

»Die Schwester hat mir etwas gegeben«, murmelte Boone.

Der Mann spuckte wieder; diesmal nicht nach Boone, sondern auf den Boden.

»*Trinken*, Mann...« sagte er. »Hast du was zu trinken?«

»Nein.«

Das Grinsen verschwand auf der Stelle, das Gesicht verzerrte sich, als Tränen ihn überwältigten. Er wandte sich schluchzend von Boone ab, und seine Litanei fing von vorne an.

»Warum nehmen sie mich nicht? Warum kommen sie nicht und holen mich?«

»Vielleicht kommen sie später«, sagte Boone. »Wenn ich fort bin.«

Der Mann sah ihn an.

»Was weißt du?« sagte er.

Sehr wenig, lautete die Antwort; aber wenigstens diese Tatsache behielt Boone für sich. In seinem Kopf spukten soviel Fragmente der Mythologie von Midian, daß er nach mehr brannte. War es nicht ein Ort, wo jene, die kein Ziel mehr hatten, ein Zuhause finden konnten? Und war das nicht genau *sein* derzeitiger Zustand? Er hatte keinen Trost mehr. Nicht Decker, nicht Lori, nicht einmal den Tod. Obwohl Midian nichts weiter als ein weiterer Talisman war, wollte er die Geschichte noch einmal erzählt bekommen.

»Erzähl mir davon«, sagte er.

»Ich habe dich gefragt, was du weißt«, antwortete der andere Mann und fing das Fleisch unter seinem unrasierten Kinn mit der Klaue der linken Hand.

»Ich weiß, daß es die Schmerzen nimmt«, antwortete Boone.

»Und?«

»Ich weiß, daß es niemanden abweist.«

»Das stimmt nicht«, lautete die Antwort.

»Nein?«

»Wenn es niemanden abweisen würde, glaubst du, dann wäre ich noch nicht dort? Glaubst du, dann wäre es nicht die größte Stadt der Welt? Natürlich werden Leute abgewiesen...«

Die tränenglitzernden Augen des Mannes waren auf Boone gerichtet. Ist ihm klar, daß ich nichts weiß? fragte sich Boone. Es schien nicht so. Der Mann redete weiter, er war damit zufrieden, das Geheimnis zu teilen. Oder genauer, seine Angst davor.

»Ich gehe nicht, weil ich vielleicht nicht würdig bin«, sagte er. »Und das verzeihen sie nicht leicht. Sie verzeihen überhaupt nicht. Du weißt, was sie... mit denen machen, die nicht würdig sind?«

Boone interessierte sich weniger für Midians Rituale des Übergangs als vielmehr für die Gewißheit des Mannes, daß es überhaupt existierte. Er sprach von Midian nicht wie vom Shangri-La eines Wahnsinnigen, sondern wie von einem Ort, den man erreichen und betreten und seinen Frieden damit schließen konnte.

»Weißt du, wie man dorthin gelangt?« fragte er.

Der Mann sah weg. Als er den Blickkontakt unterbrach, stieg eine Woge der Panik in Boone empor: Er fürchtete, der Dreckskerl würde den Rest seiner Geschichte für sich behalten.

»Ich muß es wissen«, sagte Boone.

Der andere Mann sah wieder auf.

»Das sehe ich«, sagte er, und ein Tonfall seiner Stimme verriet, daß er das Schauspiel von Boones Verzweiflung unterhaltsam fand.

»Es liegt nordwestlich von Athabasca«, antwortete der Mann.

»Ja?«

»Das habe ich gehört.«

»Dort ist freies Land«, antwortete Boone. »Man könnte ewig herumirren, wenn man keine Karte hat.«

»Midian ist auf keiner Karte«, sagte der Mann. »Suchen Sie östlich von Peace River; in der Nähe von Shere Neck; nördlich von Dwyer.«

Seine Aufzählung von Richtungen enthielt keinerlei Zweifel. Er glaubte ebensosehr, vielleicht mehr, an die Existenz Midians wie an die vier Wände, die ihn umgaben.

»Wie heißt du?« fragte Boone.

Die Frage schien ihn zu verwirren. Es war lange her, daß sich jemand die Mühe gemacht hatte, nach seinem Namen zu fragen.

»Narcisse«, sagte er schließlich. »Und du?«

»Aaron Boone. Aber niemand nennt mich je Aaron. Nur Boone.«

»Aaron«, sagte der andere. »Wo hast du von Midian gehört?«

»Wo du auch davon gehört hast«, sagte Boone. »Wo jeder davon hört. Von anderen. Menschen, die Schmerzen litten.«

»Monster«, sagte Narcisse.

Boone hatte sie nie als solche betrachtet, aber vielleicht waren sie es für objektive Augen; die Schwätzer und Weiner, die nicht imstande waren, ihre Alpträume hinter Schloß und Riegel zu halten.

»Sie sind die einzigen, die in Midian willkommen sind«, erklärte Narcisse. »Wenn man keine Bestie ist, ist man ein Opfer. Das stimmt, oder nicht? Man kann nur das eine oder das andere sein. Darum wage ich nicht, ohne Begleitung hinzugehen. Ich warte darauf, daß Freunde mich holen kommen.«

»Die bereits dort sind?«

»Ganz recht«, sagte Narcisse. »Manche leben. Andere sind gestorben und danach gegangen.«

Boone war nicht sicher, ob er die Geschichte richtig verstanden hatte.

»*Danach* gegangen?« sagte er.

»Hast du nichts gegen die Schmerzen, Mann?« sagte Narcisse, und sein Tonfall schlug wieder um, diesmal ins Jämmerliche.

»Ich habe ein paar Tabletten«, sagte Boone, dem die Reste von Deckers Vorräten einfielen. »Möchtest du davon?«

»Was du hast.«

Boone war froh, daß er sie los hatte. Sie hatten seinen Verstand in Ketten geschlagen, bis es ihm einerlei gewesen war, ob er lebte oder starb. Jetzt nicht mehr. Jetzt hatte er ein Ziel vor Augen, wo er endlich jemanden finden mochte, der das Grauen verstand, das er durchmachte. Er würde die Tabletten nicht brauchen, um nach Midian zu gehen. Er brauchte Kraft und den Willen, Vergebung zu erlangen. Letzteres hatte er. Ersteres würde sein verletzter Körper finden müssen.

»Wo sind sie?« fragte Narcisse, dessen Züge der Appetit entzündete.

Nach der Aufnahme war Boones Lederjacke von seinem Rücken geschält worden, um die Verletzungen, die er sich selbst zugefügt hatte, flüchtig zu untersuchen. Sie hing über der Lehne seines Stuhls, eine zweimal abgestreifte Haut. Er griff mit der Hand in die Innentasche, stellte aber zu seinem Erschrecken fest, daß die vertraute Flasche nicht da war.

»Jemand ist an meiner Jacke gewesen.«

Er wühlte die anderen Taschen durch. Alle waren leer. Loris Brief, seine Brieftasche, die Tabletten: Alles war fort. Er brauchte nur Sekunden, bis ihm klar wurde, warum sie Beweise wollten, wer er war, und was für Folgerungen sich daraus ergaben. Er hatte einen Selbstmordversuch hinter sich; sie gingen zweifellos davon aus, daß er bereit war, es noch einmal zu versuchen. Dekkers Adresse war in seiner Brieftasche. Der Doktor war wahrscheinlich bereits unterwegs, um seinen irregeleiteten Patienten zu holen und der Polizei zu übergeben. Und wenn er erst einmal in den Händen des Gesetzes war, würde er Midian nie zu sehen bekommen.

»Du hast gesagt, du hättest *Tabletten!*« schrie Narcisse.

»Sie wurden mir weggenommen!«

Narcisse riß Boone die Jacke aus der Hand und fing an, daran zu reißen.

»*Wo?*« schrie er. »*Wo?*«

Seine Gesichtszüge verzerrten sich erneut, als ihm klar wurde, daß er keinen Schuß zur Beruhigung bekommen würde. Er ließ die Jacke fallen und wich von Boone zurück, seine Tränen flossen wieder, rannen aber am Gesicht hinab und trafen auf ein breites Grinsen.

»Ich weiß, was du machst«, sagte er und deutete auf Boone. Gelächter und Schluchzen hielten sich die Waage. »Midian hat dich geschickt. Um herauszufinden, ob ich würdig bin. Du bist gekommen, um festzustellen, ob ich einer von euch bin oder nicht!«

Er ließ Boone keine Möglichkeit zu widersprechen, sein Hochgefühl steigerte sich zu Hysterie.

»Ich sitze hier und bete, daß jemand kommt; *flehe;* und du bist die ganze Zeit da und siehst zu, wie ich mich selbst vollscheiße. Wie ich mich *vollscheiße!*«

Er lachte heftig. Dann todernst:

»Ich habe nie Zweifel gehabt. Nicht ein Mal. Ich habe immer gewußt, daß jemand kommen würde. Aber ich hatte ein Gesicht erwartet, das ich kenne. Vielleicht Marvin. Ich hätte wissen müssen, daß sie jemand Neuen schicken würden. Ist vernünftig. Und du hast es *gesehen*, richtig? Hast es *gehört*. Ich schäme mich nicht. Sie haben mich nie soweit gebracht, daß ich mich geschämt habe. Frag wen du willst. Sie haben es versucht. Immer wieder. Sie sind in meinen verdammten Kopf gekommen und haben versucht, mich auseinanderzunehmen, haben versucht, die Wilden aus mir herauszuholen. Aber ich habe durchgehalten. Ich wußte, du würdest früher oder später kommen, und ich wollte bereit sein. Darum trage ich die hier.«

Er hielt die Daumen vors Gesicht. »Damit ich es dir zeigen kann.«

Er drehte den Kopf nach rechts und links.

»Willst du es sehen?« sagte er.

Er brauchte keine Antwort. Seine Hände waren bereits an beiden Seiten des Gesichts, die Klauen berührten die Haut am Ansatz eines jeden Ohrs. Boone sah zu, Worte des Einhalts oder des Appellierens waren überflüssig.

Dies war ein Augenblick, den Narcisse zahllose Male geübt hatte; er würde ihn sich nicht nehmen lassen. Kein Laut war zu hören, als die rasiermesserscharfen Klauen die Haut aufzuschlitzen begannen, aber Blut floß sofort seinen Hals und die Arme hinab. Sein Gesichtsausdruck veränderte sich nicht, er wurde nur noch intensiver: eine Maske, in der komische Muse und Tragik vereint waren.

Dann zog er die Rasierklingenklauen mit an den Seiten des Gesichts gespreizten Fingern kontinuierlich am Umriß des Kiefers entlang. Er hatte die Präzision eines Chirurgen. Die Wunden öffneten sich mit vollkommener Symmetrie, bis sich die beiden Klauen am Kinn trafen.

Erst dann ließ er eine Hand an die Seite sinken, und Blut troff von Klaue und Handgelenk, die andere bewegte sich über das Gesicht und suchte den Hautlappen, den sein Vorgehen geöffnet hatte.

»Möchtest du es sehen?« sagte er wieder.

Boone murmelte:

»Nicht.«

Es blieb ungehört. Narcisse löste die Hautmaske mit einem heftigen Aufwärtsruck vom Muskel darunter und begann zu ziehen, wobei er sein wahres Gesicht bloßlegte.

Boone hörte hinter sich jemanden schreien. Die Tür war aufgegangen, und eine Schwester stand auf der Schwelle. Er sah aus dem Augenwinkel: ihr Gesicht, weißer als die Uniform, ihren weit offenen Mund; und hinter ihr den Flur, und die Freiheit. Aber er konnte es nicht über sich bringen, den Blick von Narcisse abzuwenden; nicht solange das Blut in der Luft zwischen ihnen die Offenbarung verbarg.

Er wollte das geheime Gesicht des Mannes sehen: den Wilden unter der Maske, der ihn für Midians Zuflucht qualifizierte.

Der rote Regen löste sich auf.

Die Luft klärte sich.

Jetzt sah er ein wenig von dem Gesicht, erkannte aber den Sinn in seiner komplexen Beschaffenheit nicht. War dies die Anatomie einer Bestie, die sich ihm knotig und verzerrt darbot, oder durch Selbstverstümmelung schmerzverzerrtes menschliches Gewebe? Nur noch einen Augenblick, und er würde es wissen...

Dann packte ihn jemand, ergriff seine Arme und zerrte ihn zur Tür.

Er sah Narcisse, der die Waffen seiner Hände hob, um die Retter von sich abzuhalten, dann waren die Uniformen über ihm und verdeckten ihn.

Boone nutzte in der Aufregung des Augenblicks seine Chance. Er stieß die Schwester von sich, packte seine Lederjacke und lief zu der unbewachten Tür.

Sein zerschundener Körper war nicht auf diese heftigen Bewegungen vorbereitet. Er stolperte, Übelkeit und die stechenden Schmerzen in seinen verletzten Gliedern kämpften um die Ehre, ihn in die Knie zu zwingen, aber der Anblick des umringten und bedrängten Narcisse genügte, ihm Kraft zu geben. Er war schon halb den Flur hinunter, ehe jemand eine Möglichkeit hatte, ihm zu folgen.

Während er zur Tür in die Nacht lief, hörte er Narcisses protestierend angeschwollene Stimme; ein Heulen der Wut, das bemitleidenswert menschlich war.

IV

DER FRIEDHOF

1

Obwohl die Entfernung zwischen Calgary und Athabasca kaum mehr als dreihundert Meilen betrug, führte die Fahrt den Reisenden an die Grenze einer anderen Welt. Nördlich von hier waren Autobahnen selten und Bewohner noch seltener, während die fruchtbaren Prärieländer der Provinz allmählich in Wälder, Marschland und Wildnis übergingen. Dort lag auch die Grenze von Boones Erfahrungen. Als er Anfang Zwanzig gewesen war, hatte ihn ein kurzes Zwischenspiel als Lkw-Fahrer bis Bonnyville im Südosten, Barrhead im Südwesten und Athabasca selbst geführt. Aber das Land dahinter war ihm unbekannt, außer als Namen auf der Landkarte. Oder zutreffender ausgedrückt, als das Fehlen von Namen. Hier gab es weite Landstriche, die lediglich von kleinen Dörfern gesprenkelt waren; eines davon trug den Namen, den Narcisse erwähnt hatte: Shere Neck.

Die Karte, die diese Information enthielt, fand er, ebenso wie genügend Kleingeld, daß er sich eine Flasche Brandy kaufen konnte, innerhalb von fünf Minuten des Diebstahls in den Außenbezirken von Calgary. Er durchsuchte drei in einer Tiefgarage geparkte Autos und kam so zu Karte und Geld, ehe der Parkwächter den Ursprung der Alarmsignale herausgefunden hatte.

Der Regen wusch sein Gesicht; das blutige T-Shirt warf er weg und war froh, daß er seine heißgeliebte Jacke direkt auf der Haut tragen konnte. Dann suchte er sich eine Mitfahrgelegenheit nach Edmonton und eine weitere, die ihn durch Athabasca nach High Prairie führte. Das war nicht schwer.

2

Nicht schwer? Nach einem Ort zu suchen, den er nur aus Gerüchten von Wahnsinnigen kannte? Vielleicht doch schwer. Aber es war notwendig; sogar unausweichlich. Diese Reise lockte ihn, seit der Lastwagen, unter dem er sterben wollte, ihn beiseite geschleudert hatte. Vielleicht schon seit langem vorher, nur hatte er die Einladung nie gesehen. Das Gefühl, wie *richtig* alles war, das er hatte, hätte beinahe einen Fatalisten aus ihm gemacht. Wenn Midian existierte und bereit war, ihn aufzunehmen, dann reiste er zu einem Ort, an dem er sich endlich selbst verstehen und Frieden finden würde. Wenn nicht – wenn es nur als Talisman für die Ängstlichen und Verlorenen existierte –, dann war auch das *richtig*, und er würde auf das Ende zugehen, das ihn auf der Suche nach einem Nirgendwo erwartete. Das war besser als die Tabletten, besser als Deckers vergebliche Suche nach Sinn und Gründen.

Der Versuch des Doktors, das Monster in Boone auszumerzen, war zum Scheitern verurteilt gewesen. Das war so klar wie der Himmel über ihm. Boone der Mensch und Boone das Monster konnten nicht getrennt werden. Sie waren eins; sie reisten im selben Verstand und Körper auf derselben Straße. Und was immer am Ende dieser Straße lag, Tod und Ruhm, würde beider Schicksal sein.

3

Östlich von Peace River, hatte Narcisse gesagt, in der Nähe der Stadt Shere Neck; nördlich von Dwyer.

In High Prairie mußte er unbequem schlafen, bis er am folgenden Morgen eine Mitfahrgelegenheit nach Peace River fand. Die Fahrerin war eine Frau Ende Fünfzig, die stolz auf die Gegend war, die sie seit ihrer Kindheit kannte, und ihm mit Freuden einen kurzen Geographieunterricht gab. Er erwähnte Midian nicht, aber Dwyer und Shere Neck kannte sie – letzteres war eine Stadt von fünftausend Seelen östlich des Highway 67. Er erfuhr, daß er gut zweihundert Meilen hätte sparen können, wäre er nicht bis High Prairie gereist, sondern hätte sich schon früher nach Norden gehalten. Einerlei, sagte sie; sie kannte einen Ort in Peace River, wo die Farmer Rast machten und etwas aßen, bevor sie wieder zu ihren Häusern zurückfuhren. Dort würde er jemanden finden, der ihn mitnahm, wohin er wollte.

Verwandte dort? fragte sie. Er sagte, daß es so war.

Als der letzte seiner Mitfahrer ihn etwa eine Meile von Dwyer entfernt absetzte, war es kurz vor Einbruch der Dämmerung. Er sah dem Lieferwagen nach, der einen Schotterweg entlang ins tiefe Blau hineinfuhr, dann begann er, die kurze Strecke bis zur Stadt zu Fuß zurückzulegen. Eine Nacht schlechten Schlafs und die Fahrten mit Farmfahrzeugen auf Straßen, die schon bessere Zeiten gesehen hatten, hatten seiner ohnedies angeschlagenen Physis weiteren Tribut abverlangt. Er brauchte etwa eine Stunde, bis er den Stadtrand von Dwyer erreicht hatte, und da war es schon völlig Nacht. Das Schicksal war wieder auf seiner Seite. Ohne die Dunkelheit hätte er vielleicht die Blinklichter vor ihm gar nicht gesehen; die nicht willkommen hießen, sondern warnten.

Die Polizei war vor ihm hier; drei oder vier Wagen, schätzte er. Es war möglich, daß sie jemand ganz anderen verfolgten, aber das bezweifelte er. Vielleicht hatte der selbstvergessene Narcisse dem Gesetz das erzählt, was er Boone erzählt hatte. In dem Fall war dies ein Empfangskomitee. Sie suchten vielleicht schon von Haus zu Haus nach ihm. Und wenn hier, dann auch in Shere Neck. Er wurde erwartet.

Er war dankbar für den Schutz der Nacht, als er vom Weg herunter in ein Rapsfeld ging, wo er sich hinlegen und seinen nächsten Schritt planen konnte. Der Versuch, nach Dwyer zu gehen, wäre sicherlich nicht klug. Es wäre besser, er machte sich sofort auf den Weg nach Midian, achtete nicht auf Hunger und Müdigkeit und vertraute darauf, daß die Sterne und sein Instinkt ihm die Richtung zeigten.

Als er aufstand, roch er nach Erde, und so machte er sich in, wie er schätzte, nördliche Richtung auf. Er wußte genau, mit derart schlechten Orientierungsmöglichkeiten konnte er sein Ziel um Meilen verfehlen, oder es ebensogut einfach in der Dunkelheit übersehen. Wie auch immer; er hatte keine andere Wahl, und das war eine Art Trost für ihn.

In seiner fünf Minuten währenden Diebeszeit hatte er keine Uhr finden können, daher vermittelte ihm nur die langsame Wanderung des Sternenhimmels über ihm ein Zeitgefühl. Die Luft wurde kalt, dann bitter kalt, aber er behielt sein schmerzhaftes Tempo bei und mied die Straßen, soweit er konnte, obwohl er darauf leichter gehen konnte als auf dem gepflügten und eingesäten Boden. Diese Vorsichtsmaßnahme erwies sich einmal als durchaus begründet, als eine schwarze Limousine zwischen zwei Polizeiautos fast lautlos eine Straße entlangfuhr, die er vor wenigen Minuten überquert hatte. Er hatte nicht den geringsten Beweis für das Gefühl, das ihn überkam, als die Autos vorbeifuhren, aber er spürte mehr als heftig, daß der Passagier der Limousine Decker war, der gute Doktor, der immer noch auf der Suche nach dem *Verstehen* war.

4

Dann aus dem Nichts: Midian. Eben noch war die Nacht vor ihm konturlose Dunkelheit, im nächsten Augenblick befand sich eine Gruppe von Gebäuden am Horizont, deren gestrichene Wände graublau im Sternenlicht schimmerten. Boone stand mehrere Minuten da und studierte die Szenerie. Hinter keinem Fenster, auf keiner Veranda brannte ein Licht. Inzwischen war es sicherlich lange nach Mitternacht, und die Männer und Frauen der Stadt, die am folgenden Morgen aufstehen und arbeiten mußten, würden im Bett liegen. Aber kein einziges Licht? Das erschien ihm seltsam. So klein Midian sein mochte – von Kartographen und Schildermalern gleichermaßen vergessen –, gab es nicht einen einzigen Schlaflosen? Oder ein Kind, das den Trost einer Lampe brauchte, die die nächtlichen Stunden erhellte? Wahrscheinlicher war, daß sie auf ihn warteten – Decker und das Gesetz –, in den Schatten verborgen, bis er dumm genug war, in die Falle zu tappen. Die einfachste Lösung wäre, auf der Stelle kehrtzumachen und sie ihrer Nachtwache zu überlassen, aber er hatte kaum noch

Energie übrig. Wenn er jetzt umkehrte, wie lange würde er warten müssen, bis er eine Rückkehr riskieren konnte; und jede Stunde würde die Wahrscheinlichkeit einer Entdeckung oder der letzten Ruhe wahrscheinlicher machen.

Er beschloß, den Stadtrand abzuschreiten und sich ein Gefühl für die Beschaffenheit des Geländes zu verschaffen. Wenn er keine Hinweise auf Anwesenheit der Polizei fand, würde er die Stadt betreten und die Konsequenzen auf sich nehmen. Er hatte nicht den ganzen Weg zurückgelegt, um jetzt wieder umzukehren.

Midian offenbarte nichts von sich selbst, während er sich an seiner südöstlichen Flanke entlangbewegte, außer vielleicht seiner Leere. Er konnte nicht nur keine Spur von Polizeifahrzeugen auf den Straßen sehen, oder zwischen den Häusern verborgen, er konnte überhaupt kein Automobil sehen; keine Lieferwagen, kein landwirtschaftliches Fahrzeug. Er fing an, sich zu fragen, ob die Stadt eine dieser religiösen Gemeinschaften sein konnte, von denen er gelesen hatte, deren religiöse Dogmen ihnen Elektrizität oder Verbrennungsmotoren verweigerten.

Doch während er den Kamm eines kleinen Hügels erklomm, auf dessen Gipfel Midian stand, kam ihm eine zweite und einfachere Erklärung. Es war niemand *in* Midian. Bei diesem Gedanken blieb er unvermittelt stehen. Er sah zu den Häusern, suchte nach Spuren von Verfall, konnte aber keine finden. Soweit er erkennen konnte, waren alle Dächer intakt, und kein Gebäude schien am Rande des Zusammenbruchs zu sein. Doch obwohl die Nacht so still war, daß er das Huschen von Sternschnuppen über sich hören konnte, hörte er *nichts* aus der Stadt. Hätte jemand in der Stadt im Schlaf gestöhnt, hätte ihm der Wind den Laut zugetragen. Aber es herrschte Stille.

Midian war eine Geisterstadt.

Er hatte noch nie in seinem Leben solche Einsamkeit empfunden. Er stand da wie ein Hund, der nach Hause zurückgekehrt war und feststellte, daß seine Herren fort waren, und der nun nicht wußte, welchen Sinn sein Leben jetzt noch hatte oder ob es jemals wieder einen haben würde.

Er brauchte ein paar Minuten, um sich aufzuraffen und seinen Rundgang um die Stadt fortzusetzen. Doch zwanzig Meter von der Stelle entfernt, wo er gestanden hatte, legte ihm die Kuppe des Hügels den Blick auf eine Szenerie frei, die sogar noch geheimnisvoller als das verlassene Midian war.

Auf der anderen Seite der Stadt befand sich ein Friedhof. Boones erhobene Position ermöglichte ihm ungehinderten Ausblick darauf, obwohl hohe Mauern den Friedhof umgaben. Er war offenbar für die gesamte Umgebung erbaut worden, war er doch deutlich größer, als es eine Stadt von Midians Größe jemals benötigt haben würde. Viele der Mausoleen waren von eindrucksvollen Abmessungen, soviel war selbst aus der Entfernung zu erkennen, und die Anlage von Wegen, Gräbern und Bäumen verlieh dem Friedhof das Aussehen einer Kleinstadt.

Boone schritt den Hang des Hügels hinab darauf zu, sein Kurs führte ihn von der Stadt selbst weg. Nachdem der durch die Annäherung an Midian ausgelöste Adrenalinstoß abgeklungen war, stellte er fest, daß seine Kraftreserven zunehmend schwanden; Schmerzen und Erschöpfung, die von der Aufregung betäubt worden waren, kehrten nun mit aller Macht zurück. Er wußte, es konnte nicht mehr lange dauern, bis seine Muskeln völlig aufgaben und er zusammenbrach. Vielleicht würde er hinter den Friedhofsmauern eine Nische finden, in der er sich vor seinen Verfolgern verstecken und die müden Knochen ausruhen konnte.

Es gab zwei Zugänge. Ein schmales Tor an der Seitenmauer und ein großes Doppeltor, das der Stadt zugekehrt lag. Er entschied sich für das erstere. Es war verriegelt, aber nicht verschlossen. Er stieß es behutsam auf und trat ein. Den Eindruck, den er auf dem Hügel gehabt hatte, daß der Friedhof wie eine Stadt wirkte, wurde hier bestätigt, die Grabmäler rings um ihn herum stiegen hoch empor. Ihre Größe und, jetzt da er sie eingehender betrachten konnte, ihre Verzierungen verblüfften ihn. Welche großen Familien hatten die Stadt oder ihre Umgebung bewohnt, wohlhabend genug, daß sie ihre Toten in solchem Prunk begraben konnten? Die kleine Gemeinden der Prärie klammerten sich für ihren Unterhalt an das Land, aber es machte sie selten reich; und wenn es gelegentlich doch vorkam, durch Öl oder Gold, dann nie in solch großer Zahl. Und doch befanden sich prachtvolle Grüfte hier, Reihe für Reihe, die in allen möglichen Stilrichtungen erbaut worden waren, von Klassik bis Barock, und die – doch war er hier nicht sicher, ob seine erschöpften Sinne ihm keinen Streich spielten – mit Motiven widerstreitender Theologien geschmückt waren.

Das verstand er nicht. Er brauchte Schlaf. Die Gräber standen seit einem Jahrhundert oder länger; das Rätsel würde bei Einbruch der Dämmerung auch noch da sein.

Er suchte sich ein abseits gelegenes Bett zwischen zwei Gräbern und legte den Kopf nieder. Die Frühlingstriebe des Grases rochen süß. Er hatte auf ungleich schlechteren Kissen geschlafen, und er sollte es wieder tun.

V

EIN ANDERER AFFE

Der Laut eines Tieres weckte ihn, sein Knurren fand einen Weg in Träume vom Fliegen und holte ihn auf die Erde zurück. Er machte die Augen auf und setzte sich auf. Er konnte den Hund nicht sehen, aber er hörte ihn immer noch. War er hinter ihm? Die Enge der Grabmale warf Echos hin und her. Er drehte sich sehr langsam um und sah über die Schulter. Die Dunkelheit war unergründlich, konnte aber nicht völlig eine schwarze Bestie verbergen, deren Art unmöglich zu bestimmen war. Doch der drohende Laut aus seinem Hals ließ keine Fehlinterpretation zu. Dem Klang seines Knurrens nach zu urteilen, gefiel ihm seine eingehende Betrachtung nicht.

»He, Junge...« sagte er leise, »schon gut.«

Er wollte sich mit knirschenden Gelenken aufrichten, da er wußte, wenn er auf dem Boden blieb, konnte ihm das Tier mühelos an den Hals gehen. Weil er auf dem kalten Boden gelegen hatte, waren seine Glieder ungelenk geworden; er bewegte sich wie ein Rheumakranker. Vielleicht hielt das das Tier von einem Angriff ab, denn es beobachtete ihn einfach, die weißen Sicheln seiner Augen – die einzigen Einzelheiten, die er erkennen konnte – wurden größer, als der Blick ihm beim Aufstehen folgte. Als er auf den Füßen stand, drehte er sich zu der Kreatur um, die auf ihn zuzugehen begann. Etwas an ihrem Gang erweckte den Eindruck in ihm, als wäre sie verwundet. Er konnte hören, wie sie ein Bein hinter sich herzog; der Kopf war gesenkt, der Gang ungleichmäßig.

Worte des Trostes lagen ihm auf der Zunge, als sich ein Arm um seinen Hals legte und Worte und Atem gleichermaßen erstickte.

»*Eine Bewegung, und ich schlitze dich auf.*«

Mit dieser Drohung kam ein zweiter Arm um seinen Körper, und Finger gruben sich mit solcher Heftigkeit in seinen Magen, daß er nicht daran zweifelte, der Mann würde seine Drohung mit bloßen Händen in die Tat umsetzen.

Boone atmete flach. Selbst diese winzige Bewegung führte dazu, daß der Todesgriff um Hals und Unterleib fester wurde. Er spürte, wie ihm Blut am Bauch hinab und in die Jeans lief.

»Wer, zum Teufel, bist du?« wollte die Stimme wissen.

Er war ein schlechter Lügner; die Wahrheit war sicherer.

»Mein Name ist Boone. Ich kam hierher... kam hierher, um Midian zu finden.«

Ließ der Griff um seinen Bauch etwas nach, als er sein Ansinnen aussprach?

»Warum?« wollte jetzt eine zweite Stimme wissen. Boone brauchte nicht mehr als einen Herzschlag, um sich darüber klarzuwerden, daß die Stimme aus den Schatten vor ihm kam, wo die verwundete Bestie stand. Tatsächlich sogar *von* der Bestie.

»Mein Freund hat dir eine Frage gestellt«, sagte die Stimme an seinem Ohr. »Antworte ihm.«

Boone, der nach dem Angriff desorientiert war, richtete den Blick wieder auf das, was im Schatten lauerte, und zweifelte an seinen Augen. Der Kopf dessen, der die Frage gestellt hatte, war nicht von fester Materie; er schien die üppigen Gesichtszüge beinahe zu *inhalieren*, ihre Substanz wurde dunkler und floß durch Augenhöhlen und Nasenlöcher und Mund in sich selbst zurück.

Sämtliche Gedanken an die Gefahr, in der er schwebte, verschwanden; er wurde von einer Hochstimmung ergriffen. *Narcisse* hatte nicht gelogen. Vor ihm lag die verwandelnde Wahrheit seiner Worte.

»Ich bin gekommen, um unter euch zu sein...« sagte er und beantwortete damit die Frage des Wunders. »Ich bin gekommen, weil ich hierher gehöre.«

Eine Frage ging aus dem leisen Lachen hinter ihm hervor.

»Wie sieht er aus, Peloquin?«

Das Ding hatte sein Bestiengesicht hinuntergeschluckt. Darunter befanden sich menschliche Züge – auf einem Körper, der mehr Reptil als Säugetier war. Das Glied, das er hinter sich hergezogen hatte, war ein Schwanz; sein verwundeter Gang war das Schleichen einer geduckten Eidechse. Auch der Körper befand sich im Wandel, als sich das Zittern der Veränderung die hervorstehende Wirbelsäule hinabbewegte.

»Sieht wie ein Natürlicher aus«, antwortete Peloquin. »Nicht, daß das viel bedeuten würde.«

Warum konnte sein Angreifer das nicht selbst sehen, überlegte Boone.

Er betrachtete die Hand auf seinem Bauch. Sie hatte sechs Finger, die keine Nägel besaßen, sondern Krallen, die jetzt einen Zentimeter tief in seinen Muskeln vergraben waren.

»Tötet mich nicht«, sagte er. »Ich habe einen langen Weg hinter mir, um hierher zu gelangen.«

»Hast du das gehört, Jackie?« sagte Peloquin, der sich mit seinen vier Gliedmaßen vom Boden abstieß, um aufrecht vor Boone zu stehen. Seine Augen, die sich jetzt auf einer Ebene mit denen von Boone befanden, waren hellblau. Sein Atem war so heiß wie die Luft aus einem offenen Feuerofen.

»Was für eine Art Bestie bist du denn?« wollte er wissen. Die Verwandlung war so gut wie vollendet. Der Mann unter dem Monster war nicht bemerkenswert. Vierzig, schlaksig, blasse Haut.

»Wir sollten ihn nach unten bringen«, sagte Jackie. »Lylesburg wird ihn sehen wollen.«

»Möglich«, sagte Peloquin. »Aber ich glaube, wir würden seine Zeit verschwenden. Das ist ein Natürlicher, Jackie. Ich kann das riechen.«

»Ich habe Blut vergossen...« murmelte Boone. »Habe elf Menschen umgebracht.«

Die blauen Augen betrachteten ihn abschätzend. Sie drückten Belustigung aus.

»Das glaube ich nicht«, sagte Peloquin.

»Das steht uns nicht zu«, warf Jackie ein. »Du kannst ihn nicht beurteilen.«

»Ich habe Augen im Kopf, oder nicht?« sagte Peloquin. »Ich erkenne einen reinen Mann, wenn ich einen sehe.« Er deutete mit dem Finger auf Boone. »Du gehörst nicht zur Nachtbrut«, sagte er. »Du bist Fleisch. Das bist du. Fleisch für die Bestie.«

Während er sprach, verschwand die Belustigung aus seinem Gesicht und wurde von *Gier* ersetzt.

»Das können wir nicht machen«, protestierte die andere Kreatur.

»Wer erfährt es schon?« sagte Peloquin. »Wer wird es *je* erfahren?«

»Wir brechen das Gesetz.«

Das schien Peloquin gleichgültig zu sein. Er entblößte die Zähne, und dunkler Rauch quoll aus den Öffnungen und stieg vor seinem Gesicht empor. Boone wußte, was als nächstes kommen würde. Der Mann atmete *aus*, was er vor Augenblicken inhaliert hatte: seine Echsenpersönlichkeit. Die Proportionen seines Kopfes veränderten sich bereits andeutungsweise, als würde sich der Schädel unter der Fleischhülle zerlegen und neu ordnen.

»Ihr könnt mich nicht töten«, sagte er. »Ich gehöre zu euch.«

Kam da ein Nein aus dem Rauch vor ihm? Wenn ja, ging es in dem Verwandlungsprozeß verloren. Keine weiteren Diskussionen mehr. Die Bestie hatte die Absicht, ihn zu fressen...

Er verspürte stechende Schmerzen im Bauch und sah nach unten, wo sich die Krallenhand von seinem Fleisch gelöst hatte. Der Griff um seinen Hals wurde gelöst, und die Kreatur hinter ihm sagte:

»*Geh!*«

Er mußte sich nicht lange überreden lassen. Bevor Peloquin seine Rückverwandlung vollenden konnte, befreite sich Boone aus Jackies Umarmung und lief weg. In der Verzweiflung des Augenblicks verlor er jeglichen Orientierungssinn, den er gehabt haben mochte, eine Verzweiflung, der der Aufschrei der Wut von der hungrigen Bestie hinter ihm zusätzliche Nahrung lieferte, sowie die – beinahe sofortigen, schien es – Laute der Verfolgung.

Der Friedhof war ein Irrgarten. Boone lief blind, duckte sich nach rechts und links, wo immer sich eine Öffnung darbot, aber er mußte nicht über die Schulter sehen, um festzustellen, daß der Verschlinger ihn einholte. Während er lief, hörte er sein Urteil im Geiste:

Du gehörst nicht zur Nachtbrut. Du bist Fleisch. Fleisch für die Bestie.

Diese Worte waren ein schlimmerer Schmerz als der in seinen Beinen und Lungen. *Nicht einmal hierher gehörte er*, zu den Monstern von Midian. Und wenn nicht hierher, wohin dann? Er lief, wie Beute schon immer gelaufen war, wenn ihr die Hungrigen auf den Fersen waren, aber es war ein Rennen, das er nicht gewinnen konnte.

Er blieb stehen. Er drehte sich um.

Peloquin war fünf oder sechs Meter hinter ihm, sein Körper war noch menschlich, nackt und verwundbar, aber sein Kopf war völlig der einer Bestie, der Mund breit und von dornengleichen Zähnen gesäumt. Auch er blieb stehen, weil er vielleicht damit rechnete, Boone würde eine Waffe ziehen. Als keine zum Vorschein kam, streckte er seinem Opfer die Arme entgegen. Hinter ihm tauchte stolpernd Jackie auf, und Boone sah den Mann zum ersten Mal. Oder waren es *Männer?* Sein unförmiger Kopf hatte zwei Gesichter, deren Züge beide vollkommen entstellt waren; schielende Augen, die überall hinsahen, nur nicht nach vorne, Münder, die zu einer einzigen Öffnung verschmolzen, Nasenschlitze ohne Knochen. Es war das Gesicht eines Fötus aus dem Gruselkabinett.

Jackie versuchte einen letzten Appell, aber Peloquins ausgestreckte Arme verwandelten sich bereits von den Fingerspitzen bis zu den Ellbogen, ihre Zierlichkeit wich bemerkenswerter Kraft.

Er näherte sich Boone, noch bevor der Muskel ausgebildet war, und sprang sein Opfer an, um es zu Fall zu bringen. Boone stürzte vor ihm. Jetzt war es zu spät, seine Untätigkeit zu bedauern. Er spürte, wie Krallen an seiner Jacke rissen, um das feine Fleisch seiner Brust freizulegen. Peloquin hob den Kopf und *grinste,* ein Ausdruck, für den sein Mund nicht geschaffen war; dann biß er zu. Die Zähne waren nicht lang, aber es waren viele. Sie taten nicht so sehr weh, wie Boone erwartet hatte, bis Peloquin den Kopf zurückzog und einen Mundvoll Muskeln herausriß, zusammen mit Haut und Brustwarze.

Die Schmerzen rissen Boone aus seiner Resignation; er fing an, unter Peloquins Gewicht um sich zu schlagen. Aber die Bestie spie den Bissen aus dem Maul und suchte nach besseren Stücken, wobei sie ihrer Beute den Dunst von Blut ins Gesicht blies. Sie hatte Grund zum Ausatmen; mit dem nächsten Atemzug würde sie Boones Herz und Lungen aus der Brust saugen. Er schrie um Hilfe, und sie kam. Bevor Peloquin seinen tödlichen Atemzug machen konnte, packte Jackie ihn und zerrte ihn von seinem Opfer. Boone spürte, wie das Gewicht der Kreatur gehoben wurde, und er sah durch den Nebel der Schmerzen, wie sein Helfer mit Peloquin rang und sich ihre um sich schlagenden Glieder ineinander verhakten. Er blieb nicht, um den Sieger anzufeuern. Er drückte die Handfläche auf die Wunde an der Brust und stand auf.

Hier war keine Sicherheit für ihn; Peloquin war sicher nicht der einzige Bewohner mit Gier nach Menschenfleisch. Er konnte spüren, wie andere ihn beobachteten, während er durch den Friedhof stolperte; andere, die nur darauf warteten, daß er strauchelte und stürzte und sie ihn ohne Risiko zerreißen konnten.

Doch seine Körperfunktionen versagten trotz des Schocks ihren Dienst nicht. Seine Muskeln strotzten vor Kraft, wie er sie nicht mehr empfunden hatte, seit er sich selbst Gewalt angetan hatte, ein Gedanke, der ihn jetzt wie nie zuvor abstieß. Selbst die Verletzung, die unter seiner Hand pochte, besaß ihr *Leben* und feierte es. Die Schmerzen waren verschwunden, aber nicht von Taubheit ersetzt worden, sondern von einer Sinnlichkeit, die beinahe erotisch war und Boone verlockte, in die Brust zu greifen und sein Herz zu streicheln. Von derlei Unsinn abgelenkt, ließ er seine Füße vom Instinkt leiten, und sie führten ihn zum großen Doppelportal. Der Riegel widersetzte sich seinen blutverschmierten Händen, daher kletterte er darüber und erklomm das Tor mit einer Leichtigkeit, die ihn zum Lachen brachte. Dann war er draußen und lief in Richtung Midian, er lief nicht aus Angst vor einer Verfolgung, sondern der Freude wegen, die seine Glieder an der Bewegung und seine Sinne an der Geschwindigkeit hatten.

VI

TÖNERNE FÜSSE

Die Stadt war tatsächlich verlassen, wie er es schon vorher geahnt hatte. Auf eine Entfernung von einer halben Meile hatten die Häuser ausgesehen, als wären sie in gutem Zustand, aber nähere Betrachtung zeigte, daß sie in schlimmer Verfassung waren, waren sie doch dem Wechsel der Jahreszeiten unbewohnt preisgegeben. Obwohl ihn immer noch ein Gefühl des Wohlbefindens erfüllte, fürchtete er, daß ihn der Blutverlust mit der Zeit fertigmachen würde. Er brauchte etwas, um seine Verletzung zu verbinden, wie primitiv auch immer. Auf der Suche nach einem Stück Vorhang oder einem zurückgelassenen Bettuch öffnete er die Tür eines Hauses und trat in die Dunkelheit im Inneren.

Erst als er drinnen war, wurde ihm bewußt, wie seltsam geschärft all seine Sinne geworden waren. Seine Augen durchdrangen das Dunkel mühelos, entdeckten den beklagenswerten Abfall, den die ehemaligen Bewohner zurückgelassen hatten, welcher vom Staub trockener Erde bedeckt war – jahrelang durch zerbrochene Fenster und die verzogene Tür von der Prärie hereingeweht. Hier fand er Tuch; eine Bahn feuchtes Leinen, das er zwischen den Zähnen und der rechten Hand in Streifen riß, während er die linke auf der Verletzung ließ.

Damit beschäftigt, hörte er plötzlich das Knirschen von Dielen auf der Veranda. Er ließ den Verband aus den Zähnen fallen. Die Tür war offen. Auf der Schwelle stand ein Mann im Umriß, dessen Namen Boone kannte, obwohl sein Gesicht in Dunkelheit gehüllt war. Er roch Deckers Eau de Cologne; hörte Deckers Herzschlag; nahm Deckers Schweiß in der Luft zwischen ihnen wahr.

»So«, sagte der Doktor. »Hier sind Sie also.«

Leute versammelten sich auf der sternenbeschienenen Straße. Mit übernatürlich scharfen Ohren hörte Boone die Laute nervösen Flüsterns, von Winden, die aufgewühlte Eingeweide freisetzten, von Waffen, die gespannt wurden, um den Verrückten zur Strecke zu bringen, sollte er versuchen, ihnen zu entkommen.

»Wie haben Sie mich gefunden?« sagte er.

»Narcisse, nicht?« sagte Decker. »Ihr Freund im Krankenhaus?«

»Ist er tot?«

»Ich fürchte, ja. Er starb kämpfend.«

Decker kam einen Schritt ins Haus.

»Sie sind verletzt«, sagte er. »Was haben Sie sich angetan?«

Etwas hielt Boone von einer Antwort ab. Waren die Geheimnisse von Midian so bizarr, daß man ihm ohnedies nicht glauben würde, war das der Grund? Oder ging ihre Natur Decker nichts an? Letzteres sicherlich nicht. Deckers Hingabe, das Monströse zu verstehen, stand außer Zweifel. Wer wäre besser geeignet, die Offenbarung mit ihm zu teilen? Dennoch zögerte er.

»Sagen Sie es mir«, wiederholte Decker. »Wie sind Sie zu der Verletzung gekommen?«

»Später«, sagte Boone.

»Es gibt kein Später. Ich glaube, das wissen Sie.«

»Ich werde überleben«, sagte Boone. »Es ist nicht so schlimm, wie es aussieht. Wenigstens tut es nicht weh.«

»Ich meine nicht die Verletzung. Ich meine die Polizei. Sie wartet auf Sie.«

»Ich weiß.«

»Und Sie werden nicht friedlich mitkommen, nicht?«

Boone war nicht mehr sicher. Deckers Stimme erinnerte ihn so sehr daran, in Sicherheit zu sein, daß er beinahe glaubte, es könne wieder möglich sein, wenn der Doktor es so haben wollte.

Aber jetzt sprach Decker nicht mehr von Sicherheit. Nur von Tod.

»Sie sind ein mehrfacher Mörder, Boone. Verzweifelt. Gefährlich. Es war schwer, sie überhaupt zu überzeugen, mich in Ihre Nähe zu lassen.«

»Ich bin froh, daß Sie es getan haben.«

»Ich auch«, antwortete Decker. »Ich wollte die Möglichkeit, Lebewohl zu sagen.«

»Warum muß es so sein?«

»Das wissen Sie.«

Er wußte es nicht; eigentlich nicht. Er wußte nur mit wachsender Überzeugung, daß Peloquin die Wahrheit gesagt hatte.

Du gehörst nicht zur Nachtbrut, hatte er gesagt.

Und das stimmte; er war unschuldig.

»Ich habe niemanden umgebracht«, murmelte er.

»*Ich* weiß das«, antwortete Decker.

»Darum konnte ich mich an keines der Zimmer erinnern. Ich war nie *dort*.«

»Aber jetzt erinnern Sie sich«, sagte Decker.

»Nur weil...« Boone verstummte und sah den Mann im anthrazitfarbenen Anzug an. »...weil Sie es mir gezeigt haben.«

»Weil ich es Ihnen *beigebracht* habe«, verbesserte Decker ihn.

Boone sah ihn weiter an und wartete auf eine Erklärung, die nicht mit der in seinem Kopf übereinstimmte. Es konnte nicht Decker sein. Decker war Vernunft. Decker war Ruhe.

»Heute nacht wurden in Westlock zwei Kinder ermordet«, sagte der Doktor. »Man gibt Ihnen die Schuld.«

»Ich war nie in Westlock«, protestierte Boone.

»Aber ich«, antwortete Decker. »Ich habe dafür gesorgt, daß sie die Bilder sehen, diese Männer da draußen. Kindsmorde sind das Allerschlimmste. Ich lasse Sie besser hier sterben, als Sie ihnen zu übergeben.«

»Sie?« sagte Boone. »Sie haben es getan?«

»Ja.«

»Alle?«

»Und noch mehr.«

»Warum?«

Decker überlegte einen Augenblick.

»Weil es mir Spaß macht«, sagte er gleichgültig.

Er sah immer noch so geistig gesund aus, mit seinem maßgeschneiderten Anzug. Nicht einmal sein Gesicht, das Boone mittlerweile deutlich sehen konnte, enthielt einen sichtbaren Hinweis auf den Wahnsinn darunter. Wer, der den blutigen Mann und den sauberen sah, hätte Zweifel daran haben können, wer der Wahnsinnige und wer sein Heiler war? Aber der Schein konnte trügen. Es war nur das Monster, das Kind von Midian, das tatsächlich sein Fleisch verwandeln konnte, um sein wahres Selbst zu zeigen.

Decker zog eine Pistole aus der Innentasche seines Jacketts.

»Sie haben mir eine Waffe gegeben«, sagte er. »Falls Sie die Beherrschung verlieren.«

Seine Hand zitterte, aber auf diese Entfernung konnte er kaum danebenschießen. In wenigen Augenblicken würde alles vorbei sein. Die Kugel würde fliegen, und er würde tot sein, und so viele Geheimnisse waren ungeklärt. Die Verletzung; Midian; Decker. So viele Fragen, die er nie beantworten würde.

Es gab keinen anderen Augenblick mehr als jetzt. Er schleuderte das Tuch, das er noch hielt, nach Decker, und warf sich dahinter zur Seite. Decker feuerte, der Schuß erfüllte das Zimmer mit Schall und Licht. Als das Tuch zu Boden fiel, schnellte Boone zur Tür. Als er einen Meter davon entfernt war, strahlte das Licht der Waffe wieder. Und einen Augenblick später der Knall. Und damit ein Schlag in Boones Rücken, der ihn nach vorne schleuderte, durch die Tür auf die Veranda.

Deckers Ruf begleitete ihn. »*Er ist bewaffnet!*«

Boone hörte, wie sich die Schatten vorbereiteten, ihn zur Strecke zu bringen. Er hob die Arme zum Zeichen des Ergebens, machte den Mund auf, um seine Unschuld zu bekunden.

Die Männer, die hinter den Autos versammelt waren, sahen nur die blutigen Hände; Schuldbeweis genug. Sie feuerten.

Boone hörte die Kugeln in seine Richtung rasen – zwei von links, drei von rechts, eine direkt von vorn, die auf sein Herz zielte. Er hatte noch Zeit, darüber nachzudenken, wie langsam sie waren und wie melodisch. Dann trafen sie ihn: Oberschenkel, Lenden, Milz, Schulter, Wange und Herz. Er stand mehrere Sekunden aufrecht; dann feuerte jemand noch einmal, und nervöse Finger an Abzügen lösten eine zweite Salve aus. Zwei dieser Schüsse gingen vorbei. Der Rest traf: Unterleib, Knie, zwei in die Brust, einer in die Schläfe. Dieses Mal stürzte er.

Als er auf den Boden fiel, spürte er, wie die Wunde, die ihm Peloquin beigebracht hatte, sich wie ein zweites Herz verkrampfte, und ihr Vorhandensein war in seinen letzten Augenblicken seltsam tröstlich.

Irgendwo in der Nähe hörte er Deckers Stimme, und seine Schritte, die näher kamen, als er aus dem Haus kam, um den Leichnam zu untersuchen.

»Wir haben den Dreckskerl erwischt«, sagte jemand.

»Er ist tot«, sagte Decker.

»Nein, bin ich nicht«, dachte Boone.

Dann dachte er gar nichts mehr.

2. Teil

———

DER TOD IST EIN FLITTCHEN

»Auch das Wunderbare wird geboren,
hat seine Zeit und stirbt...«

Carmel Sands
Orthodoxies

VII

SCHWERE WEGE

1

Das Wissen, daß Boone sie verlassen hatte, war schlimm, aber was danach kam, war noch viel schlimmer. Zuerst natürlich dieser Telefonanruf. Sie hatte Philip Decker nur einmal gesehen und erkannte seine Stimme erst, als er sich identifizierte.

»Ich fürchte, ich habe schlechte Nachrichten.«

»Sie haben Boone gefunden.«

»Ja.«

»Ist er verletzt?«

Eine Pause. Sie wußte, bevor das Schweigen gebrochen wurde, was als nächstes kam.

»Ich fürchte, er ist tot, Lori.«

Da waren sie, die Neuigkeiten, die sie halb erwartet hatte, denn sie war zu glücklich gewesen, und das konnte nicht von Dauer sein. Boone hatte ihr Leben bis zur Unkenntlichkeit verändert. Sein Tod würde dasselbe bewirken.

Sie dankte dem Doktor, daß er so freundlich gewesen war, es ihr zu sagen, anstatt der Polizei diese Pflicht zu überlassen. Dann legte sie den Hörer auf und wartete darauf, daß sie es glauben würde.

Unter ihren Angehörigen gab es jene, die sagten, ein Mann wie Boone hätte ihr nie den Hof gemacht, wäre er bei geistiger Gesundheit gewesen, womit sie nicht meinten, daß seine Krankheit ihn blind wählen ließ, sondern daß ein Gesicht wie seines, das ein solches Schmeicheln bei allen auslöste, die für Gesichter empfänglich waren, sich in Gesellschaft von Schönheiten befunden hätte, wäre der Verstand dahinter nicht aus dem Gleichgewicht geraten gewesen. Diese Bemerkungen trafen tief, denn im Grunde ihres Herzens wußte sie, daß sie zutreffend waren. Boone besaß wenige Gaben, aber sein Gesicht war sein Schatz, es zu studieren, erforderte eine Hingabe, die ihn verlegen und unbehaglich stimmte. Es bereitete ihm kein Vergnügen, wenn er angestarrt wurde. Lori hatte sogar mehr als einmal befürchtet, er würde sich entstellen, um zu verderben, was die Aufmerksamkeit auf ihn lenkte, ein Drang, den sein völliges Desinteresse an seinem Äußeren andeutete. Sie wußte, er verbrachte Tage ohne zu duschen, Wochen ohne sich zu rasieren, ein halbes Jahr ohne Haarschnitt. Was wenig dazu diente, seine Anhänger von ihm abzubringen. Er verfolgte sie, weil *er selbst* verfolgt war; so einfach war das.

Sie vergeudete keine Zeit mit dem Versuch, ihre Freunde davon überzeugen zu wollen. Sie beschränkte Unterhaltungen über ihn auf ein Minimum, besonders wenn die Rede auf Sex kam. Sie hatte nur dreimal mit Boone geschlafen, und jedesmal war es eine Katastrophe gewesen. Sie wußte, was die Klatschbasen daraus machen würden. Aber sein zärtlicher, eifriger Umgang mit ihr deutete darauf hin, daß seine Avancen mehr als nur Pflichterfüllung waren. Er konnte sie einfach nicht in die Tat umsetzen, was ihn in Wut und solche Depressionen stürzte, daß sie sich zurückhielt und ihre Zärtlichkeiten abkühlte, um kein weiteres Versagen herauszufordern.

Aber sie träumte oft von ihm; Szenarien, die unzweideutig sexuell waren. Keinerlei Symbolismus. Nur sie und Boone in kahlen Zimmern, beim Ficken. Manchmal klopften Leute an die Tür, die hereinkommen und zusehen wollten, aber soweit kam es nie. Er gehörte ihr allein; in all seiner Schönheit und Verdrehtheit.

Aber nur in Träumen. Jetzt mehr denn je, nur in Träumen.

Ihre gemeinsame Geschichte war vorbei. Keine dunklen Tage mehr, an denen seine Unterhaltung einen Kreis von Niederlagen bildeten, keine plötzlichen Augenblicke des Sonnenscheins, wenn sie einen Ausdruck gehört hatte, der ihm Hoffnung gab. Das unvermittelte Ende hatte sie nicht unerwartet getroffen. Aber mit so etwas hatte sie nicht gerechnet. Nicht damit, daß Boone als Killer entlarvt und in einer Stadt niedergeschossen werden würde, von der sie noch nie gehört hatte. Das war das falsche Ende.

Aber so schlimm es war, es sollte noch schlimmer kommen.

Nach dem Telefonanruf war das unvermeidliche Kreuzverhör

durch die Polizei gekommen: Hatte sie ihn je verbrecherischer Aktivitäten verdächtigt? War er beim Umgang mit ihr jemals gewalttätig gewesen? Sie erzählte ihnen ein dutzendmal, daß er sie nie berührt hatte, es sei denn in Liebe, und dann nur widerstrebend. Ihre Schilderung seiner Zögerlichkeit schien ihnen eine unausgesprochene Bestätigung zu sein, sie wechselten wissende Blicke, während sie errötend von ihrem Liebesleben sprach. Als sie mit ihren Fragen fertig waren, erkundigten sie sich, ob sie den Leichnam identifizieren würde. Sie willigte in diese Pflicht ein. Sie war gewarnt worden, daß es unangenehm sein würde, aber sie wollte ein Lebewohl.

Und da wurden die Zeiten, die neuerdings seltsam geworden waren, noch seltsamer.

Boones Leichnam war verschwunden.

Anfangs konnte ihr niemand sagen, warum der Identifizierungsprozeß sich verzögerte; sie wurde mit Entschuldigungen hingehalten, die nicht ganz nach Wahrheit klangen. Aber schließlich hatten sie keine andere Möglichkeit mehr, als die Wahrheit zu sagen. Der Leichnam, der über Nacht in der Leichenhalle der Polizei gelassen worden war, war einfach verschwunden. Niemand wußte, wie er gestohlen worden war – die Leichenhalle war abgeschlossen gewesen, von gewaltsamem Zutritt war keine Spur zu finden – oder warum. Eine Untersuchung war eingeleitet worden, aber den verlegenen Gesichtern, die die Nachricht überbrachten, konnte man entnehmen, daß nicht viel Hoffnung zu bestehen schien, die Leichenräuber zu finden. Die gerichtsmedizinischen Untersuchungen an Aaron Boone würden ohne Leichnam fortgesetzt werden müssen.

2

Es quälte sie, daß er jetzt vielleicht nie zur letzten Ruhe gebettet werden würde. Der Gedanke, sein Leichnam könnte das Spielzeug eines Perversen geworden sein, oder schlimmer, eine gräßliche Ikone, verfolgte sie Tag und Nacht. Sie schockierte sich selbst mit der Fähigkeit sich vorzustellen, welchen Verwendungszwekken sein armes Fleisch zugeführt werden mochte, und ihr Verstand geriet in eine abwärtsgerichtete Spirale des Morbiden, die ihr – zum ersten Mal in ihrem Leben – angst um ihre eigene geistige Normalität machte.

Boone war ein Geheimnis in ihrem Leben gewesen, seine Zuneigung ein Wunder, das ihr ein nie gekanntes Selbstwertgefühl vermittelt hatte. Jetzt, im Tod, vertiefte sich dieses Geheimnis noch. Es schien, als hätte sie ihn überhaupt nicht gekannt, nicht einmal in den Augenblicken traumhafter Klarheit zwischen ihnen, wenn er bereit gewesen zu sein schien, sich den Schädel einzuschlagen, bis sie die Belastung von ihm genommen hatte; selbst da hatte er sich in einem geheimen Leben von Morden vor ihr versteckt.

Das schien kaum möglich zu sein. Wenn sie sich ihn jetzt vorstellte, wie er ihr idiotische Grimassen schnitt oder in ihrem Schoß weinte, war der Gedanke, daß sie ihn nicht richtig gekannt hatte, wie ein körperlicher Schmerz. Sie mußte diesen Schmerz irgendwie heilen, oder sich darauf vorbereiten, das Wundmal seines Verrats für immer zu tragen. Sie mußte wissen, *warum* dieses andere Leben ihn ins Unbekannte hinausgeführt hatte. Die beste Lösung war vielleicht, dort zu suchen, wo man ihn gefunden hatte: in Midian. Vielleicht würde sie dort die Aufklärung des Geheimnisses finden.

Die Polizei hatte sie angewiesen, Calgary vor Beendigung der Ermittlungen nicht zu verlassen, aber sie war, wie ihre Mutter, ein impulsives Geschöpf. Sie war um drei Uhr morgens mit dem Einfall aufgewacht, nach Midian zu gehen. Um fünf Uhr packte sie, und eine Stunde nach der Dämmerung war sie auf dem Highway Nr. 2 nach Norden unterwegs.

3

Anfangs ging alles gut. Es war gut, weg vom Büro – wo man sie vermissen würde, aber zum Teufel damit – und dem Apartment zu sein, wo alles sie an ihre Zeit mit Boone erinnerte. Sie fuhr nicht gerade blind, aber verdammt noch mal beinahe; keine Karte, die sie in die Finger bekommen hatte, hatte eine Stadt namens Midian erwähnt. Doch bei Unterhaltungen der Polizisten hatte sie andere Städtenamen gehört. Shere Neck war einer, an den sie sich erinnerte – und *das* war auf den Karten verzeichnet. Das machte sie zu ihrem Ziel.

Sie wußte wenig oder gar nichts über die Gegend, durch die sie fuhr. Ihre Familie stammte aus Toronto – dem zivilisierten Osten, wie ihre Mutter es bis zu ihrem Todestag genannt hatte; sie haßte ihren Mann wegen des Umzugs, der sie ins Hinterland geführt hatte. Das Vorurteil hatte abgefärbt. Der Anblick der Weizenfelder, die sich soweit das Auge reichte erstreckten, hatte Loris Fantasie nie besonders beflügelt, und während sie dahinfuhr, konnte nichts von dem, was sie sah, sie umstimmen. Der Weizen war seinem Wachstum überlassen, die Pflanzer und Säer gingen anderen Geschäften nach. Die schiere Monotonie ermüdete sie mehr als sie sich vorgestellt hatte. Sie unterbrach ihre Reise in McLennan, eine Autostunde von Peace River entfernt, und schlief die ganze Nacht ungestört in einem Motelbett, und am nächsten Morgen stand sie erfrischt und früh auf und fuhr weiter. Sie schätzte, daß sie Shere Neck bis Mittag erreicht haben würde.

Aber es kam nicht ganz so. Irgendwo östlich von Peace River kam sie vom Weg ab und mußte vierzig Meilen in die, wie sie vermutete, falsche Richtung gefahren sein, bis sie eine Tankstelle und jemanden fand, der ihr den Weg zeigen konnte.

Zwillinge, zwei Jungen, spielten im Sand vor der Treppenstufe zum Büro der Tankstelle mit Plastiksoldaten. Ihr Vater, dessen blondes Haar sie hatten, trat zwischen den Armeen eine Zigarette aus und kam zum Auto herüber.

»Was kann ich Ihnen geben?«

»Benzin, bitte. Und eine Information?«

»Das kostet was«, sagte er ohne zu lächeln.

»Ich suche eine Stadt namens Shere Neck. Kennen Sie sie?«

Das Kriegsspiel hinter ihm war eskaliert. Er drehte sich zu den Kindern um.

»Würdet ihr bitte still sein?« sagte er.

Die Jungen warfen einander von der Seite Blicke zu und verstummten, bis er sich wieder zu Lori gewendet hatte. Zu viele

Jahre Arbeit im Freien, in der Sommersonne, hatten ihn vorzeitig altern lassen.

»Was wollen Sie denn in Shere Neck?« sagte er.

»Ich versuche... jemanden zu finden.«

»Tatsächlich?« antwortete er eindeutig interessiert. Er zeigte ihr ein Grinsen, das für bessere Zähne gedacht gewesen war. »Jemand, den ich kenne? Wir sehen hier nicht allzu viele Fremde.«

Sie schätzte, daß es nicht schaden konnte zu fragen. Sie beugte sich ins Auto und holte ein Foto aus der Handtasche.

»Ich vermute, Sie haben diesen Mann nicht gesehen?«

Vor der Stufe drohte ein weiterer Weltkrieg auszubrechen. Bevor er das Foto von Boone sah, wandte er sich an die Kinder.

»Verdammt, habe ich euch nicht gesagt, ihr sollt still sein?« sagte er, dann betrachtete er das Bild. Seine Antwort erfolgte auf der Stelle. »Wissen Sie, wer das ist?«

Lori zögerte. Das rohe Gesicht vor ihr war finster. Aber jetzt war es zu spät, Unkenntnis vorzuschützen.

»Ja«, sagte sie, »ich weiß, wer er ist.«

»Und wissen Sie, was er getan hat?« Der Mann schürzte beim Sprechen die Lippen. »Da war ein Bild von Ihnen. Ich habe Sie gesehen.« Er drehte sich wieder zu den Kindern um. »Seid ihr jetzt *endlich still?*«

»Das war ich nicht«, protestierte einer der beiden.

»Ist mir scheißegal, wer es war!« lautete die Antwort.

Er schritt mit erhobenen Armen auf sie zu. Sie flohen binnen Sekunden vor seinem Schatten und ließen die Armeen aus Angst vor ihn im Stich. Seine Wut über die Kinder und sein Abscheu angesichts des Bildes waren jetzt zu einem Ekel verschmolzen.

»Ein verdammtes Tier«, sagte er und wandte sich an Lori. »Das war er. Ein verdammtes Tier.«

Er reichte ihr das getönte Foto heftig zurück.

»Verdammt gut, daß sie ihn weggepustet haben. Was haben Sie jetzt vor, die Stelle zu segnen?«

Sie nahm ihm ohne eine Antwort die Fotografie aus den öligen Fingern, aber er deutete ihren Gesichtsausdruck hinreichend gut. Er setzte seine Tirade uneingeschüchtert fort.

»So ein Mann gehört wie ein verdammter Hund erschossen, Lady. Wie ein verdammter Hund.«

Sie wich vor seiner Vehemenz zurück, ihre Hände zitterten so sehr, daß sie kaum die Autotür aufmachen konnte.

»Wollen Sie kein Benzin mehr?« sagte er plötzlich.

»Scheren Sie sich zum Teufel«, antwortete sie.

Er sah sie bestürzt an.

»Was ist denn in Sie gefahren?« spie er zurück.

Sie drehte den Zündschlüssel und betete, daß das Auto sich nicht totstellen würde. Sie hatte Glück. Sie fuhr mit hoher Geschwindigkeit davon, und im Rückspiegel sah sie den Mann in den Staub brüllen, den sie aufgewirbelt hatte.

Sie wußte nicht, woher sein Zorn gekommen war, aber sie wußte, wo er sich austoben würde: bei den Kindern. Es hatte keinen Sinn, sich hier etwas vorzumachen. Die Welt war voll von brutalen Vätern und tyrannischen Müttern; und, wenn man schon dabei war, grausamen und gleichgültigen Kindern. So war das eben. Sie konnte nicht Polizei für die ganze Rasse spielen.

Erleichterung über ihr Entkommen hielt zehn Minuten lang alle anderen Reaktionen auf Distanz, doch dann ließ sie nach, und ein so heftiges Zittern überkam sie, daß sie beim ersten Anzeichen von Zivilisation anhalten und eine Stelle suchen mußte, wo sie sich beruhigen konnte. Unter dem knappen Dutzend Geschäften befand sich auch ein Restaurant, dort bestellte sie Kaffee und ein süßes Stück Kuchen, dann ging sie auf die Toilette, wo sie sich kaltes Wasser auf die geröteten Wangen spritzte. Einsamkeit, obschon gestohlene, war der einzige Hinweis, den ihre Tränen brauchten. Als sie ihre fleckigen, ausgebrachten Züge in dem gesprungenen Spiegel betrachtete, fing sie sofort an zu schluchzen, und nichts – nicht einmal das Eintreffen einer anderen Kundin – konnte sie veranlassen, damit aufzuhören.

Die Neuangekommene machte nicht das, was Lori in solch einem Fall getan hätte: sich zu entfernen. Statt dessen suchte sie Loris Blick im Spiegel und sagte:

»Was ist der Grund? Männer oder Geld?«

Lori wischte mit den Fingern die Tränen fort.

»Verzeihung?« sagte sie.

»Wenn ich weine...« sagte das Mädchen und strich mit einem Kamm durch das hennarote Haar. »...dann nur wegen Geld oder Männern.«

»Oh.« Die schamlose Neugier des Mädchens half mit, weitere Tränen zurückzuhalten. »Ein Mann«, sagte Lori.

»Hat dich verlassen, was?«

»Nicht unbedingt.«

»Mein Gott«, sagte das Mädchen. »Ist er zurückgekommen? Das ist noch schlimmer.«

Diese Bemerkung erntete ein schwaches Lächeln von Lori.

»Normalerweise sind es die, die man nicht will, richtig?« fuhr das Mädchen fort. »Man sagt ihnen, sie sollen sich verpissen, und sie kommen immer wieder, wie Hunde...«

Die Erwähnung von Hunden erinnerte Lori an die Szene bei der Tankstelle, und sie spürte wieder, wie Tränen flossen.

»Ach, sei still, Sheryl«, schalt die Neuangekommene sich selbst. »Du machst alles nur noch schlimmer.«

»Nein«, sagte Lori. »Nein, wirklich. Ich muß mit jemandem reden.«

Sheryl lächelte.

»So sehr wie ich Kaffee brauche?«

Ihr Name war Sheryl Margaret Clark, und sie hätte Engeln Klatsch entlocken können. Nach der zweiten Stunde ihrer Unterhaltung und der fünften Tasse Kaffee hatte Lori ihr die ganze traurige Geschichte erzählt, von ihrer ersten Begegnung mit Boone bis zu dem Augenblick, als sie und Sheryl sich im Spiegel angesehen hatten. Auch Sheryl hatte eine Geschichte zu erzählen – eher eine Komödie als eine Tragödie –, von ihrem Liebhaber und dessen Leidenschaft für Autos, und von ihrer für seinen Bruder, was zu bösen Worten und einer Trennung geführt hatte. Sie war unterwegs, um mit sich selbst ins reine zu kommen.

»Das habe ich nicht mehr gemacht, seit ich ein Kind war«, sagte sie, »einfach weggegangen, wohin mich meine Laune getrieben hat. Vielleicht können wir zusammen weiterreisen. Nach Shere Neck. Das habe ich schon immer einmal besuchen wollen.«

»Stimmt das?«

Sheryl lachte.

»Nein. Aber es ist so gut wie jedes andere Ziel. Für den Vogelfreien sind alle Richtungen gleich.«

VIII

WO ER FIEL

Und so reisten sie gemeinsam weiter, nachdem sie sich vom Besitzer des Restaurants, der behauptete, Midians Lage mehr als nur vage zu kennen, den Weg hatten erklären lassen. Die Anweisungen waren gut. Der Weg führte sie durch Shere Neck, das größer war als Lori erwartet hatte, und eine nicht gekennzeichnete Straße hinab, die theoretisch nach Midian führen sollte.

»Warum wollen Sie denn dorthin?« hatte der Besitzer des Restaurants wissen wollen. »Dort geht niemand mehr hin. Es ist verlassen.«

»Ich schreibe einen Artikel über den Goldrausch«, hatte Sheryl als enthusiastische Lügnerin geantwortet. »*Sie* ist auf der Suche nach Sehenswürdigkeiten.«

»Schöne Sehenswürdigkeiten«, lautete die Antwort.

Die Bemerkung war ironisch gemeint gewesen, aber sie war zutreffender als der, der sie ausgesprochen hatte, wissen konnte. Es war Spätnachmittag, und das Licht schien golden auf den Schotterweg, als die Stadt in Sicht kam, und sie waren, bis sie sich auf der Hauptstraße befanden, der Überzeugung, daß dies nicht der richtige Ort sein konnte, denn welche Geisterstadt hatte jemals so einladend ausgesehen? Doch als sie aus der Sonne waren, änderte sich dieser Eindruck. Die verlassenen Häuser hatten etwas verloren Romantisches an sich, doch letztendlich war der Anblick niederschmetternd und nicht wenig unheimlich. Als sie den Ort sah, war Loris erster Gedanke:

»Warum kam Boone hierher?«

Ihr zweiter:

»Er ist nicht freiwillig hierher gekommen. Er wurde verfolgt. Es war ein Unglücksfall, daß er überhaupt hier war.«

Sie parkten das Auto mitten auf der Hauptstraße, die, plus minus eine Seitengasse, die einzige Straße war.

»Wir müssen es nicht abschließen«, sagte Sheryl. »Es wird niemand kommen und es stehlen.«

Jetzt, wo sie hier waren, war Lori um so glücklicher über Sheryls Gesellschaft. Ihr Schwung und ihre gute Laune waren ein Affront für diesen düsteren Ort; sie hielten alles fern, was hier spuken mochte.

Gespenster konnten durch Lachen vertrieben werden; das Elend war eine ernstere Sache. Sie empfand zum ersten Mal seit Deckers Anruf so etwas wie Schmerz des Verlusts. Es war so leicht, sich Boone hier vorzustellen, allein und verwirrt, vom Wissen erfüllt, daß seine Verfolger näherkamen. Es war noch einfacher, die Stelle zu finden, wo sie ihn niedergeschossen hatten. Die Löcher, die die Irrläufer geschlagen hatten, waren mit Kreidekreisen gekennzeichnet; Schlieren und Blutspritzer waren vom Holz der Veranda aufgesogen worden. Sie stand mehrere Minuten abseits der Stelle, konnte sich ihr nicht nähern, konnte aber auch nicht weggehen. Sheryl war taktvollerweise auf Erkundungspirsch gegangen: Niemand konnte den hypnotischen Bann brechen, den der Anblick seines Sterbebetts auf sie hatte.

Er würde ihr immer fehlen. Dennoch weinte sie nicht. Vielleicht hatte sie alle Tränen im Waschraum des Restaurants vergossen. Was sie statt dessen empfand, und was ihrem Verlust zusätzliche Nahrung zuführte, war das Geheimnis, wie ein Mann, den sie gekannt und geliebt hatte – oder geliebt und nur geglaubt, sie hätte ihn gekannt –, hier für Verbrechen gestorben sein konnte, derer sie ihn niemals für fähig gehalten hätte. Vielleicht war es der Zorn auf ihn, den sie empfand, der die Tränen zurückhielt; das Wissen, daß er trotz seiner Liebesbekundungen so vieles vor ihr geheimgehalten und sich ihren Forderungen nach einer Erklärung nun für immer entzogen hatte. Konnte er nicht wenigstens ein Zeichen hinterlassen haben? Sie betrachtete die Blutflecken und fragte sich, ob wachsamere Augen als ihre einen Sinn in ihnen erkannt haben würden. Wenn man anhand der Spuren in einer Kaffeetasse Prophezeiungen machen konnte, dann hatte doch sicher auch Boones letzte Spur in der Welt eine Bedeutung. Aber sie konnte sie nicht deuten. Die Zeichen waren nur eines von vielen ungelösten Geheimnissen, deren größtes das Gefühl war, das sie aussprach, während sie zu den Sternen hinaufsah:

»Ich liebe dich immer noch, Boone.«

Das war ein Rätsel, daß sie trotz ihres Zorns und ihrer Bestürzung alles Leben, das noch in ihr war, dafür gegeben hätte, wäre er nur durch diese Tür dort gekommen und hätte sie umarmt.

Aber ihre Verkündigung erhielt keine Antwort, wie verblümt auch immer. Kein vertrauter Atem an ihrer Wange, kein Seufzen in ihrem inneren Ohr. Wenn Boone noch als Geist hier war, so war er stumm und atemlos; nicht vom Tod befreit, sondern sein Gefangener.

Jemand sprach ihren Namen aus. Sie sah auf.

»...findest du nicht?« sagte Sheryl.

»Pardon?«

»Wird Zeit, daß wir gehen«, wiederholte Sheryl. »Findest du nicht, es wird Zeit, daß wir gehen?«

»Oh.«

»Du nimmst es mir hoffentlich nicht übel, wenn ich dir sage, daß du beschissen aussiehst.«

»Danke.«

Lori streckte die Hand aus, weil sie Halt brauchte. Sheryl ergriff sie.

»Du hast alles gesehen, was du sehen mußtest, Liebes«, sagte sie.

»Ja...«

»Laß es dabei bewenden.«

»Weißt du, es scheint immer noch nicht wirklich zu sein«, sagte Lori. »Sogar wenn ich hier stehe. Sogar jetzt, wo ich die Stelle sehe. Ich kann es nicht recht glauben. Wie kann er so... so *unwiederbringlich* dahin sein? Es sollte eine Möglichkeit geben, daß wir einander *erreichen*, findest du nicht, eine Möglichkeit, sie alle zu erreichen und zu berühren.«

»Wen?«

»Die Toten. Sonst ist doch alles Unsinn, oder nicht? Es ist alles sadistischer Unsinn.« Sie befreite sich von Sheryls Griff, legte die Hand an die Stirn und rieb sie mit den Fingerspitzen.

»Tut mir leid«, sagte sie, »ich stammle ziemlich sinnlos, was?«

»Im Ernst? Nein.«

Lori warf ihr einen verzeihungsheischenden Blick zu.

»Hör zu«, sagte Sheryl, »die alte Stadt ist nicht mehr, was sie einmal war. Ich finde, wir sollten von hier verschwinden und sie dem Verfall überlassen. Was meinst du?«

»Würde ich auch sagen.«

»Ich denke nur…« Sheryl verstummte.

»Was?«

»Die vielen Toten«, sagte sie.

»Welche Toten?«

»Hinter dem Hügel. Dort ist ein verdammter Friedhof.«

»Wirklich?«

»In deiner Verfassung ist es wahrscheinlich nicht gerade der ideale Anblick«, sagte Sheryl eilig. Aber Loris Gesichtsausdruck sagte ihr, daß sie die Information nicht freiwillig hätte preisgeben sollen.

»Das solltest du dir nicht ansehen«, sagte sie. »Wirklich nicht.«

»Nur ein oder zwei Minuten«, sagte Lori.

»Wenn wir noch länger bleiben, müssen wir im Dunkeln zurückfahren.«

»Ich werde nie mehr hierher kommen.«

»Aber sicher. Du solltest dir die Sehenswürdigkeiten ansehen. Großartige Sehenswürdigkeiten. Häuser toter Menschen.«

Lori lächelte ein wenig.

»Ich beeile mich«, sagte sie und ging die Straße in Richtung Friedhof entlang. Sheryl zögerte. Sie hatte den Pullover im Auto gelassen, und es wurde kühl. Und sie hatte die ganze Zeit, seit sie hier waren, das Gefühl nicht loswerden können, daß sie beobachtet wurden. Da die Dämmerung so kurz bevorstand, wollte sie nicht alleine auf der Straße bleiben.

»Warte auf mich«, sagte sie und eilte Lori hinterher, die die Friedhofsmauer bereits sehen konnte.

»Warum ist er nur so groß?« überlegte Lori laut.

»Das weiß Gott allein. Vielleicht sind sie alle auf einmal ausgestorben.«

»So viele? Es ist doch nur eine Kleinstadt.«

»Stimmt.«

»Und sieh dir an, wie groß die Gräber sind.«

»Sollte ich beeindruckt sein?«

»Warst du drinnen?«

»Nein. Und das möchte ich auch nicht.«

»Nur ein kleines Stück.«

»Wo habe ich das nur schon einmal gehört?«

Lori antwortete nicht. Sie war jetzt am Friedhofstor und griff zwischen den Stäben hindurch, um den Riegel aufzuschieben. Das gelang ihr. Sie stieß eines der Tore so weit auf, daß sie hindurchschlüpfen konnte, und trat ein. Sheryl folgte ihr widerstrebend.

»Warum so viele?« sagte Lori wieder. Es war nicht einfach Neugier, die sie diese Frage aussprechen ließ; dieses seltsame Schauspiel weckte wieder die Frage in ihr, ob Boone nur zufällig hier in die Enge getrieben worden war, oder ob Midian sein *Schicksal* gewesen war. War hier jemand begraben, den er gerne lebend gesehen hätte? Oder an wessen Grab hatte er seine Verbrechen gestehen wollen? Es war zwar nur eine Vermutung, aber diese Straßen der Grabmale schienen die schwache Hoffnung zu bieten, ein Verstehen zu bringen, welches das von ihm vergossene Blut nicht hätte bringen können, und wenn sie es studiert hätte, bis der Himmel einstürzte.

»Es ist spät«, erinnerte Sheryl sie.

»Ja.«

»Und mir ist kalt.«

»Wirklich?«

»Ich würde gerne *gehen*, Lori.«

»Oh... tut mir leid. Ja. Natürlich. Es wird sowie so dunkel, daß man kaum noch etwas sehen kann.«

»Daß du das gemerkt hast.«

Sie gingen den Hügel hinauf zur Stadt zurück, wobei Sheryl das Tempo vorgab.

Als sie den Stadtrand erreichten, war der letzte Rest Licht fast verschwunden. Lori ließ Sheryl zum Auto vorausgehen, blieb stehen und betrachtete den Friedhof ein letztes Mal. Von diesem Aussichtspunkt aus glich er einer Festung. Vielleicht hielten die hohen Mauern Tiere fern, doch schien das eine unnötige Vorsichtsmaßnahme zu sein. Die Toten waren unter ihren Gedenksteinen unbedingt sicher. Wahrscheinlich wollten die Trauernden mit den Mauern verhindern, daß die Toten Macht über sie erlangten. Innerhalb dieser Pforten war der Boden den Verstorbenen geweiht und wurde in ihrem Namen gehegt. Außerhalb gehörte die Welt den Lebenden, die von denen, die sie verloren hatten, nichts mehr lernen konnten.

Sie war nicht so arrogant. Heute nacht gab es zuviel, was sie den Toten sagen wollte; und so vieles zu hören. Das war ein Jammer.

Sie kehrte in seltsamer Hochstimmung zum Auto zurück. Erst als die Türen verriegelt waren und der Motor lief, sagte Sheryl:

»Jemand hat uns beobachtet.«

»Bist du sicher?«

»Ich schwöre es. Ich habe ihn gerade noch gesehen, als ich zum Auto kam.«

Sie rieb sich heftig die Brüste. »Herrgott, meine Nippel werden ganz taub, wenn ich so friere.«

»Wie hat er ausgesehen?«

Sheryl zuckte die Achseln. »Konnte ich im Dunkeln nicht sehen«, sagte sie. »Ist auch nicht mehr wichtig. Wie du gesagt hast, wir werden nicht noch einmal hierher kommen.«

Richtig, dachte Lori. Sie konnten die gerade Straße entlangfahren, ohne sich einmal umzudrehen. Vielleicht beneideten die verstorbenen Bewohner von Midian hinter den Mauern ihrer Festung sie darum.

IX

BERÜHRT

1

Es war nicht schwer, in Shere Neck eine Unterkunft zu suchen; es standen nur zwei Hotels zur Verfügung, und eines war bereits zum Brechen voll von Käufern und Verkäufern eines Landmaschinenverkaufs, der gerade stattgefunden hatte, und einige der Überzähligen belegten auch Zimmer im anderen Etablissement, dem Sweetgrass Inn. Wäre nicht Sheryls Art zu lächeln gewesen, wären sie möglicherweise auch dort abgewiesen worden; aber nach einigem Hin und Her wurde ein Zweibettzimmer für sie gefunden, das sie gemeinsam beziehen konnten. Es war schlicht, aber gemütlich.

»Weißt du, was mir meine Mutter zu sagen pflegte?« sagte Sheryl, während sie im Badezimmer ihr Reisenecessaire auspackte.

»Was?«

»Sie pflegte zu sagen: Dort draußen wartet ein Mann auf dich, Sheryl; er läuft herum und trägt deinen Namen an sich. Vergiß nicht, dies sagt dir eine Frau, die dreißig Jahre nach ihrem speziellen Mann gesucht hat, ohne ihn zu finden. Aber sie hat sich stets an diese romantische Vorstellung geklammert. Weißt du, der Mann deiner Träume wartet direkt hinter der nächsten Ecke. Und damit hat sie mich auch beeinflußt, der Teufel soll sie holen.«

»Immer noch?«

»O ja. Ich suche immer noch nach ihm. Nach allem, was ich durchgemacht habe, sollte ich es eigentlich besser wissen. Möchtest du zuerst duschen?«

»Nein. Geh nur.«

Nebenan hatte eine Party angefangen, die Wände waren so dünn, daß sie den Lärm kaum dämpfen konnten. Während Sheryl duschte, lag Lori auf dem Bett und dachte über die Ereignisse des Tages nach. Diese Übung dauerte nicht lange. Als nächstes wurde sie von Sheryl geweckt, die geduscht hatte und für einen Abend in der Stadt bereit war.

»Kommst du mit?« wollte sie wissen.

»Ich bin zu müde«, sagte Lori. »Geh und stürz dich ins Vergnügen.«

»Wenn es ein Vergnügen gibt...« sagte Sheryl sehnsüchtig.

»Dann wirst du es finden«, sagte Lori. »Gib ihnen etwas, worüber sie reden können.«

Sheryl versprach, daß sie das tun würde, und überließ Lori ihrer Ruhe, doch deren Müdigkeit war der Biß genommen worden. Sie konnte nur noch dösen, und selbst das wurde gelegentlich von lauten Ausbrüchen trunkener Ausgelassenheit aus dem Nebenzimmer unterbrochen.

Sie stand auf und suchte nach einem Getränkeautomaten nebst Eis, dann kehrte sie mit ihrem kalorienfreien Schlummertrunk zu einem weniger als friedlichen Bett zurück. Sie beschloß, ein entspannendes Bad zu nehmen, bis Trunkenheit oder Müdigkeit die Nachbarn zum Schweigen brachte. Als sie bis zum Hals in heißem Wasser lag, spürte sie, wie sich ihre Muskeln entkrampften, und als sie aus der Wanne stieg, fühlte sie sich schon wesentlich gelöster. Das Bad hatte keinen Abluftschacht, daher waren beide Spiegel beschlagen. Sie war ihnen für ihre Diskretion dankbar. Der Katalog ihrer Unzulänglichkeiten war auch ohne neuerliche Selbstbetrachtung, die ihn erweitern würde, umfangreich genug. Ihr Hals war zu dick, das Gesicht zu schmal, die Augen zu groß, die Nase zu dünn. Kurz gesagt, sie bestand aus einer Übertreibung nach der anderen, und jeder Versuch ihrerseits, die Schäden zu maskieren, betonte sie nur noch. Ihr Haar, das sie lang trug, um die Sünden ihres Halses zu bedecken, war so voll und dunkel, daß das Gesicht in seinem Rahmen kränklich aussah. Ihr Mund, der bis zum letzten Grübchen der Mund ihrer Mutter war, war natürlich, sogar unangemessen rot, aber wenn sie seine Farbe mit einem blassen Lippenstift zähmte, sahen ihre Augen dadurch nur größer und verwundbarer denn je aus.

Es war nicht so, daß die Summe ihrer Züge unattraktiv war. Sie hatte mehr als ihren Teil Männer gehabt, die ihr zu Füßen lagen. Nein, das Problem war, sie sah nicht so aus, wie sie sich fühlte. Es war ein *süßes* Gesicht, aber sie war nicht süß; wollte nicht süß *sein* oder als süß *betrachtet werden.* Vielleicht würden die heftigen Gefühle, die sie in den vergangenen paar Stunden berührt hatten – der Anblick des Blutes, der Anblick der Grabmäler –, mit der Zeit ihre Spuren hinterlassen. Sie hoffte es. Die Erinnerungen daran regten sich noch in ihr, und sie hatten sie bereichert, so schmerzlich sie auch gewesen sein mochten.

Sie ging nackt ins Schlafzimmer zurück. Die Feiernden im Nebenzimmer waren, wie sie gehofft hatte, leiser geworden. Die Musik war kein Rock 'n' Roll mehr, sondern etwas Verschmustes. Sie setzte sich auf den Bettrand, strich mit den Händen hin und her über ihre Brüste und genoß deren Weichheit. Ihr Atem hatte sich dem langsamen Rhythmus der Musik angepaßt, die durch die Wand drang; Musik, bei der man Lenden an Lenden, Mund an Mund tanzen sollte. Sie legte sich auf dem Bett zurück, ihre rechte Hand glitt am Körper hinab. Sie konnte den Niederschlag von monatelangem Zigarettenrauch in dem Laken riechen, auf dem sie lag. Dadurch wirkte das Zimmer mit seinem nächtlichen Kommen und Gehen beinahe wie ein öffentlicher Ort. Der Gedanke an ihre Nacktheit in solch einem Zimmer und der saubere Geruch ihrer Haut auf dem muffigen Laken waren sehr erregend.

Sie glitt mit Zeige- und Mittelfinger in ihre Fotze, wobei sie die Hüften ein wenig hob, um der Berührung entgegenzugehen. Dies war ein Vergnügen, das sie sich nur allzuselten gönnte; ihre katholische Erziehung hatte Schuldgefühle zwischen ihre Instinkte und ihre Fingerspitzen geschoben. Aber heute nacht war sie eine andere Frau. Sie fand die richtigen Stellen sofort, stemmte die Füße gegen den Bettrand und spreizte die Beine, damit beide Hände spielen konnten.

Sie dachte nicht an Boone, als die ersten Wogen der Gänsehaut kamen. Tote Männer waren schlechte Liebhaber. Es war besser, sie vergaß ihn. Sein Gesicht war hübsch gewesen, aber sie würde es nie wieder küssen. Auch sein Schwanz war schön gewesen, aber sie würde ihn nie mehr streicheln oder in sich spüren. Sie hatte nur sich selbst und Lust um reiner Lust willen. Genau das stellte sie sich jetzt vor: eben den Akt, den sie ausführte. Ein sauberer Körper nackt auf einem muffigen Bett. Eine Frau in einem fremden Zimmer, die Spaß an ihrem noch fremderen Selbst hatte.

Sie bewegte sich nicht mehr im Rhythmus der Musik. Sie hatte ihren eigenen Rhythmus gefunden, der anstieg und fiel, anstieg und fiel, jedesmal ein wenig höher. Es gab keinen Gipfel, nur Höhepunkt um Höhepunkt, bis sie schweißgetränkt und von Empfindungen überflutet war. Sie lag mehrere Minuten still. Da sie wußte, der Schlaf würde sie gleich überkommen, und sie die Nacht kaum in ihrer momentanen Stellung verbringen konnte, schlug sie sämtliche Decken zurück, außer einem einzigen Laken, legte den Kopf aufs Kissen und fiel in den Raum hinter ihren geschlossenen Augen.

2

Der Schweiß auf ihrem Körper kühlte unter dem dünnen Laken ab. Im Schlaf war sie auf dem Friedhof von Midian, der Wind wehte ihr durch alle Straßen aus sämtlichen Richtungen gleichzeitig entgegen – Norden, Süden, Osten und Westen –, und er machte sie frösteln, während er ihr das Haar um den Kopf wehte und in ihre Bluse stob. Der Wind war nicht unsichtbar. Er hatte eine Beschaffenheit, als trüge er eine Staublast, deren Körnchen ihr unaufhaltsam die Augen verklebten und die Nase verstopften, einen Weg in ihre Unterwäsche fanden und auch über jene Wege in ihren Körper hinein.

Erst als der Staub sie vollkommen blendete, wurde ihr klar, was er war – die Überreste der Toten, der uralten Toten, die von entgegengesetzten Winden von Pyramiden und Mausoleen, von Grüften und Dolmen, Beinhäusern und Krematorien geweht wurden. Sargstaub und menschliche Asche, zu Splittern zerstoßene Knochen, alles wurde nach Midian geweht und umhüllte sie an der Kreuzung.

Sie spürte die Toten in sich. Hinter den Lidern; im Hals; sie wurden in ihrem Schoß emporgetragen. Und trotz der Kälte und der Wut der vier Stürme verspürte sie keine Angst vor ihnen, keinen Wunsch, sie von sich zu haben. Sie suchten ihre Wärme und ihre Fraulichkeit.

Sie würde sie nicht zurückweisen.

»Wo ist Boone?« fragte sie im Traum, weil sie davon ausging, die Toten würden es wissen. Immerhin war er einer von ihnen.

Sie wußte, er war nicht weit von ihr, aber der Wind wurde heftiger, bedrängte sie aus allen Richtungen, heulte um ihren Kopf.

»Boone?« sagte sie nochmals. »Ich will Boone. Bringt ihn zu mir.«

Der Wind hörte sie. Sein Heulen wurde lauter.

Aber jemand anders war in der Nähe und lenkte sie davon ab, seine Antwort zu hören.

»Er ist tot, Lori«, sagte die Stimme.

Sie versuchte, nicht auf die idiotische Stimme zu achten und sich darauf zu konzentrieren, den Wind zu interpretieren. Aber sie hatte ihre Position in der Unterhaltung verloren und mußte von vorne anfangen.

»Ich will Boone«, sagte sie. »Bringt mir...«

»*Nein!*«

Wieder die verdammte Stimme.

Sie versuchte es ein drittes Mal, aber die Gewalt des Windes war einer anderen Gewalt gewichen: Sie wurde geschüttelt.

»Lori! Wach auf!«

Sie klammerte sich an den Schlaf, an den Traum vom Wind. Noch konnte er ihr sagen, was sie wissen mußte, wenn sie dem Angriff des Erwachens noch einen Augenblick Widerstand leisten konnte.

»Boone!« rief sie noch einmal, aber die Winde wichen vor ihr zurück und nahmen die Toten mit sich. Sie spürte ein Jucken, als sie sich aus ihren Venen und Sinnen zurückzogen. Das Wissen, das sie besaßen, ging mit ihnen. Es stand nicht in ihrer Macht, sie zu halten.

»*Lori.*«

Fort; jetzt waren sie alle fort. Vom Sturm davongetragen.

Sie hatte keine andere Wahl, als die Augen aufzumachen, obwohl sie wußte, sie würde Sheryl sehen, nur Fleisch und Blut, die am Bettrand sitzen und sie anlächeln würde.

»Alptraum?« sagte sie.

»Nein. Eigentlich nicht.«

»Du hast seinen Namen gerufen.«

»Ich weiß.«

»Du hättest mit mir kommen sollen«, sagte Sheryl. »Um ihn zu vergessen.«

»Vielleicht.«

Sheryl strahlte; sie mußte eindeutig eine Neuigkeit loswerden.

»Hast du jemanden kennengelernt?« vermutete Lori.

Sheryls Lächeln wurde zum Grinsen.

»Wer hätte das gedacht?« sagte sie. »Mutter hat vielleicht doch recht gehabt.«

»So gut?«

»So gut.«

»Erzähl mir alles.«

»Da gibt es nicht viel zu erzählen. Ich bin nur losgezogen, um eine Bar zu suchen, und dann habe ich diesen tollen Typen getroffen. Wer hätte das gedacht?« sagte sie wieder. »Mitten in der verdammten Prärie? Da sucht die Liebe nach mir.«

Ihre Aufregung war ein sehenswertes Vergnügen; sie konnte ihre Begeisterung kaum im Zaum halten, während sie Lori einen vollständigen Bericht von der nächtlichen Romanze gab. Der Name des Mannes war Curtis; ein Bankier, der in Vancouver geboren, geschieden und jüngst nach Edmonton gezogen war. Sie waren vollkommen komplementär, sagte sie; Sternzeichen, Geschmack, was Essen und Trinken anbetraf, familiärer Hintergrund.

Und noch besser, sie hatten sich zwar stundenlang unterhalten, aber er hatte nicht einmal versucht, sie aus ihrer Unterwäsche herauszuschwatzen. Er war ein Gentleman: redegewandt und intelligent, und er sehnte sich nach dem gebildeten Leben an der Westküste, wohin er, wie er angedeutet hatte, zurückkehren würde, wenn er die richtige Gefährtin gefunden hatte. Vielleicht war sie das.

»Ich werde ihn morgen abend wiedersehen«, sagte Sheryl. »Vielleicht sogar ein paar Wochen bleiben, wenn alles gut geht.«

»Das wird es«, antwortete Lori. »Du verdienst ein paar schöne Tage.«

»Wirst du morgen nach Calgary zurückkehren?« fragte Sheryl.

»Ja«, war die Antwort, die ihr Verstand vorbereitete. Aber der Traum war vor ihr und antwortete auf eine gänzlich andere Weise.

»Ich glaube, ich werde erst noch einmal nach Midian zurückkehren«, sagte sie. »Ich möchte es mir noch einmal ansehen.«

Sheryl verzog das Gesicht.

»Aber verlange nicht von mir, daß ich mitkomme«, sagte sie. »Ich möchte keinen weiteren Besuch dort machen.«

»Kein Problem«, antwortete Lori. »Ich gehe sehr gern alleine.«

X

SONNE UND SCHATTEN

Der Himmel über Midian war wolkenlos, die Luft überschäumend. Die Verdrießlichkeit, die sie bei ihrem ersten Besuch hier empfunden hatte, war verschwunden. Dies war immer noch die Stadt, in der Boone gestorben war, aber Lori konnte sie deswegen nicht mehr hassen. Eher umgekehrt: Sie und die Stadt waren Verbündete, die beide vom Dahinscheiden des Mannes gezeichnet waren.

Aber sie war nicht gekommen, um die Stadt selbst zu besuchen, sie wollte zum Friedhof, und der enttäuschte sie nicht. Die Sonne leuchtete auf den Mausoleen, die schroffen Schatten schmeichelten ihren kostbaren Verzierungen. Selbst das Gras, das zwischen den Gräbern wuchs, war heute von leuchtenderem Grün. Kein Wind wehte aus irgendeiner Himmelsrichtung; kein Atem der Traumstürme, die die Toten brachten. Es herrschte ungewöhnliche Stille innerhalb der hohen Mauern, als würde die Außenwelt gar nicht mehr existieren. Hier war ein den Toten geweihter Ort, und sie waren *nicht* die verstorbenen Lebenden, sondern fast eine andere Rasse, die Rituale und Gebete verlangte, welche ausschließlich ihr gehörten. Sie war auf allen Seiten von derlei Zeichen umgeben: Grabsteininschriften in Englisch, Französisch, Polnisch und Russisch; Bilder von verschleierten Frauen und zerschellte Urnen, Heilige, deren Martyrium sie nur ahnen konnte, Hunde aus Stein, die auf den Grüften ihrer Herren schliefen – alles Symbolik, die dieses andere Volk begleitete. Und je mehr sie erforschte, desto mehr dachte sie über die Frage nach, die sie am Vortag schon beschäftigt hatte: Warum war der Friedhof so groß? Und warum waren so viele Nationalitäten hier begraben, was immer deutlicher wurde, je mehr Gräber sie studierte. Sie dachte an ihren Traum; an den Wind, der aus allen vier Himmelsrichtungen geweht hatte. Es war, als hätte er etwas Prophetisches gehabt. Der Gedanke beunruhigte sie nicht. Wenn so die Welt funktionierte – mit Omen und Prophezeiungen –, so war das immerhin ein *Sy-*

stem, und sie hatte zu lange ohne eins gelebt. Die Liebe hatte sie enttäuscht; dies würde es vielleicht nicht tun.

Sie brauchte eine Stunde, während der sie durch die stillen Wege schritt, bis sie die rückwärtige Friedhofsmauer erreicht hatte, und dort fand sie eine Reihe Tiergräber – Katzen ruhten neben Vögeln, Hunde neben Katzen; friedlich nebeneinander wie verwandte Arten. Es war ein seltsamer Anblick. Sie wußte zwar von anderen Tierfriedhöfen, aber sie hatte noch nie gehört, daß Haustiere im selben geweihten Boden wie ihre Herren begraben worden waren. Doch sollte sie sich hier von irgend etwas überraschen lassen? Der Ort hatte seine eigenen Gesetze, und er war fern von denen erbaut worden, die sich darum kümmern oder verdammen konnten.

Als sie sich von der Mauer abwandte, konnte sie das Eingangstor nicht sehen, und sie erinnerte sich auch nicht mehr, welcher Weg dorthin führte. Das war einerlei. Sie fühlte sich sicher in der Einsamkeit des Ortes, und es gab vieles hier, was sie noch sehen wollte: Grabmäler, deren Architektur die umliegenden überragte und zur Bewunderung herausforderten. Sie entschied sich für einen Weg, der zu dem halben Dutzend der Vielversprechendsten führen würde, und begann bummelnd den Rückweg. Die Sonne, die sich dem Zenit näherte, wurde mit jedem Augenblick wärmer. Obwohl sie langsam dahinschlenderte, brach ihr der Schweiß aus, und ihr Hals wurde immer trockener. Sie hatte einen weiten Weg vor sich, wenn sie ihren Durst stillen wollte. Doch durstig oder nicht, sie ging nicht schneller. Sie wußte, sie würde nie mehr hierher kommen. Sie wollte, daß die Erinnerungen sicher verwahrt waren, wenn sie ging.

Unterwegs sah sie mehrere Grabmale, die buchstäblich von vor ihnen gepflanzten Schößlingen überwuchert worden waren. Die Bäume, meist Immergrün, Erinnerung an das ewige Leben, gediehen in der Abgeschiedenheit der Mauern und nährten sich vom fruchtbaren Boden. In manchen Fällen hatten ihre wuchernden Wurzeln die Denkmale gespalten, denen Schatten und Schutz zu spenden sie erbaut worden waren. Diese Szenen von frischem Grün und Verfall fand sie besonders vielsagend. Sie verweilte gerade vor einer, als die Stille unterbrochen wurde.

Im Blattwerk verborgen keuchte jemand, oder *etwas*. Sie trat automatisch einen Schritt zurück, aus dem Schatten des Baums in die heiße Sonne. Der Schrecken ließ ihr Herz heftig schlagen, sein Pochen machte sie taub für das Geräusch, das es ausgelöst hatte. Sie mußte ein paar Augenblicke warten und genau hinhören, um sicher zu sein, daß sie sich das Geräusch nicht eingebildet hatte. Es war kein Irrtum. Etwas versteckte sich hinter den Ästen des Baums, die von ihrer Blätterlast so niedergedrückt wurden, daß sie beinahe den Boden berührten. Jetzt, als sie genauer hinhörte, wurde ihr klar, daß das Geräusch nicht menschlichen Ursprungs war; und es war auch nicht gesund. Sein abgehacktes Keuchen erinnerte an ein sterbendes Tier.

Sie stand eine Minute oder länger in der Hitze der Sonne, sah einfach in die Masse aus Laub und Schatten und versuchte, das Geschöpf zu sehen. Gelegentlich eine Bewegung: ein Körper, der vergeblich versuchte, sich aufzurichten, verzweifeltes Scharren am Boden, wenn das Wesen aufstehen wollte. Seine Hilflosigkeit rührte sie. Wenn sie nicht für es tat, was sie konnte, würde das Tier sicher mit dem Wissen sterben – das war der Gedanke, der sie zum Handeln veranlaßte –, daß jemand sein Leid gehört hatte und vorbeigegangen war.

Sie trat wieder in den Schatten. Das Keuchen hörte vorübergehend völlig auf. Vielleicht hatte das Wesen Angst vor ihr und bereitete sich auf eine letzte Handlung der Selbstverteidigung vor, da es ihre Annäherung als Aggression wertete. Sie machte sich bereit, vor Krallen und Zähnen zurückzuweichen, als sie die letzten Äste beiseite schob und durch das Wirrwarr der Zweige sah. Ihr erster Eindruck war nicht Sehen oder Hören, sondern *Riechen*: ein bittersüßer Geruch, der nicht unangenehm war, und sein Ursprung war das Geschöpf mit den fahlen Flanken, das sie jetzt im Halbdunkel erkennen konnte, aus dem es sie mit großen Augen ansah. Sie schätzte, daß es ein junges Tier war, aber nicht von einer Art, die sie kannte. Möglicherweise eine Art Wildkatze, aber sein Fell erinnerte mehr an ein Reh als an das einer Katze. Es beobachtete sie argwöhnisch, der Hals konnte den feingeschnittenen Kopf kaum stützen. Noch während sie es ansah, schien es mit dem Leben abzuschließen. Es machte die Augen zu, der Kopf sank zu Boden.

Die Zweige waren so dicht, daß sie nicht näher hingehen

konnte. Sie versuchte gar nicht erst, sie beiseite zu biegen, sondern brach sie ab, um zu dem sterbenden Geschöpf zu gelangen. Die Zweige bestanden aus lebendem Holz und wehrten sich. Auf halbem Weg durch das Dickicht schnappte ein besonders trotziger Ast ihr mit so stechender Heftigkeit ins Gesicht, daß sie einen Schmerzensschrei ausstieß. Sie griff mit der Hand zur Wange. Die Haut rechts vom Mund war aufgeplatzt. Sie wischte das Blut weg und griff den Zweig mit neuem Eifer an, bis sie schließlich in Reichweite des Tieres war. Es konnte fast nicht mehr auf ihre Berührung reagieren, seine Augen öffneten sich kurz flatternd, als sie seine Flanke streichelte, dann machte es sie wieder zu. Sie konnte keine Verletzung sehen, aber der Körper unter ihrer Hand war fiebrig und zitterte.

Als sie sich bemühte, das Tier hochzuheben, fing es an zu urinieren und machte ihre Hände und ihre Bluse naß, aber sie hob es trotzdem auf, totes Gewicht in ihren Armen. Abgesehen von den Zuckungen, die durch sein Nervensystem liefen, hatte es keine Kraft mehr in den Muskeln. Seine Glieder hingen kraftlos herab, ebenso der Kopf. Nur der Geruch, den sie als erstes bemerkt hatte, war noch voller Leben, er wurde stärker, als die letzten Augenblicke des Wesens näherrückten.

Etwas wie ein Schluchzen drang an ihre Ohren. Sie erstarrte.

Wieder dasselbe Geräusch. Irgendwo links von ihr, und kaum unterdrückt. Sie trat aus dem Schatten des Immergrün und nahm das sterbende Tier mit sich. Als das Sonnenlicht auf das Geschöpf fiel, reagierte es mit einer Heftigkeit, die sich mit seiner offensichtlichen Entkräftung kaum vereinbaren ließ, und seine Glieder zuckten ruckartig. Sie trat in den Schatten zurück, weil ihre Instinkte, nicht Analyse, verrieten, daß das Licht dafür verantwortlich war. Erst dann sah sie wieder in die Richtung, aus der das Schluchzen gekommen war. Die Tür eines Mausoleums weiter unten am Weg – einem gewaltigen Bauwerk aus gesprungenem Marmor – war angelehnt, und in dem dunklen Spalt dahinter konnte sie vage eine menschliche Gestalt erkennen. Vage, weil sie in Schwarz gekleidet war und verschleiert zu sein schien.

Sie verstand dieses Szenario nicht. Das sterbende, vom Licht gequälte Tier; die schluchzende Frau – sicherlich eine Frau – in Trauerkleidung unter der Tür. Wo war der Zusammenhang?

»Wer sind Sie?« rief sie.

Als sie angesprochen wurde, schien die Trauernde in den Schatten zurückzuweichen, dann bedauerte sie die Bewegung und kam wieder näher zu der offenen Tür, aber so zögerlich, daß die Verbindung zwischen Tier und Frau deutlich wurde.

Sie hat *auch* Angst vor der Sonne, dachte Lori. Sie gehörten zusammen, Trauernde und Tier, die Frau klagte wegen des Geschöpfes, das Lori in den Armen hielt.

Sie betrachtete den Weg, der zwischen ihr und dem Grabmal lag. Konnte sie zur Tür der Gruft gelangen, ohne in die Sonne zu treten und damit das Ende des Tieres zu beschleunigen? Vielleicht mit Vorsicht. Sie plante ihren Weg, bevor sie sich bewegte, dann ging sie zu dem Mausoleum hinüber und benützte die Schatten als Anlaufpunkte. Sie sah nicht zur Tür – ihre gesamte Aufmerksamkeit war darauf konzentriert, das Tier vor dem Licht zu schützen –, aber sie konnte die Anwesenheit der Trauernden spüren, die sie herbeiwünschte. Einmal gab die Frau einen Ton von sich; kein Wort, sondern einen sanften Laut, einen Laut wie an der Krippe, der nicht Lori galt, sondern dem sterbenden Tier.

Als die Tür des Mausoleums nur noch drei oder vier Meter entfernt war, wagte Lori aufzusehen. Die Frau unter der Tür konnte nicht mehr länger warten. Sie griff aus ihrer Zuflucht heraus; die Arme wurden entblößt, als der Stoff des Gewands zurückrutschte, das sie trug, und ihre Haut wurde dem Sonnenlicht preisgegeben. Die Haut war weiß – wie Eis, wie Papier –, aber nur einen Augenblick lang. Als sich die Finger streckten, um Lori ihre Bürde abzunehmen, wurde sie dunkel und geschwollen, als wären urplötzlich Blutergüsse entstanden. Die Trauernde stieß einen Schmerzensschrei aus und wäre beinahe in die Gruft zurückgestürzt, als sie die Arme zurückzog, aber vorher platzte die Haut auf, und Staub – gelb wie Pollen – quoll aus ihren Fingern und fiel durch das Sonnenlicht auf die Veranda.

Lori war Sekunden später an der Tür; dann durch sie hindurch im Schutz der Dunkelheit dahinter. Das Zimmer war nicht mehr als eine Vorkammer. Zwei Türen führten weiter hinein: eine in eine Art Kapelle, die andere nach unten. Die trauernde Frau stand vor dieser zweiten, offenen, so weit vom schädlichen Sonnenlicht entfernt, wie sie nur konnte. In ihrer Hast hatte sie den Schleier fallen lassen. Das Gesicht darunter war fein geschnitten und fast bis zur Ausgezehrtheit schmal, was den Augen, in denen sich sogar in der dunkelsten Ecke des Raumes etwas Licht von der offenen Tür spiegelte, so daß sie beinahe zu leuchten schienen, zusätzliche Macht verlieh.

Lori verspürte keinerlei Angst. Die andere Frau zitterte, während sie die sonnenverbrannten Hände rieb und ihr Blick von Loris bestürztem Gesicht zu dem Tier glitt.

»Ich glaube, es ist tot«, sagte Lori, die nicht wußte, an welcher Krankheit die Frau litt, die ihren Kummer aber aus frischester Erinnerung kannte.

»Nein«, sagte die Frau voll stiller Überzeugung. »Sie kann nicht sterben.«

Ihre Worte waren eine Feststellung, keine Bitte, aber die reglose Gestalt in Loris Armen strafte diese Überzeugung Lügen. Wenn das Wesen noch nicht tot war, kam sicherlich jede Rettung zu spät.

»Würden Sie sie mir bringen?« fragte die Frau.

Lori zögerte. Das Gewicht des Körpers tat ihren Armen weh, und sie wollte die Pflicht hinter sich bringen, dennoch durchquerte sie die Kammer nicht.

»Bitte«, sagte die Frau und streckte die verletzten Hände aus.

Lori gab nach und ließ die Sicherheit von Tür und sonnenerleuchteter Veranda hinter sich. Sie war erst zwei oder drei Schritte gegangen, als sie flüsternde Laute hörte. Sie konnten nur einen Ursprung haben: die Treppe. Es waren Leute in der Gruft. Sie blieb stehen, kindischer Aberglaube stieg in ihr empor. Angst vor Gräbern; Angst vor *abwärts* führenden Treppen; Angst vor der Unterwelt.

»Da ist niemand«, sagte die Frau mit schmerzverzerrtem Gesicht. »Bitte, bringen Sie mir Babette.«

Als wollte sie Lori weiter beruhigen, ging sie einen Schritt von der Treppe weg und flüsterte dem Tier, das sie Babette genannt hatte, etwas zu. Entweder die Worte, oder die Nähe der Frau, oder möglicherweise die kühle Dunkelheit der Kammer entlockten dem Wesen eine Reaktion: ein Zittern, das wie eine elektrische Ladung an seiner Wirbelsäule entlanglief und so stark war, daß Lori es beinahe fallengelassen hätte. Das Murmeln der Frau wurde lauter, als tadelte sie das sterbende Ding, und ihr Eifer, es zu greifen, war plötzlich drängend. Aber sie waren in einer Sackgasse. Lori war ebensowenig bereit, sich dem Eingang der Gruft zu nähern, wie die Frau bereit war, noch einen Schritt in Richtung der Tür ins Freie zu gehen, und in diesen Sekunden der Unentschlossenheit erwachte das Tier zu neuem Leben. Eine seiner Klauen ergriff Loris Brust, als es anfing, sich in ihrer Umarmung zu winden.

Das Tadeln wurde zum Aufschrei...

»*Babette!*«

...aber wenn das Geschöpf ihn hörte, achtete es nicht darauf. Seine Bewegungen wurden heftiger: eine Mischung aus Anfall und Sinnlichkeit. Im einen Augenblick schüttelte es sich wie unter Qualen, im nächsten räkelte es sich wie eine Schlange, die ihre Haut abstreift.

»*Nicht hinsehen, nicht hinsehen!*« hörte sie die Frau sagen, aber Lori wollte keinen Blick von diesem gräßlichen Tanz nehmen. Und sie konnte das Wesen auch nicht der Obhut der Frau übergeben; solange es sie noch so festhielt, würde jeder Versuch, sie zu trennen, Blut fließen lassen.

Aber dieses *Nicht hinsehen!* hatte seinen Sinn gehabt. Jetzt war es an Lori, die Stimme voller Panik anschwellen zu lassen, als ihr klar wurde, daß das, was sich in ihren Armen abspielte, wider jegliche Vernunft war.

»*Allmächtiger Gott!*«

Das Tier verwandelte sich vor ihren Augen. Es verlor im Überfluß von Häutung und Zuckungen seinen Tiercharakter, aber nicht, indem es seine Anatomie neu ordnete, sondern indem es sein gesamtes Wesen verflüssigte – bis auf die Knochen –, bis das einstmals Feste nur noch brodelnde Materie war. Dies war die Ursache des bittersüßen Geruchs, den sie unter dem Baum wahrgenommen hatte: der Stoff, der die Auflösung des Tiers bewirkte. In dem Augenblick, als sie den Zusammenhalt verlor, schien die Materie aus ihrem Griff zu gleiten, aber irgendwie zog die Essenz des Dings – seine Willenskraft, möglicherweise seine *Seele* – sie zum Zweck der Neuordnung zurück. Der letzte Teil des Tiers, der schmolz, war die Kralle, und ihre Auflösung jagte ein Pulsieren der Lust durch Loris Körper. Aber das lenkte sie nicht von der Tatsache ab, daß sie jetzt frei war. Sie war entsetzt, konnte das, was sie hielt, nicht schnell genug loswerden, und kippte es wie einen Haufen Exkremente in die ausgestreckten Arme der Trauernden.

»*Herrgott*«, sagte sie zurückweichend. »*Herrgott. Herrgott.*«

Das Gesicht der Frau dagegen drückte kein Entsetzen aus; nur Freude. Tränen des Glücks rannen über ihre weißen Wangen und fielen in den Schmelztiegel, den sie hielt. Lori sah zum Sonnenlicht. Es war nach dem Dunkel des Inneren blendend grell. Sie war vorübergehend desorientiert und machte die Augen zu, um sich von Gruft und Licht gleichermaßen abzulenken.

Schluchzen veranlaßte sie, die Augen wieder aufzumachen. Diesmal war es nicht die Frau, sondern ein Kind, ein Mädchen von vier oder fünf Jahren, das nackt dort lag, wo der Schleim der Verwandlung gewesen war.

»Babette«, sagte die Frau.

Unmöglich, antwortete die Vernunft. Dieses magere weiße Kind konnte nicht das Tier sein, das sie unter dem Baum gerettet hatte. Es war ein Taschenspielertrick, oder eine idiotische Täuschung, die sie über sich selbst gebracht hatte. Unmöglich; vollkommen unmöglich.

»Sie spielt so gerne draußen«, sagte die Frau, die von dem Kind zu Lori sah. »Und ich sage ihr: Niemals, niemals in der Sonne. Spiel niemals in der Sonne. Aber sie ist ein Kind. Sie versteht es nicht.«

Unmöglich, wiederholte die Vernunft. Aber irgendwo in ihrem Innersten hatte Lori bereits aufgegeben, es zu leugnen. Das Tier war echt gewesen. Die Verwandlung war echt gewesen. Jetzt war da ein lebendes Kind, das in den Armen seiner Mutter weinte. Auch sie war echt. Jeder Augenblick, den sie verneinte, was sie *wußte*, war ein für das Verstehen verlorener Augenblick. Daß in ihrem Weltbild kein Platz für so ein Geheimnis war, ohne daß es zerschellte, war seine eigene Schuld und ein Problem für einen anderen Tag. Jetzt wollte sie nur fort; ins Sonnenlicht, das diese Gestaltveränderer fürchteten. Sie wagte nicht, den Blick von ihnen abzuwenden, bis sie in der Sonne war, daher streckte sie die Hand zur Wand aus, um sich behutsam daran rückwärts zu tasten. Aber Babettes Mutter wollte sie noch nicht gehen lassen.

»Ich schulde Ihnen etwas...« sagte sie.

»Nein«, antwortete Lori. »Ich will... nichts... von Ihnen.«

Sie verspürte den Drang, ihrem Ekel Ausdruck zu verleihen, aber die Szene des Wiedersehens vor ihr – das Kind griff über sich und berührte das Kinn der Mutter, sein Schluchzen ließ nach – war so rührend. Ekel wurde zu Bestürzung, Angst, Verwirrung.

»Ich will Ihnen helfen«, sagte die Frau. »Ich weiß, warum Sie hierher gekommen sind.«

»Das bezweifle ich«, sagte Lori.

»Verschwenden Sie hier nicht Ihre Zeit«, antwortete die Frau. »Sie haben hier nichts zu suchen, Midian ist die Heimat der Nachtbrut. Nur der Nachtbrut.«

Ihre Stimme war leiser geworden; kaum mehr als ein Flüstern.

»Der Nachtbrut?« sagte Lori lauter.

Die Frau sah schmerzerfüllt drein.

»Psssst...« sagte sie. »Ich sollte Ihnen das gar nicht sagen. Aber soviel bin ich Ihnen wenigstens schuldig.«

Lori wich nicht weiter zur Tür zurück. Ihr Instinkt sagte ihr, sie solle warten.

»Kennen Sie einen Mann namens Boone?« sagte sie.

Die Frau machte den Mund auf, um zu antworten; ihr Gesicht war eine Masse widerstreitender Gefühle. Sie wollte antworten, soviel war deutlich; aber Angst hinderte sie am Sprechen. Das war unwichtig. Ihr Zögern war Antwort genug. Sie *kannte* Boone; oder hatte ihn gekannt.

»Rachel.«

Die Stimme hallte aus der Tür, die in die Erde hinabführte. Eine Männerstimme.

»Komm weg da«, verlangte sie. »Du hast nichts zu sagen.«

Die Frau sah zur Treppe.

»Mister Lylesburg«, sagte sie mit formeller Stimme. »Sie hat Babette gerettet.«

»Wir wissen es«, kam die Antwort aus der Dunkelheit.

Wir, dachte Lori. Wie viele andere waren noch da unter der Erde; wie viele von der *Nachtbrut?*

Die Nähe der offenen Tür verlieh ihr Selbstvertrauen, daher forderte sie die Stimme heraus, die versuchte, ihre Informantin zum Schweigen zu bringen.

»Ich habe das Kind gerettet«, sagte sie. »Ich glaube, dafür steht mir etwas zu.«

In der Dunkelheit herrschte Schweigen; dann leuchtete in ihrer Mitte ein Pünktchen heiße Asche auf, und Lori wurde klar, daß Mister Lylesburg fast oben auf der Treppe stand, wo das Licht von der Tür auf ihn fallen und ihn beleuchten sollte, wenn auch schwach, aber irgendwie hatten sich die Schatten um ihn herum geballt, so daß er unsichtbar blieb, abgesehen von seiner Zigarette.

»Das Kind hat kein Leben, das man retten könnte«, sagte er zu Lori, »aber was sie hat, gehört Ihnen, wenn Sie es wollen.« Er machte eine Pause. »Wollen Sie es? Wenn ja, nehmen Sie sie. Sie gehört Ihnen.«

Das Thema dieser Unterhaltung entsetzte sie.

»Wofür halten Sie mich?« sagte sie.

»Ich weiß nicht«, antwortete Lylesburg. »Sie waren diejenige, die eine Belohnung verlangt hat.«

»Ich möchte nur ein paar Fragen beantwortet haben«, protestierte Lori. »Ich will das Kind nicht. Ich bin keine Wilde.«

»Nein«, sagte die Stimme sanft. »Nein, das sind Sie nicht. Also gehen Sie. Sie haben hier nichts zu suchen.«

Er zog an der Zigarette, und in deren winzigem Licht konnte Lori die Züge des Sprechers erkennen. Sie spürte, daß er sich in diesem Augenblick freiwillig offenbarte und den Schleier der Schatten eine Handvoll Augenblicke fallenließ, um ihrem Blick von Angesicht zu Angesicht zu begegnen. Auch er war, wie Rachel, ausgezehrt, bei ihm fiel das Hagere mehr auf, weil seine Knochen groß und für solidere Umhüllung geschaffen waren. Jetzt, da die Augen in die Höhlen eingesunken waren und die Gesichtsmuskeln sich unter der papierartigen Haut nur allzu deutlich abzeichneten, beherrschte die gerunzelte und totenblasse Wölbung seiner Stirn das Gesicht.

»Dies war niemals beabsichtigt«, sagte er. »Sie hätten nichts sehen sollen.«

»Das weiß ich«, antwortete Lori.

»Dann wissen Sie auch, daß es ernste Folgen nach sich ziehen wird, wenn Sie davon sprechen.«

»Drohen Sie mir nicht.«

»Nicht für Sie«, sagte Lylesburg. »Für *uns*.«

Sie empfand einen Anflug von Scham, weil sie ihn mißverstanden hatte. Sie war nicht die Verwundbare; sie konnte im Sonnenschein gehen.

»Ich werde nichts sagen«, sagte sie zu ihm.

»Ich danke Ihnen«, sagte er.

Er zog wieder an seiner Zigarette, und der dunkle Rauch verhüllte sein Gesicht.

»Was unten ist...« sagte er hinter dem Schleier, »...bleibt unten.«

Als sie das hörte, seufzte Rachel leise und betrachtete das Kind, das sie sanft wiegte.

»Komm mit«, sagte Lylesburg, und die Schatten, die ihn verbargen, bewegten sich die Treppe hinunter.

»Ich muß gehen«, sagte Rachel und drehte sich um, um ihm zu folgen. »Vergessen Sie, daß Sie jemals hier waren. Sie können nichts tun. Sie haben Mister Lylesburg gehört. Was unten ist...«

»...bleibt unten. Ja, ich habe es gehört.«

»Midian gehört der Brut. Hier ist niemand, der Sie braucht...«

»Sagen Sie mir nur eines«, bat Lori. »Ist Boone hier?«

Rachel hatte die Treppe bereits erreicht und ging hinunter.

»Er ist hier, nicht?« sagte Lori, die die Sicherheit der Tür verließ und die Kammer zu Rachel hin durchquerte. »Ihr habt seinen Leichnam gestohlen!«

Das ergab einen schrecklichen, makabren Sinn. Diese Gruftbewohner, diese Nachtbrut, verhinderten, daß Boone zur letzten Ruhe gebettet wurde.

»Das habt ihr *getan! Ihr habt ihn gestohlen!*«

Rachel blieb stehen und drehte sich zu Lori um; ihr Gesicht war in der Schwärze der Treppe kaum zu sehen.

»Wir haben nichts gestohlen«, sagte sie, und ihre Antwort war nicht gekränkt.

»*Und wo ist er dann?*« wollte Lori wissen.

Rachel wandte sich ab, und die Schatten verschluckten sie vollkommen.

»*Sagen Sie es mir! Bitte, bei Gott!*« schrie Lori ihr nach. Plötzlich weinte sie: ein Aufruhr von Wut und Angst und Hilflosigkeit. »*Bitte, sagen Sie es mir!*«

Verzweiflung trieb sie hinter Rachel her die Treppe hinunter, ihr Schreien wurde zu Flehen.

»Warten Sie... reden Sie mit mir...«

Sie ging drei Stufen, dann eine vierte. Auf der fünften blieb sie stehen, oder besser gesagt, ihr Körper blieb stehen, die Muskeln ihrer Beine wurden ohne ihr Zutun starr und weigerten sich, sie noch einen Schritt in die Dunkelheit der Gruft zu transportieren. Plötzlich kribbelte Gänsehaut an ihrem ganzen Körper; ihr Puls dröhnte ihr in den Ohren. Keine Willenskraft konnte den animalischen Imperativ in ihr überwinden, der ihr das Hinabsteigen untersagte; sie konnte nur wie angewurzelt stehenbleiben und in die Tiefe starren. Selbst ihre Tränen waren plötzlich getrocknet, der Speichel aus ihrem Mund verschwunden, so daß sie ebensowenig sprechen wie gehen konnte. Nicht, daß sie jetzt noch in die Dunkelheit hinabrufen wollte; sie fürchtete, die Kräfte dort unten könnten ihrem Ruf folgen. Obwohl sie sie nicht sehen konnte, wußte sie in ihrem Innersten, daß sie weit schrecklicher als Rachel und ihr Tier-Kind waren. Neben den Fähigkeiten, die die anderen besaßen, war das Gestaltverändern fast eine natürliche Begabung. Sie spürte ihre Abseitigkeit als Beigeschmack in der Luft. Sie atmete sie ein und aus. Sie versengte ihr die Lunge und beschleunigte ihren Herzschlag.

Wenn sie Boones Leichnam als Spielzeug hatten, würden sie ihn nicht mehr herausgeben. Sie mußte sich mit der Hoffnung trösten, daß sich seine Seele an einem lichteren Ort befand.

Sie gab sich geschlagen und ging einen Schritt zurück. Die Schatten schienen jedoch nicht bereit, sie freizugeben. Sie spürte, wie sie sich mit ihrer Bluse verwoben und sich an ihre Wimpern hefteten, Tausende winzige Griffe nach ihr, die ihren Rückzug aufhielten.

»Ich werde es keinem sagen«, murmelte sie. »Bitte laßt mich gehen.«

Doch die Schatten ließen nicht los, ihre Macht war ein Versprechen von Strafe, sollte sie sie belügen.

»Ich verspreche es«, sagte sie. »Was kann ich sonst tun?«

Und plötzlich kapitulierten sie. Ihr wurde erst klar, wie stark ihr Einfluß gewesen war, als er verschwand. Sie stolperte rückwärts und fiel die Treppe hinauf ins Licht der Vorkammer. Sie drehte der Gruft den Rücken zu und floh zur Tür hinaus in die Sonne.

Die war zu grell. Sie bedeckte die Augen und hielt sich aufrecht, indem sie sich an dem Steinportal festhielt, damit sie sich an ihre Brutalität gewöhnen konnte. Sie brauchte mehrere Minuten, während derer sie abwechselnd zitternd und starr vor dem Mausoleum stand. Erst als sie durch halbgeschlossene Augen sehen konnte, versuchte sie zu gehen; der Rückweg zum Friedhofsportal war ein Gewirr aus Sackgassen und verpaßten Abzweigungen.

Als sie dieses jedoch erreichte, hatte sie sich mehr oder weniger an die Brutalität des Lichts und des Himmels gewöhnt. Aber ihr Körper gehorchte dem Verstand immer noch nicht völlig. Ihre Beine weigerten sich, sie mehr als ein paar Schritte hügelaufwärts Richtung Midian zu tragen, dann drohten sie, sie zu Boden stürzen zu lassen. Ihr Körper hatte eine Überdosis Adrenalin bekommen und machte Kapriolen. Aber wenigstens lebte sie. Unten auf der Treppe hatte es mehrere Augenblicke lang auf der Kippe gestanden. Die Schatten, die sie an Wimpern und Fäden gehalten hatten, hätten sie holen können, daran zweifelte sie nicht. Sie für die Unterwelt beanspruchen und auslöschen. Warum hatten sie sie freigelassen? Vielleicht, weil sie das Kind gerettet hatte; vielleicht, weil sie Schweigen geschworen hatte und sie ihr vertrauten. Keines davon schienen jedoch die Motive von Monstern zu sein; aber sie mußte glauben, daß das, was unter Midians Friedhof hauste, diese Bezeichnung verdiente. Wer anders als Monster baute sich ein Nest zwischen den Toten? Sie konnten sich selbst Nachtbrut nennen, aber weder Worte noch Gesten, noch Gutgläubigkeit konnten ihre wahre Natur verheimlichen.

Sie war Dämonen entronnen – Wesen voll Verfall und Bösartigkeit –, und sie hätte ein Dankgebet für ihre Erlösung in die Höhe gesprochen, wäre der Himmel nicht so unermeßlich und hell gewesen, und so eindeutig ohne Götter, die es hätten hören können.

3. Teil

———

DUNKLE ZEITEN

»... draußen in der Stadt, mit zwei Häuten.
Leder und Fleisch.
Drei, wenn man die Vorhaut mitzählt.
Und alle sind heute nacht ausgegangen,
um angefaßt zu werden, Yessir!
Alle sind bereit, heute nacht gerieben
und liebkost und geliebt zu werden, Yessir!«

CHARLES KYD
Hanging by a thread

XI

DER ORT DER PIRSCH

1

Während Lori nach Shere Neck zurückfuhr, das Radio ohrenbetäubend laut gestellt, um ihre eigene Existenz zu bestätigen und zu verhindern, daß sie abschweifte, wurde sie mit jeder Meile überzeugter, daß sie trotz aller Versprechen nicht imstande sein würde, das Erlebnis vor Sheryl zu verheimlichen. War es nicht überdeutlich in ihrem Gesicht, in ihrer Stimme? Diese Befürchtungen erwiesen sich jedoch als grundlos. Entweder konnte sie besser verheimlichen, als sie gedacht hatte, oder Sheryl war nicht so sensibel. Wie auch immer, Sheryl stellte nur die oberflächlichsten Fragen über Loris neuerlichen Besuch in Midian, bevor sie selbst von Curtis sprach.

»Ich möchte, daß du ihn kennenlernst«, sagte sie, »nur um sicherzugehen, daß ich nicht träume.«

»Ich fahre nach Hause, Sheryl«, sagte Lori.

»Aber sicher nicht heute abend. Es ist spät.«

Sie hatte recht; es war schon so spät am Tage, daß Lori nicht mehr an die Heimfahrt denken konnte. Und sie hatte auch keinen plausiblen Grund, Sheryls Einladung abzulehnen, ohne sie vor den Kopf zu stoßen.

»Du wirst dir nicht wie das fünfte Rad am Wagen vorkommen, das verspreche ich dir«, sagte Sheryl. »Er hat gesagt, daß er dich kennenlernen möchte. Ich habe ihm alles von dir erzählt. Nun... nicht *alles*. Aber genug, du weißt schon, wie wir uns kennengelernt haben.« Sie machte ein hilfloses Gesicht. »Sag, daß du mitkommen wirst«, bat sie.

»Ich komme mit.«

»Großartig! Ich werde ihn sofort anrufen.«

Während Sheryl telefonierte, duschte Lori. Binnen zwei Minuten erhielt sie Nachricht von den Plänen für den Abend.

»Wir treffen uns um acht in einem Restaurant, das er kennt«, polterte Sheryl. »Er wird sogar noch einen Freund für dich auftreiben...«

»Nein, Sheryl...«

»Ich glaube, er hat nur Spaß gemacht«, lautete die Antwort. Sheryl erschien unter der Badezimmertür. »Er hat einen merkwürdigen Humor«, sagte sie. »Weißt du, wenn man nicht sicher ist, ob jemand einen Witz macht oder nicht? So ist er.«

Großartig, dachte Lori, ein gescheiterter Komödiant. Aber es hatte etwas unbestreitbar Tröstliches, zu Sheryl und ihrer kindlichen Leidenschaft zurückzukehren. Ihr endloses Gerede von Curtis – das Lori nicht mehr vermittelte als das Straßenmalerporträt eines Mannes: nur Oberfläche, keinerlei Einsichten – war die perfekte Ablenkung von Gedanken an Midian und seine Enthüllungen. Der Spätnachmittag war so sehr von Heiterkeit und den Ritualen erfüllt, sich auf einen Abend in der Stadt vorzubereiten, daß sich Lori einmal sogar fragte, ob das, was auf dem Friedhof geschehen war, keine Halluzination gewesen sein konnte. Aber sie hatte Beweise, die ihre Erinnerungen bestätigten: den Schnitt neben dem Mund, den der schnappende Ast erzeugt hatte. Es war ein winziges Zeichen, aber der heftige Schmerz hielt sie davon ab, an ihrer geistigen Gesundheit zu zweifeln. Sie *hatte* Midian besucht. Sie *hatte* den Gestaltveränderer in den Armen gehalten, und sie hatte auf der Treppe der Gruft gestanden und in ein so umfassendes Miasma hinabgesehen, daß es den Glauben eines Heiligen hätte verderben können.

Die unheilige Welt unter dem Friedhof war zwar von Sheryl und ihren Wildfangromanzen so weit entfernt wie die Nacht vom Tag, aber deshalb nicht weniger wirklich. Mit der Zeit würde sie diese Wirklichkeit einsehen und einen Platz für sie finden müssen, obwohl sie sämtlicher Vernunft und sämtlicher Logik widersprach. Vorläufig würde sie sie nur in der Erinnerung behalten, mit dem Schnitt als Wächter, und die Freuden des vor ihr liegenden Abends genießen.

2

»Es ist ein Witz«, sagte Sheryl, als sie vor dem Hudson Bay Sunset standen. »Habe ich dir nicht gesagt, daß er den sonderbarsten Humor hat?«

Das Restaurant, das er ihnen genannt hatte, war vor mehreren Wochen völlig niedergebrannt, wie man dem Zustand der Schlacke entnehmen konnte.

»Bist du sicher, daß du die richtige Adresse hast?« fragte Lori. Sheryl lachte.

»Ich sage dir, das ist einer seiner Witze«, sagte sie.

»Dann haben wir jetzt gelacht«, sagte Lori. »Und wann bekommen wir etwas zu essen?«

»Er beobachtet uns wahrscheinlich«, sagte Sheryl, deren Heiterkeit etwas gezwungen wirkte.

Lori sah sich nach einer Spur des Voyeurs um. Zwar gab es auf den Straßen einer Stadt wie dieser normalerweise nichts zu fürchten, nicht einmal am Samstagabend, aber die Gegend war alles andere als vertrauenerweckend. Alle anderen Geschäfte in dem Viertel waren geschlossen – einige für immer –, die Gehwege waren in beide Richtungen völlig verlassen. Keine Umgebung, wo sie verweilen wollte.

»Ich sehe ihn nicht«, sagte sie.

»Ich auch nicht.«

»Was machen wir jetzt?« fragte Lori und bemühte sich nach besten Kräften, jede Spur Gereiztheit aus ihrer Stimme herauszuhalten. Wenn sich Curtis der Schöne so einen Spaß vorstellte, dann mußte man an Sheryls gutem Geschmack zweifeln; aber wer war sie schon, sich ein Urteil anzumaßen, hatte sie doch einen Psychopathen geliebt und verloren.

»Er muß hier irgendwo sein«, sagte Sheryl hoffnungsvoll. »Curtis?« rief sie und stieß die versengte Tür auf.

»Warum warten wir nicht hier draußen auf ihn, Sheryl?«

»Er ist wahrscheinlich da drinnen.«

»Das Haus könnte gefährlich sein.«

Ihr Flehen blieb ungehört.

»*Sheryl.*«

»Ich kann dich hören. Alles klar.« Sie war bereits im Dunkel des

Hauses verschwunden. Der Gestank von verbranntem Holz und Stoff stach Lori in die Nase.

»Curtis?« hörte sie Sheryl rufen.

Ein Auto mit schlecht eingestelltem Motor fuhr vorbei. Der Beifahrer, ein vorzeitig kahl gewordener junger Mann, lehnte sich zum Fenster heraus.

»Brauchen Sie Hilfe?«

»Nein, danke«, rief Lori zurück; sie war nicht sicher, ob die Frage Kleinstadthöflichkeit oder Anmache war. Wahrscheinlich letzteres, entschied sie, während das Auto beschleunigte und weiterfuhr; die Leute waren überall gleich. Ihre Stimmung, die sich sprunghaft verbessert hatte, seit sie wieder in Sheryls Gesellschaft war, schlug rasch in Verdrossenheit um. Es gefiel ihr nicht, auf dieser einsamen Straße zu stehen, während der letzte Rest Tageslicht erlosch. Die Nacht, die immer ein Ort der Versprechen gewesen war, gehörte zu sehr der Brut, die sogar ihren Namen für sich selbst genommen hatte. Warum auch nicht? Letztendlich war jegliche Dunkelheit nur eine einzige Dunkelheit. In eben diesem Augenblick würden sie in Midian mit dem sicheren Wissen, daß ihnen das Licht der Sterne nichts anhaben konnte, die Türen der Mausoleen aufschieben. Sie erschauerte bei dem Gedanken.

Sie hörte einen Automotor in einer Seitenstraße aufheulen, dröhnen, dann das Quietschen von Bremsen. Kamen die guten Samariter noch einmal her, um sich umzusehen?

»Sheryl?« rief sie. »Wo bist du?«

Der Witz, wenn es ein Witz gewesen war, und nicht Sheryls Irrtum – hatte längst sein fragwürdiges bißchen Humor verloren. Sie wollte ins Auto einsteigen und *fahren*, zurück zum Hotel, wenn es sein mußte.

»Sheryl? Bist du da?«

Aus dem Gebäudeinneren drang Gelächter; Sheryls gurgelndes Gelächter. Lori argwöhnte eine Mitwisserschaft an diesem Fiasko und trat durch die Tür, um nach den Witzbolden zu suchen.

Das Lachen ertönte erneut, dann verstummte es, als Sheryl sagte:

»*Curtis*«, in einem Tonfall gespielter Indigniertheit, der zu weiterem albernem Gelächter verkam. Also war der große Liebhaber *doch* hier. Lori spielte mit dem Gedanken, wieder auf die Straße zu gehen, ins Auto einzusteigen und sie ihren verdammten dummen Spielchen zu überlassen. Aber der Gedanke an einen Abend allein im Hotelzimmer, wo sie neuerlichem Partylärm lauschen mußte, trieb sie weiter durch den Hindernisparcours verbrannter Möbelstücke.

Hätten die hellen Bodenkacheln das Licht von der Straße nicht reflektiert und zum Gitter der Dachbalken hochgeworfen, hätte sie wahrscheinlich nicht riskiert, weiter zu gehen. Aber sie konnte vor sich vage einen Türbogen sehen, durch den Sheryls Lachen geklungen hatte. Darauf ging sie zu. Es war völlig still geworden. Sie beobachteten jeden ihrer zögernden Schritte. Sie konnte ihre wachsamen Blicke spüren.

»Kommt schon, Leute«, sagte sie. »Der Scherz ist vorbei. Ich habe Hunger.«

Keine Antwort. Sie hörte hinter sich, auf der Straße, die Samariter rufen. Rückzug war nicht ratsam. Sie ging weiter und trat durch den Bogen.

Ihr erster Gedanke war: Er hatte nur eine halbe Lüge erzählt; dies *war* ein Restaurant. Ihre Erkundung hatte sie in eine Küche geführt, in der das Feuer wahrscheinlich seinen Anfang genommen hatte. Auch dieser Raum war weiß gekachelt, die Oberflächen waren rußbeschlagen, aber immer noch hell genug, daß das gesamte Innere, das groß war, seltsam erleuchtet wurde. Sie stand unter der Tür und betrachtete das Zimmer. Der größte Herd stand in der Mitte, über ihm hingen immer noch reihenweise funkelnde Küchenutensilien, die ihren Sehbereich einschränkten. Die Witzbolde mußten sich auf der anderen Seite des Hindernisses verstecken; es war das einzige Versteck, das der Raum bot.

Trotz ihrer Angst spürte sie hier ein Echo unvergessener Versteckspiele. Das erste Spiel, weil es das einfachste ist. Wie sehr es ihr gefallen hatte, sich von ihrem Vater erschrecken, suchen und finden zu lassen. Wenn er nur jetzt auch hier versteckt wäre, dachte sie, und darauf warten würde, sie in den Arm zu nehmen. Aber er war schon vor langer Zeit an Kehlkopfkrebs gestorben.

»Sheryl?« sagte sie. »Ich gebe auf. Wo bist du?«

Noch während sie sprach, führten ihre Schritte sie zu einem der Mitspieler, und da hörte das Spiel auf.

Sheryl versteckte sich nicht; es sei denn, der Tod wäre ein Versteck gewesen. Sie lehnte an dem Herd, die Dunkelheit um sie herum war zu feucht, um ein Schatten zu sein; ihr Kopf war nach hinten gesunken, das Gesicht aufgeschlitzt.

»Großer Gott.«

Hinter Lori ein Geräusch. Jemand kam, um nach ihr zu suchen. Zu spät, sich zu verstecken. Sie würde erwischt werden. Aber nicht von liebenden Armen; nicht von ihrem Vater, der das Monster spielte. Dies war das Monster selbst.

Sie drehte sich um, um das Gesicht zu sehen, bevor er sie umbrachte, aber es war eine Nähkästchenpuppe, die auf sie zukam: Reißverschluß als Mund, Knöpfe als Augen, alles auf weißes Leinen genäht und so eng um den Kopf des Monsters gebunden, daß Speichel einen dunklen Fleck um seinen Mund herum bildete. Das Gesicht bekam sie nicht zu sehen, wohl aber die Zähne. Diese hielt er über dem Kopf, funkelnde Messer, die Klingen fein wie Grashalme, die herniederstießen, um ihr die Augen auszustechen. Sie warf sich aus ihrer Reichweite heraus, aber er war innerhalb weniger Augenblicke wieder hinter ihr her, der Mund hinter dem Reißverschluß rief ihren Namen.

»Bringen wir es hinter uns, Lori.«

Die Klingen kamen wieder auf sie zu, aber sie war schneller. Die Maske schien es nicht eilig zu haben; er näherte sich ihr mit gemessenen Schritten, und seine Selbstsicherheit war obszön.

»Sheryl hat es richtig gemacht«, sagte er. »Sie stand einfach da und ließ es geschehen.«

»Scher dich zum Teufel.«

»Vielleicht später.«

Er strich mit einer Klinge über die Reihe aufgehängter Töpfe, erzeugte Quietschen und Funken.

»Später, wenn du kälter bist.«

Er lachte, der Reißverschluß klaffte.

»Darauf kann man sich freuen.«

Sie ließ ihn reden, während sie überlegte, welche Fluchtmöglichkeiten ihr offenstanden. Keine guten Nachrichten. Der Notausgang war von verkohlten Balken versperrt; ihr einziger Ausweg war der Torbogen, durch den sie hereingekommen war, und zwischen ihm und ihr stand die Maske und wetzte die Zähne.

Er kam wieder auf sie zu. Keine Spötteleien mehr; die Zeit zu reden war vorbei. Während er sich ihr näherte, dachte sie an Midian. Sie hatte seine Schrecken sicher nicht überlebt, um sich von einem einsamen Psycho zerstückeln zu lassen.

Zum Teufel mit ihm!

Während die Messer auf sie zuglitten, zog sie eine Pfanne vom Regal über dem Herd und riß sie hoch, um ihm ins Gesicht zu schlagen. Sie traf ins Zentrum. Ihre Kraft schockierte sie. Die Maske strauchelte und ließ eine ihrer Klingen fallen. Aber hinter dem Leinen war kein Laut zu hören. Er wechselte lediglich das verbliebene Messer von der rechten in die linke Hand, schüttelte den Kopf, als wollte er sein Singen beenden, und kam hastig wieder auf sie zu. Sie hatte kaum Zeit, die Pfanne zu ihrer Verteidigung zu heben. Die Klinge glitt daran ab und in ihre Hand. Einen Augenblick kamen weder Schmerzen noch Blut. Dann aber beides im Überfluß, und die Pfanne fiel ihr aus den Händen und vor die Füße. Jetzt gab er einen Laut von sich, einen gurrenden Laut, und die Haltung seines Kopfes zeigte, daß er das Blut betrachtete, das aus der Wunde rann, die er ihr beigebracht hatte.

Sie sah zur Tür und schätzte die Zeit, die sie brauchen würde, um vor ihm dorthin zu kommen. Doch bevor sie handeln konnte, begann die Maske ihre letzte Annäherung. Das Messer war nicht erhoben. Und auch seine Stimme nicht, als er sprach.

»Lori«, sagte er. »Wir müssen miteinander reden.«

»Bleiben Sie mir verdammt vom Leibe.«

Zu ihrem Erstaunen gehorchte er ihrem Befehl. Sie nutzte die wenige Zeit, um sein anderes Messer vom Boden aufzuheben. Sie war mit der unverletzten Hand weniger geübt, aber er war ein großes Ziel. Nun könnte sie zustechen, am besten mitten ins Herz.

»Damit habe ich Sheryl getötet«, sagte er. »Ich an Ihrer Stelle würde das weglegen.«

Der Stahl lag glitschig in ihrer Handfläche.

»Ja, das hat die kleine Sheryl aufgeschlitzt, von einem Ohr zum anderen«, fuhr er fort. »Und jetzt sind Ihre Fingerabdrücke überall darauf. Sie hätten Handschuhe anziehen sollen, so wie ich.«

Der Gedanke, was das Messer angerichtet hatte, ekelte sie, aber sie wollte es nicht fallen lassen und unbewaffnet dastehen.

»Sie könnten natürlich immer noch Boone die Schuld geben«, sagte die Maske. »Der Polizei sagen, daß er es getan hat.«

»Woher wissen Sie von Boone?« sagte sie. Hatte Sheryl nicht geschworen, sie hätte ihrem Schwarm nichts gesagt?

»Wissen Sie, wo er ist?« fragte die Maske.

»Er ist tot«, antwortete sie.

Das verneinte das Nähkästchengesicht mit einem Kopfschütteln.

»Nein, ich fürchte nicht. Er stand auf und wandelte. Gott allein weiß, wie. Aber er stand auf und wandelte. Können Sie sich das vorstellen? Der Mann war mit Kugeln vollgepumpt. Sie haben das Blut gesehen, das er vergossen hat...«

Er hat uns die ganze Zeit beobachtet, dachte sie. *Er ist uns gleich am ersten Tag nach Midian gefolgt.* Aber warum? Den Sinn dessen begriff sie nicht; *warum?*

»...das viele Blut, die vielen Kugeln, und trotzdem wollte er nicht tot liegenbleiben.«

»Jemand hat den Leichnam gestohlen«, sagte sie.

»Nein«, lautete die Antwort. »So war es nicht.«

»Wer, zum Teufel, *sind* Sie?«

»Gute Frage. Kein Grund, warum Sie keine Antwort darauf bekommen sollten.«

Seine Hand griff zum Gesicht und zog die Maske ab. Darunter befand sich Deckers lächelndes und schwitzendes Gesicht.

»Ich hätte meine Kamera mitbringen sollen«, sagte er. »Ihr Gesichtsausdruck.«

Sie konnte sich nicht verstellen, obwohl es ihr mißfiel, ihn zu erheitern. Sie sperrte schockiert den Mund auf, wie ein Fisch. Dekker war Curtis, Sheryls Mister Right.

»Warum?« wollte sie wissen.

»Warum was?«

»Warum haben Sie Sheryl getötet?«

»Aus demselben Grund, weshalb ich alle anderen getötet habe«, sagte er leichthin, als hätte ihn die Frage nicht weiter bedrückt. Dann todernst: »Aus Spaß natürlich. Aus Vergnügen. Wir haben uns viel über das *Warum* unterhalten, Boone und ich. Haben tief gegraben, wissen Sie; haben versucht zu verstehen. Aber wenn man der Sache wirklich auf den Grund geht, mache ich es einfach, weil es mir Spaß macht.«

»Boone war unschuldig.«

»*Ist* unschuldig, wo immer er sich versteckt. Und das ist ein Problem, weil er den wahren Sachverhalt kennt, und er könnte eines Tages jemanden finden und von der Wahrheit überzeugen.«

»Sie möchten ihn also aufhalten?«

»Würden Sie das nicht tun? Nach all der Mühe, die ich mir gemacht habe, damit er als Schuldiger stirbt. Ich habe ihm sogar selbst eine Kugel verpaßt, und trotzdem steht er auf und wandelt.«

»Sie haben mir gesagt, er sei tot. Sie waren sicher.«

»Die Leichenhalle wurde von *innen* aufgeschlossen. Haben sie Ihnen das nicht gesagt? Seine Fingerabdrücke waren auf der Klinke, seine Fußabdrücke auf dem Boden: Haben sie Ihnen *das* gesagt? Nein, natürlich nicht. Aber ich sage es Ihnen. Ich weiß es. *Boone lebt.* Und Ihr Tod wird ihn aus seinem Versteck locken, da bin ich ganz sicher. Er wird sich zeigen müssen.«

Während er sprach, hob er langsam das Messer.

»Und sei es nur, um zu trauern.«

Plötzlich kam er auf sie zu. Sie pflanzte das Messer, das Sheryl getötet hatte, zwischen sich und ihn. Das verlangsamte ihn, aber er blieb nicht stehen.

»Könnten Sie es wirklich tun?« sagte er zu ihr. »Ich glaube nicht. Und ich spreche aus Erfahrung. Die Leute sind *zimperlich*, selbst wenn ihr Leben auf dem Spiel steht. Und dieses Messer wurde schon an der armen Sheryl stumpf gemacht. Sie müßten wirklich bohren, um eine Spur in mir zu hinterlassen.«

Er sprach beinahe verspielt, während er immer noch näherkam.

»Ich würde aber gerne sehen, wie Sie es versuchen«, sagte er. »Würde ich wirklich gerne. Würde gerne sehen, wie Sie es versuchen.«

Sie sah aus dem Augenwinkel, daß sie sich gestapelten Tellern genähert hatte, die sich nur Zentimeter von ihrem Ellbogen entfernt befanden. Sie fragte sich, ob sie ihr Zeit genug verschaffen konnten, zur Tür zu gelangen. Bei einem Kampf Messer gegen Messer mit diesem Wahnsinnigen würde sie zweifellos verlieren. Aber noch konnte sie ihn überlisten.

»Los doch. Versuchen Sie es. Töten Sie mich, wenn Sie können. Für Boone. Für den armen, verrückten Boone...«

Als die Worte zu Gelächter wurden, warf sie die verletzte Hand um den Tellerstapel, zog ihn heran und schleuderte die Teller vor Decker auf den Boden. Ein zweiter Stapel folgte, dann ein dritter; Porzellanscherben flogen in alle Richtungen. Er wich einen Schritt zurück, die Hände schnellten vors Gesicht, um es zu schützen, und sie nutzte die Chance, solange sie sich noch bot, und raste zum Durchgang. Sie war schon im Restaurant selbst, bevor sie seine Verfolgung hörte. Bis dahin hatte sie aber soviel Vorsprung, daß sie die Tür ins Freie erreichen und sich nach draußen auf den Gehweg werfen konnte. Dort drehte sie sich sofort zu der Tür herum, durch die er kommen würde, aber er hatte nicht die Absicht, ihr ins Licht zu folgen.

»Schlaues Flittchen«, sagte er aus der Dunkelheit. »Aber ich erwische dich. Wenn ich Boone habe, komme ich dich erledigen. Du kannst deine Atemzüge bis dahin zählen.«

Sie wich, ohne einen Blick von der Tür zu lassen, den Gehweg entlang zum Auto zurück. Erst jetzt wurde ihr klar, daß sie immer noch die Mordwaffe trug und ihr Griff so fest war, daß sie fast angeklebt zu sein schien. Sie hatte keine andere Wahl, als sie mitzunehmen und, zusammen mit ihren Beweisen, der Polizei zu übergeben. Als sie beim Auto war, machte sie die Tür auf, stieg ein und nahm den Blick erst von dem ausgebrannten Gebäude, nachdem sie die Verriegelung betätigt hatte. Dann warf sie das Messer vor dem Beifahrersitz auf den Boden, ließ den Motor an und fuhr davon.

3

Die Möglichkeiten, die sie hatte, liefen auf folgendes hinaus: die Polizei oder Midian. Eine Nacht der Verhöre, oder eine Rückkehr zum Friedhof. Entschied sie sich für ersteres, würde sie Boone nicht warnen können, daß Decker hinter ihm her war. Aber angenommen, Decker hätte gelogen und Boone hätte die Kugeln nicht überlebt? Sie würde nicht nur vom Schauplatz eines Verbrechens fliehen, sondern sich überdies in Reichweite der Nachtbrut begeben, und das vollkommen sinnlos.

Gestern hätte sie sich noch entschieden, zum Gesetz zu gehen.

Sie hätte sich darauf verlassen, daß sein Vorgehen sämtliche Geheimnisse aufklären würde; daß sie ihre Geschichte glauben und Decker der Gerechtigkeit überantworten würden. Aber gestern hatte sie auch noch geglaubt, daß Tiere Tiere waren, und Kinder Kinder; sie hatte gedacht, daß nur die Toten in der Erde lebten, und daß sie dort ihren Frieden hatten. Sie hatte gedacht, Doktoren, Ärzte, würden heilen; und daß, wenn einem Wahnsinnigen die Maske abgenommen würde, sie sagen würde: »Aber natürlich, das ist das Gesicht eines Wahnsinnigen.«

Alles war falsch; alles war so falsch. Die gestrigen Überzeugungen waren vom Winde verweht. Alles konnte wahr sein.

Boone konnte noch am Leben sein.

Sie fuhr nach Midian.

XII

OBEN UND UNTEN

1

Auf dem Highway wurde sie von Visionen heimgesucht – Nach-
wirkungen des Schocks und des Blutverlusts ihrer verbundenen,
aber verletzten Hand. Wie Schnee wehte es gegen die Windschutzscheibe helle Flocken, für die das Glas kein Hindernis war
und die heulend an ihr vorbeisausten. Der Traumzustand wurde
schlimmer, sie sah Gesichter auf sich zufliegen und lebende, Fö-
ten gleiche Kommata, die flüsterten, während sie vorbeitorkelten.
Das Schauspiel beunruhigte sie nicht, ganz im Gegenteil. Es
schien ein Szenario zu bestätigen, das ihr halluzinierender Verstand ausgearbeitet hatte: daß sie, wie Boone, ein auserwähltes
Leben führte. Nichts konnte ihr ein Leid zufügen, heute nacht
nicht. Die Hand mit der Schnittwunde war inzwischen so taub,
daß sie das Lenkrad nicht mehr halten konnte, daher mußte Lori
einhändig und mit überhöhter Geschwindigkeit auf der unbe-
leuchteten Straße fahren, aber das Schicksal hatte sie nicht Dekkers Angriff überleben lassen, nur um sie auf dem Highway umzubringen.

Wiedervereinigung lag in der Luft. Darum kamen die Visionen,
rasten in die Scheinwerfer und hüpften über das Auto, wo sie zu
weißem Lichterregen zerplatzten. Sie hießen sie willkommen.

In Midian.

2

Einmal sah sie in den Rückspiegel und glaubte, ein Auto mit aus-
geschalteten Scheinwerfern hinter sich zu sehen, aber als sie noch
einmal hinsah, war es verschwunden. Vielleicht war es nie dage-
wesen. Vor ihr lag die Stadt, deren Häuser von ihren Scheinwer-

fern geblendet wurden. Sie fuhr durch die Hauptstraße bis zur Friedhofspforte.

Die vereinten Wirkungen von Blutverlust und Erschöpfung hatten jegliche Furcht vor diesem Ort gedämpft. Wenn sie die Bosheit der Lebenden überstehen konnte, dann konnte sie sicher auch die Toten überleben, oder ihre Gefährten. Und Boone war dort; diese Hoffnung hatte sich zur Gewißheit erhärtet, während sie fuhr. Boone war dort, und sie würde ihn endlich in die Arme nehmen können.

Sie stolperte aus dem Auto und wäre beinahe flach aufs Gesicht gefallen.

»Steh auf«, sagte sie zu sich.

Die Lichter kamen immer noch auf sie zu, obwohl sie sich nicht mehr bewegte, aber inzwischen waren alle Spuren von Einzelheiten verschwunden.

Nur noch die Helligkeit war da, und ihre Heftigkeit drohte, die ganze Welt fortzuspülen. Da sie wußte, daß der völlige Zusammenbruch kurz bevorstand, schleppte sie sich zum Tor und rief Boones Namen. Sie bekam auf der Stelle eine Antwort, aber nicht die, die sie erhofft hatte.

»Er ist hier?« sagte jemand. »Boone ist *hier?*«

Sie klammerte sich an das Tor, drehte den bleischweren Kopf und sah Decker in der Gischt des Lichts wenige Meter von ihr entfernt stehen. Hinter ihm sein unbeleuchtetes Auto. Ihr wurde selbst in ihrem benommenen Zustand klar, wie sehr sie manipuliert worden war.

Decker hatte sie entkommen lassen, weil er wußte, sie würde seinen Gegner aufsuchen.

»Dummkopf!« sagte sie zu sich.

»Nun, ja. Aber was sollten Sie schon tun? Sie haben zweifellos gedacht, Sie könnten ihn retten.«

Sie hatte weder Kraft noch Denkvermögen, dem Mann Widerstand zu leisten. Sie ließ das stützende Tor los und taumelte in den Friedhof.

»*Boone!*« rief sie. »*Boone!*«

Decker verfolgte sie nicht hastig; er hatte keinen Grund dazu. Sie war ein verwundetes Tier, das nach einem anderen verwundeten Tier suchte. Sie schaute hinter sich und sah, wie er im Licht der

Straßenlampe seine Pistole überprüfte. Dann stieß er das Tor weiter auf und machte sich an die Verfolgung.

Durch die platzenden Lichter in ihrem Kopf konnte sie kaum die Wege sehen. Sie war wie eine Blinde, schluchzte und stolperte und war nicht einmal mehr sicher, ob Decker vor oder hinter ihr war.

Er würde sie jeden Augenblick erledigen. Eine Kugel, und ihr auserwähltes Leben wäre vorbei.

3

Die Brut unter der Erde hörte ihre Ankunft, da ihre Sinne für Panik und Verzweiflung geschärft waren. Sie kannten auch den Gang des Jägers; sie hatten ihn schon zu oft hinter sich selbst gehört. Jetzt warteten sie, bedauerten die Frau in ihren letzten Augenblicken, waren aber zu sehr um ihre Zuflucht besorgt, um sie zu gefährden. Es gab wenig genug Verstecke, in denen die Monströsen ihren Frieden finden konnten. Sie würden ihr Erbe nicht für ein Menschenleben aufs Spiel setzen.

Dennoch schmerzte es sie, ihr Flehen und ihre Rufe zu hören. Und für einen in ihrer Mitte waren die Laute fast unerträglich.

»*Laßt mich zu ihr gehen.*«

»*Das kannst du nicht. Du weißt, daß du es nicht kannst.*«

»*Ich kann ihn töten. Wer soll erfahren, daß er je hier war?*«

»*Er wird nicht alleine hier sein. Andere werden vor der Mauer warten. Vergiß nicht, wie er zu dir gekommen ist.*«

»*Ich kann sie nicht sterben lassen.*«

»*Boone! Bitte, Gott...*«

Es war schlimmer als alles, was er bisher durchgemacht hatte: Sie nach ihm rufen zu hören und zu wissen, Midians Gesetz verbot ihm zu antworten.

»*Hört sie doch an, um Gottes willen!*« sagte er. »*Hört sie doch an.*«

»*Du hast ein Versprechen gegeben, als wir dich aufgenommen haben*«, erinnerte Lylesburg ihn.

»*Ich weiß. Ich verstehe.*«

»*Das scheint mir nicht so. Die Versprechen wurden nicht leichtfertig*

*verlangt, Boone. Brich sie, und du hast kein Zuhause mehr. Gehörst nicht
zu uns. Und nicht zu ihnen.«*

»Ihr verlangt von mir, ich soll mit anhören, wie sie stirbt.«

»Dann halt dir die Ohren zu. Es wird bald vorbei sein.«

4

Sie hatte keine Luft mehr, seinen Namen zu rufen. Einerlei. Er war
nicht hier. Und wenn, dann war er tot in der Erde, und verdorben.
Unfähig, Hilfe zu geben oder zu nehmen.

Sie war allein, und der Mann mit der Pistole war hinter ihr her.

Decker holte die Maske aus der Tasche, die Knopfmaske, hinter
der er sich so sicher fühlte. Oh, wie oft war sein Stolz während der
ermüdenden Tage mit Boone, als er ihm Zeitpunkte und Orte der
Morde beigebracht hatte, die er erben sollte, beinahe überge-
schäumt und hatte danach verlangt, die Verbrechen für sich zu-
rückzufordern. Aber er brauchte den Sündenbock dringender als
den schnellen Kitzel eines Geständnisses, um den Argwohn im
Zaum zu halten. Boones Eingeständnis der Verbrechen wäre natürlich nicht das Ende gewesen. Mit der Zeit hätte die Maske wieder angefangen, mit ihrem Besitzer zu sprechen, hätte verlangt, in
Blut gebadet zu werden, und die Morde hätten wieder angefangen. Aber erst wenn sich Decker einen anderen Namen und ein
anderes Revier zugelegt haben würde, wo er seine Praxis hätte er-
richten können. Diese sorgfältigen Pläne hatte Boone vereitelt,
aber er würde keine Möglichkeit bekommen, zu erzählen, was er
wußte. Dafür würde Knopfgesicht sorgen.

Decker streifte die Maske über. Sie roch nach seiner Erregung.
Kaum hatte er eingeatmet, bekam er einen Steifen. Nicht den kleinen Sex-Steifen, sondern den Tod-Steifen; den Mord-Steifen. Er
schnupperte selbst durch den dicken Stoff von Unterwäsche und
Hosen die Luft für ihn ab. Der Maske war es einerlei, daß seine
Beute weiblich war; er bekam den Mord-Steifen bei allen. Er hatte
zu seiner Zeit schon Hitze für alte Männer empfunden, die sich in
die Hosen pißten, während sie vor ihm niedersanken; manchmal

für Mädchen, manchmal für Frauen; selbst Kinder. Knopfgesicht betrachtete die ganze Menschheit mit denselben Kreuzstich-Augen.

Diese hier, die Frau vor ihm in der Dunkelheit, bedeutete der Maske nicht mehr als alle anderen. Wenn sie anfingen, in Panik zu geraten und zu bluten, waren sie alle gleich. Er folgte ihr mit gelassenen Schritten; das gehörte zu Knopfgesichts Markenzeichen, der Gang des Henkers. Und sie floh vor ihm, ihr Flehen wurde von Rotz und Keuchen erstickt. Sie hatte keine Luft mehr, um nach ihrem Helden zu rufen, aber sie betete zweifellos noch, daß er zu ihr kommen würde. Armes Flittchen. Wußte sie denn nicht, daß sie sich niemals sehen ließen? Er hatte schon gehört, wie sie alle gerufen worden waren, wie sie angefleht worden waren, wie Handel mit ihnen geschlossen wurden; mit den Heiligen Vätern und Müttern, den Helden, den Fürsprechern; keiner hatte sich je sehen lassen.

Aber ihr Leid würde bald vorbei sein. Ein Schuß ins Genick, um sie zu Fall zu bringen, und dann würde er mit dem Messer, dem schweren Messer, ihr Gesicht bearbeiten, wie er es mit allen machte. Hin, her; hin, her, wie die Fäden seiner Augen, bis nur noch rohes Fleisch übrig war.

Aha! Sie stürzte. Zu müde, um noch weiter zu laufen.

Er machte den Stahlmund von Knopfauge auf und sprach zu dem gestürzten Mädchen...

»Sei still«, sagte er. »So geht es schneller.«

Sie versuchte ein letztes Mal aufzustehen, aber ihre Beine versagten den Dienst vollkommen, und die weiße Flut war praktisch völlig verzehrend geworden. Sie drehte den Kopf benommen in die Richtung, aus der Deckers Stimme gekommen war, und sah in einem Wellental zwischen zwei weißen Wogen, daß er die Maske wieder aufgezogen hatte. Sein Gesicht war der Kopf des Todes.

Er hob die Pistole...

Sie spürte ein Beben im Boden unter ihr. War es möglicherweise das Geräusch eines Schusses? Sie konnte die Pistole nicht mehr sehen, nicht einmal Decker. Eine letzte Woge hatte ihn fortgespült. Aber ihr Körper spürte, wie die Erde bebte, und sie hörte durch das Heulen in ihrem Kopf jemanden den Namen des Mannes rufen, den sie hier zu finden gehofft hatte.

Boone!

Sie hörte keine Antwort – vielleicht erfolgte keine –, aber der Ruf ertönte wieder, wie um ihn in die Erde zurückzubeordern.

Bevor sie die letzte Kraft aufbringen konnte, um den Sturz zu verhindern, gab ihr unverletzter Arm unter ihr nach, und sie fiel mit dem Gesicht nach unten auf den Boden. Knopfauge schritt auf sein Opfer zu und war enttäuscht, daß die Frau nicht bei Bewußtsein sein würde, um seinen letzten Segen zu hören. Er sprach im endgültigen Augenblick gerne ein paar Worte der Einsicht; Worte, die er sich nie zurechtlegte, die aber wie Poesie aus dem Reißverschlußmund kamen. Manchmal lachten sie über seine Predigt, und das rief Grausamkeit in ihm hervor. Aber wenn sie weinten, was sie häufig taten, dann nahm er das gnädig auf und gewährleistete, daß der letzte Augenblick, der *allerletzte*, schnell und schmerzlos war.

Er kickte die Frau auf den Rücken, um zu sehen, ob er sie aus ihrem Schlaf wecken konnte. Ja, blinzelnd öffneten sich ihre Augen ein wenig.

»Gut«, sagte er und richtete die Pistole auf ihr Gesicht.

Als er spürte, wie Weisheit über seine Lippen kommen wollte, hörte er das Knurren. Es lenkte seinen Blick einen Moment von der Frau ab. Von irgendwo war ein lautloser Wind aufgekommen, der die Bäume schüttelte. Im Boden unter seinen Füßen erfolgte ein Aufschrei.

Die Maske war unbeeindruckt. Auf Friedhöfen spazierenzugehen, stellte ihr nicht ein einziges Nackenhaar auf. Sie war der Neue Tod, heute das Gesicht von morgen: Was konnten sie ihr schon antun?

Er lachte über die Melodramatik. Warf den Kopf zurück und lachte.

Die Frau zu seine Füßen fing an zu stöhnen. Zeit, sie zum Schweigen zu bringen. Er zielte auf ihren offenen Mund.

Als ihm klar wurde, welches Wort sie mit den Lippen formte, teilte sich das Dunkel vor ihm, und das Wort trat aus seinem Versteck.

»Boone«, sagte sie.

Er war es.

Er trat aus dem Schatten der wogenden Bäume und war genau so gekleidet, wie die Maske ihn in Erinnerung hatte, in ein schmutziges T-Shirt und Jeans. Aber seine Augen verströmten einen Glanz, an den sich die Maske nicht erinnerte; und er ging – trotz der Kugeln, die er abbekommen hatte – wie ein Mann, der in seinem ganzen Leben keinen Schmerz gekannt hat.

Geheimnis genug. Aber es kam noch mehr. Noch während er hervortrat, fing er an, sich zu *verändern*, er atmete eine Rauchwolke aus, die sein Fleisch nahm und durch ein Fantasiegebilde ersetzte.

Dies war der Sündenbock; und doch wieder nicht. So sehr *nicht*.

Die Maske sah zu der Frau hinab, ob auch sie dieselbe Vision hätte, aber sie war bewußtlos geworden. Er mußte dem glauben, was ihm die Kreuzstich-Augen zeigten, und die zeigten ihm das Grauen.

Licht und Dunkelheit wogten über die Muskeln von Boones Armen und Hals; seine Finger wurden größer; verwirrende Bruchstücke schienen sich hinter der Rauchwolke, die er ausgeatmet hatte, in seinem Gesicht zu bewegen und eine verborgene Form in seinem Kopf zu beschreiben, der sich Muskeln und Knochen anpaßten.

Und aus dem Wirrwarr drang eine Stimme. Es war nicht die Stimme, an die sich die Maske erinnerte. Nicht die von Schuld gedämpfte Stimme eines Sündenbocks. Es war ein Wutschrei.

»*Sie sind ein toter Mann, Decker!*« schrie das Monster.

Die Maske haßte diesen Namen; dieses *Decker*. Der Mann war nichts weiter als eine alte Flamme, mit der er ab und zu gefickt hatte. In einer Hitze wie dieser, wenn der Mord-Steife so stark war, konnte sich Knopfauge kaum erinnern, ob Dr. Decker lebte oder tot war.

Dennoch nannte ihn das Monster bei diesem Namen.

»Haben Sie gehört, *Decker?*« sagte es.

Balg, dachte die Maske, mißgebildeter, halb abgetriebener Balg. Er richtete die Pistole auf Boones Herz. Er hatte aufgehört, Verwandlungen zu atmen und stand vollkommen vor seinem Widersacher, wenn man ein Ding, das auf der Platte eines Schlächters geboren worden war, je vollkommen nennen konnte. Es war eine lächerliche Gestalt, die Mutter eine Wölfin, der Vater ein Clown. Kein Segen für das da, beschloß die Maske. Nur Speichel auf seinem hybriden Gesicht, wenn es tot am Boden lag.

Er feuerte ohne einen weiteren Gedanken. Die Kugel riß ein Loch in die Mitte von Boones T-Shirt und in das verwandelte Fleisch darunter, aber die Kreatur grinste nur.

»Das haben Sie schon einmal versucht, Decker«, sagte Boone. »Lernen Sie denn niemals dazu?«

»Ich bin nicht Decker«, antwortete die Maske und feuerte noch einmal. Neben dem ersten Loch entstand ein zweites, aber aus keinem floß Blut.

Boone näherte sich der Pistole. Keine letzten sterbenden Schritte, sondern ein unablässiges Näherkommen, in dem die Maske ihren eigenen Henkersgang erkannte. Er konnte den Schmutz der Kreatur sogar durch den Stoff vor seinem Gesicht riechen. Er war bittersüß und machte ihn bis in den Magen übel.

»Seien Sie still«, sagte das Monster.

»So geht es schneller.«

Der gestohlene Gang war eine ausreichende Beleidigung, aber die Reinheit ihrer Worte aus diesem unnatürlichen Hals zu hören, trieb die Maske zur Weißglut. Er schrie gegen das Tuch und richtete die Pistole auf Boones Mund. Aber bevor er die anmaßende Zunge herausschießen konnte, streckte Boone die aufgedunsenen Hände aus und ergriff die Pistole. Noch während sie ihr entrissen wurde, betätigte die Maske den Abzug und feuerte auf Boones Hand. Die Kugeln schossen den kleinen Finger weg. Der Gesichtsausdruck verfinsterte sich vor Mißvergnügen. Er riß der Maske die Pistole aus der Hand und warf sie weg. Dann griff er nach seinem Verstümmler und zog ihn dicht an sich.

Angesichts des bevorstehenden Endes teilten sich die Maske und ihr Träger. Knopfauge glaubte nicht, daß er jemals sterben könnte. Decker schon. Seine Zähne knirschten gegen den Käfig vor seinem Gesicht, als er zu flehen anfing.

»Boone... Sie wissen nicht, was Sie tun.«

Er spürte, wie sich die Maske vor Wut über seine Feigheit über seinem Gesicht zusammenzog, aber er sprach dennoch weiter und versuchte, den gelassenen Tonfall zu finden, mit dem er, wie er sich kannte, diesen Mann einmal beruhigt hatte.

»Sie sind krank, Boone.«

Flehe nicht, hörte er die Maske sagen. *Wage* es nicht zu flehen.

»Und Sie können mich heilen, nicht?« sagte das Monster.

»O ja«, antwortete Decker. »Ganz sicher. Lassen Sie mir nur ein wenig Zeit.«

Boones verletzte Hand streichelte die Maske.

»Warum verstecken Sie sich hinter diesem Ding?« fragte er.

»Es *zwingt* mich, mich zu verstecken. Es zwingt mich.«

Die Wut der Maske kannte keine Grenzen. Sie kreischte in Dekkers Kopf, als sie hörte, wie er seinen Herrn und Meister verriet. Wenn er die heutige Nacht überlebte, würde sie die gräßlichsten Wiedergutmachungen für diese Lügen verlangen. Morgen würde er sie mit Freuden bezahlen. Aber er mußte die Bestie überlisten, wenn er so lange überleben wollte.

»Sie müssen sich ebenso wie ich fühlen«, sagte er. »Hinter dieser Haut, die Sie tragen müssen.«

»Ebenso?« sagte Boone.

»Gefangen. Zum Blutvergießen gezwungen. Sie wollen ebenso wenig Blut vergießen wie ich.«

»Sie verstehen nicht«, sagte Boone. »Ich bin nicht *hinter* diesem Gesicht. Ich *bin* dieses Gesicht.«

Decker schüttelte den Kopf.

»Das glaube ich nicht. Ich glaube, irgendwo sind Sie immer noch Boone.«

»Boone ist tot. Boone wurde vor Ihren Augen niedergeschossen. Erinnern Sie sich. Sie haben selbst Kugeln abgefeuert.«

»Aber Sie haben überlebt.«

»Nicht lebend.«

Deckers Körper hatte gezittert. Jetzt hörte er auf. Jeder Muskel in seinem Körper wurde starr, als ihm die Erklärung für diese Geheimnisse klar wurde.

»Sie haben mich den Monstern in die Arme getrieben, Decker. Und ich bin eins geworden. Nicht Ihre Art von Monster. Nicht von der Art ohne Seele.« Er zog Decker sehr dicht an sich, sein Gesicht war nur wenige Zentimeter von der Maske entfernt. »Ich bin tot, Decker. Ihre Kugeln können mir nichts mehr anhaben. Ich habe Midian in den Adern. Das bedeutet, meine Wunden werden immer heilen. Aber Sie...«

Die Hand, die die Maske streichelte, packte jetzt den Stoff.

»...Sie, Decker... wenn Sie sterben, dann sind Sie tot. Und ich will Ihr Gesicht sehen, wenn das passiert.«

Boone zog an der Maske. Sie war festgebunden und löste sich nicht. Er mußte die Krallen in den Stoff schlagen und sie aufreißen, um das schwitzende Gesicht darunter zu entblößen. Wie viele Stunden hatte er dieses Gesicht angesehen und an jedem Flackern der Zustimmung gehangen? Soviel vergeudete Zeit. Dies war die wahre Natur des Heilers: verloren und schwach und weinend.

»Ich hatte Angst«, sagte Decker. »Das verstehen Sie doch, oder nicht? Sie hätten mich gefunden und bestraft. Ich brauchte jemand, dem ich die Schuld unterschieben konnte.«

»Sie haben sich den falschen Mann ausgesucht.«

»Mann?« sagte eine leise Stimme aus der Dunkelheit. »Du nennst dich einen Mann?«

Boone ließ sich verbessern. »Monster«, sagte er.

Darauf folgte Lachen. Dann:

»Nun, wirst du ihn umbringen oder nicht?«

Boone sah von Decker zu dem Sprecher, der auf einem Grab saß. Sein Gesicht bestand nur aus vernarbtem Gewebe.

»Erinnert er sich an mich?« fragte der Mann Boone.

»Ich weiß nicht. Erinnern Sie sich?« wollte Boone von Decker wissen. »Sein Name ist Narcisse.«

Decker sah ihn nur an.

»Auch einer von Midians Stamm«, sagte Boone.

»Ich war nie sicher, ob ich hierher gehöre«, überlegte Narcisse. »Erst als ich die Kugeln aus meinem Gesicht entfernte. Ich dachte, alles wäre ein Traum.«

»Angst«, sagte Boone.

»Die hatte ich. Du weißt, was sie mit natürlichen Menschen machen.«

Boone nickte.

»Also bring ihn um«, sagte Narcisse. »Iß seine Augen aus den Höhlen, sonst werde ich es für dich tun.«

»Erst wenn ich ein Geständnis von ihm habe.«

»Geständnis...« sagte Decker, der beim Gedanken an einen Ausweg die Augen aufriß. »Wenn Sie das wollen, dann sagen Sie es doch.«

Er kramte in seiner Jackentasche, als suchte er nach einem Kugelschreiber.

»Was, zum Teufel, nützt ein Geständnis?« sagte Narcisse. »Glaubst du, jetzt wird dir noch jemand vergeben? Sieh dich doch an!«

Er sprang von dem Grab herunter.

»Hör zu«, flüsterte er, »wenn Lylesburg herausbekommt, daß ich hier oben war, wirft er mich hinaus. Gib mir nur seine Augen, der alten Zeiten wegen. Der Rest gehört dir.«

»Lassen Sie nicht zu, daß er mich anrührt«, flehte Decker Boone an. »Was Sie wollen... volles Geständnis... alles. Aber halten Sie ihn mir vom Leib!«

Zu spät; Narcisse griff bereits nach ihm, mit oder ohne Boones Zustimmung. Boone versuchte, ihn mit der freien Hand abzuhalten, aber der Mann war zu sehr auf Rache aus, um sich abhalten zu lassen. Er drängte sich zwischen Boone und seine Beute.

»Sieh dich ein letztes Mal um«, grinste er und hob die krallenbewehrten Daumen.

Aber Deckers Suchen war nicht ausschließlich von Panik bestimmt gewesen. Als sich die Krallen seinen Augen näherten, zog er das große Messer aus dem Versteck in seiner Tasche und stieß es dem Angreifer in den Bauch. Er hatte seine Kunst lange und ernst studiert. Der Schnitt, den er Narcisse verpaßte, war ein Ausweideschnitt, den er von den Japanern gelernt hatte: tief in die Eingeweide, und dann Richtung Nabel hochziehen, wobei die Klinge mit beiden Händen gegen den Druck des Fleisches gestemmt wurde. Narcisse schrie auf – aber mehr wegen Erinnerungen an Schmerzen als aufgrund der Schmerzen selbst.

Decker zog das große Messer mit einer einzigen anmutigen Bewegung heraus; er wußte aus Studien, daß der wohlverpackte Inhalt folgen würde. Er irrte sich nicht. Narcisses Eingeweide rollten sich auf und fielen wie eine Schürze auf die Knie ihres Besitzers. Die Verletzung – die einen lebenden Menschen sofort gefällt hätte – machte Narcisse jedoch lediglich zum Clown. Er klammerte sich an Boone und heulte vor Ekel, als er seine hervorquellenden Gedärme sah.

»Hilf mir«, brüllte er. »Ich falle auseinander.«

Decker nutzte den Augenblick. Er floh zum Tor, während

Boone festgehalten wurde. Einen weiten Weg mußte er nicht zurücklegen. Als Boone sich von Narcisse befreit hatte, konnte der Gegner schon ungeweihte Erde sehen. Boone nahm die Verfolgung auf, aber bevor er sich dem Tor nur halb genähert hatte, hörte er Deckers Autotür zuschlagen und den Motor anspringen. Der Doktor war entkommen. Verdammt, *entkommen!*

»Was, zum Teufel, fange ich jetzt *damit* an?« hörte Boone Narcisse schluchzen. Er wandte sich vom Tor ab. Der Mann hatte die Schlingen seiner Eingeweide zwischen den Händen wie ein Strickzeug.

»Geh nach unten«, sagte Boone gleichgültig. Es hatte keinen Sinn, Narcisse wegen seiner Einmischung zu verfluchen. »Jemand wird dir helfen«, sagte er.

»Ich kann nicht. Sie werden wissen, daß ich hier oben war.«

»Glaubst du, das wüßten sie nicht längst?« antwortete Boone. »Sie wissen alles.«

Er machte sich wegen Narcisse keine Gedanken mehr. Die auf dem Weg liegende Gestalt beanspruchte seine ganze Aufmerksamkeit. In seiner Gier auf Decker hatte er Lori vollkommen vergessen.

»Sie werden uns beide hinauswerfen«, sagte Narcisse.

»Möglich«, sagte Boone.

»Was sollen wir nur tun?«

»Geh einfach nach unten«, sagte Boone ergeben. »Sag Mister Lylesburg, ich hätte dich vom rechten Weg abgeführt.«

»Hast du das?« sagte Narcisse. Dann freundete er sich mit dem Gedanken an und sagte: »Ja, ich glaube, das hast du.«

Er trug seine Eingeweide hinkend fort.

Boone kniete neben Lori nieder. Ihr Geruch machte ihn benommen; ihre weiche Haut unter seinen Handflächen war beinahe überwältigend.

Sie lebte noch; ihr Puls war trotz der Verletzungen, die sie aus Deckers Händen empfangen haben mußte, kräftig. Als er in ihr sanftes Gesicht sah, mißfiel ihm über alle Maßen der Gedanke, sie könnte aufwachen und ihn in der Gestalt sehen, die er durch Peloquins Biß geerbt hatte. In Deckers Gegenwart hatte er sich voller Stolz als *Monster* bezeichnet: um seine Nachtbrut-Persönlichkeit vorzuführen. Aber jetzt, als er die Frau ansah, die er geliebt hatte, und die ihn seiner Menschlichkeit und Zerbrechlichkeit wegen wieder geliebt hatte, schämte er sich.

Er atmete ein, seine Willenskraft machte Fleisch zu Rauch, den seine Lungen in den Körper zurücksogen. Es war ein Vorgang, der in seiner Mühelosigkeit so leicht war wie seine Natur. Wie schnell er sich an alles gewöhnt hatte, was er einst wundersam genannt hätte.

Aber er war kein Wunder; nicht verglichen mit dieser Frau. Die Tatsache, daß sie genügend Glauben besessen hatte, mit dem Tod auf den Fersen nach ihm suchen zu kommen, war mehr als sich jeder natürliche Mann erhoffen konnte; und für einen wie ihn wahrhaftig ein Wunder.

Ihre Menschlichkeit erfüllte ihn mit Stolz: auf das, was er gewesen war und immer noch vorgeben konnte zu sein.

Daher hob er sie in seiner menschlichen Gestalt auf und trug sie zärtlich nach unten.

XIII

DAS PROPHETISCHE KIND

Lori lauschte den wütenden Stimmen.

»Du hast uns betrogen!«

Die erste gehörte Lylesburg.

»Ich hatte keine andere Wahl!«

Die zweite Boone.

»Also wurden Midian deiner edlen Gefühle wegen aufs Spiel gesetzt?«

»Decker wird es keinem erzählen«, antwortete Boone. *»Was soll er sagen? Daß er versucht habe, ein Mädchen umzubringen, und ein Toter habe ihn daran gehindert? Seien Sie vernünftig.«*

»Demnach bist du jetzt der Experte. Ein paar Tage hier, und du schreibst das Gesetz. Tu das anderswo, Boone. Nimm die Frau und geh.«

Lori wollte die Augen aufmachen und zu Boone gehen, wollte ihn beruhigen, bevor sein Zorn ihn dazu verleitete, etwas Dummes zu sagen oder zu tun. Aber ihr Körper war taub. Nicht einmal die Gesichtsmuskeln gehorchten ihren Anweisungen. Sie konnte nur still daliegen und dem erbitterten Streit zuhören.

»Ich gehöre hierher«, sagte Boone. *»Ich bin einer der Nachtbrut.«*

»Nicht mehr.«

»Ich kann dort draußen nicht leben.«

»Wir haben es getan. Wir sind jahrhundertelang in der natürlichen Welt Risiken eingegangen, und sie hat uns beinahe ausgerottet. Und jetzt kommst du daher und vernichtest fast unsere einzige Hoffnung zu überleben. Wenn Midian entdeckt wird, seid ihr – du und die Frau – dafür verantwortlich. Denk auf deinen Reisen darüber nach.«

Es folgte ein längeres Schweigen. Dann sagte Boone:

»Laß es mich wiedergutmachen.«

»Zu spät. Das Gesetz macht keine Ausnahmen. Auch der andere muß gehen.«

»Narcisse? Nein. Ihr werdet ihm das Herz brechen. Er hat sein halbes Leben darauf gewartet, hierher zu kommen.«

»Die Entscheidung wurde getroffen.«

»Von wem? Von dir? Oder von Baphomet?«

Als sie diesen Namen hörte, verspürte Lori ein Schaudern. Das Wort hatte keine Bedeutung für sie, aber für die anderen in der Nähe offenbar schon. Sie hörte ein Flüstern um sich herum hallen; wiederholte Ausdrücke, Worten der Verehrung gleich.

»*Ich verlange, mit ihm zu sprechen*«, sagte Boone.

»*Unmöglich.*«

»*Wovor hast du Angst? Die Macht über deinen Stamm zu verlieren? Ich möchte Baphomet sehen. Wenn du mich aufhalten möchtest, versuch es jetzt.*«

Als Boone die Herausforderung aussprach, schlug Lori die Augen auf. Sie sah ein Dachgewölbe über sich, wo sie zuletzt Himmel gesehen hatte. Es war jedoch mit Sternen bemalt, freilich mehr Feuerwerk als Himmelskörper; Feuerräder, die Funken schleuderten, während sie sich am steinernen Firmament drehten. Sie neigte den Kopf ein wenig. Sie war in einer Gruft. Rings um sie herum standen Särge aufrecht an die Wände gelehnt. Links eine Ansammlung dicker Kerzen, deren Wachs fettig war, und ihre Flammen so schwach wie sie selbst. Rechts von ihr saß Babette mit überkreuzten Beinen auf dem Boden und betrachtete sie eingehend. Das Kind war völlig in Schwarz gekleidet, ihre Augen fingen das Kerzenlicht auf und beruhigten sein Flackern. Sie war nicht hübsch. Dazu war ihr Gesicht zu ernst. Nicht einmal das Lächeln, das sie Lori schenkte, als sie diese erwachen sah, konnte die Traurigkeit aus ihren Zügen vertreiben. Lori bemühte sich nach Kräften, den Willkommensausdruck zu erwidern, war aber nicht sicher, ob ihre Gesichtsmuskeln gehorchten.

»Er hat uns schlimmes Leid zugefügt«, sagte Babette.

Lori ging davon aus, daß sie Boone meinte. Doch die nächsten Worte des Kindes belehrten sie eines Besseren.

»Rachel hat es sauber gemacht. Jetzt brennt es nicht mehr.«

Sie hob die rechte Hand. Diese war um Daumen und Zeigefinger verbunden.

»Bei dir auch nicht.«

Lori nahm alle Willenskraft zusammen und hob die rechte Hand von der Seite. Sie war genauso verbunden.

»Wo... ist Rachel?« fragte Lori, die ihre Stimme selbst kaum hören konnte. Babette hörte die Frage jedoch deutlich.

»Irgendwo in der Nähe«, sagte sie.

»Könntest du sie für mich holen?«

Babettes ewiges Stirnrunzeln wurde noch düsterer.

»Bist du jetzt für immer hier?« fragte sie.

»Nein«, lautete die Antwort, aber nicht von Lori, sondern von Rachel, die unter der Tür aufgetaucht war, »das ist sie nicht. Sie wird bald wieder fortgehen.«

»Warum?« sagte Babette.

»Ich habe Lylesburg gehört«, murmelte Lori.

»*Mister* Lylesburg«, sagte Rachel und kam zu Lori herüber. »Boone hat sein Wort gebrochen, als er nach oben ging, um Sie zu holen. Er hat uns alle in Gefahr gebracht.«

Lori begriff nur einen Bruchteil der Geschichte Midians, aber genug zu wissen, daß die Maxime, die sie erstmals von Lylesburgs Lippen gehört hatte – »*was unten ist, bleibt unten*« – keine hohle Phrase war. Es war ein Gesetz, das einzuhalten die Bewohner von Midian geschworen hatten, andernfalls verloren sie ihre Heimat hier.

»Können Sie mir helfen?« fragte sie. Sie fühlte sich verwundbar, solange sie auf dem Boden lag.

Aber es war nicht Rachel, die ihr zu Hilfe kam, sondern Babette, die ihre winzige verbundene Hand auf Loris Bauch legte. Ihr Körper reagierte sofort auf die Berührung des Kindes, alle Anzeichen von Taubheit verschwanden augenblicklich aus ihr. Sie erinnerte sich an dasselbe Gefühl, oder ein ähnliches, bei ihrer letzten Begegnung mit dem Kind: das Gefühl übertragener Kraft, das durch sie geströmt war, als sich das Tier in ihren Armen aufgelöst hatte.

»Sie hat Sie sehr ins Herz geschlossen«, sagte Rachel.

»Sieht so aus.« Lori richtete sich auf. »Ist sie verletzt?«

»Warum fragen Sie *mich* nicht?« sagte Babette. »Ich bin schließlich auch da.«

»Tut mir leid«, sagte Lori betroffen. »Hast du dich auch geschnitten?«

»Nein. Aber ich habe Ihre Schmerzen gespürt.«

»Sie ist emphatisch«, sagte Rachel. »Sie empfindet das, was andere empfinden, besonders wenn sie eine emotionale Beziehung zu ihnen hat.«

»Ich wußte, daß Sie hierher kamen«, sagte Babette. »Ich habe durch Ihre Augen gesehen. Und Sie können durch meine sehen.«

»Stimmt das?« fragte Lori Rachel.

»Glauben Sie ihr«, lautete die Antwort.

Lori war nicht sicher, ob sie schon bereit war aufzustehen, aber sie beschloß, ihren Körper dem Test zu unterziehen. Es war leichter als sie erwartet hatte. Sie stand mühelos auf, ihre Glieder waren kräftig, der Kopf klar.

»Würden Sie mich zu Boone bringen?« bat sie.

»Wenn Sie das wollen.«

»Er war die ganze Zeit hier, nicht?«

»Ja.«

»Wer hat ihn hierher gebracht?«

»Gebracht?«

»Nach Midian.«

»Niemand.«

»Er war fast tot«, sagte Lori. »Jemand muß ihn aus der Leichenhalle geholt haben.«

»Sie verstehen immer noch nicht, was?« sagte Rachel grimmig.

»Midian? Nein, eigentlich nicht.«

»Nicht nur Midian. Boone, und warum er hier ist.«

»Er denkt, er gehört zur Nachtbrut«, sagte Lori.

»*Gehörte*, bis er sein Wort gebrochen hat.«

»Dann gehen wir eben«, antwortete Lori. »Das ist Lylesburgs Wunsch, nicht? Und ich verspüre auch nicht den Wunsch zu bleiben.«

»Wohin wollen Sie gehen?« fragte Rachel.

»Ich weiß nicht. Vielleicht zurück nach Calgary. Es sollte nicht so schwer zu beweisen sein, daß Decker der Schuldige ist. Dann können wir von vorne anfangen.«

Rachel schüttelte den Kopf.

»Das wird nicht möglich sein«, sagte sie.

»Warum nicht? Habt ihr einen vorrangigen Anspruch auf ihn?«

»Er kam hierher, weil er einer von uns ist.«

»Von *uns*. Was soll das bedeuten?« sagte Lori heftig. Sie hatte die ausweichenden Antworten und Andeutungen satt. »Wer seid ihr schon? Kranke Menschen, die im Dunkeln leben. Boone ist nicht krank. Er ist ein normaler Mann. Ein normaler, gesunder Mann.«

»Ich schlage vor, Sie fragen ihn, wie gesund er sich fühlt«, war Rachels Erwiderung.

»Oh, das werde ich, wenn die Zeit gekommen ist.«

Babette blieb von diesem Austausch von Boshaftigkeiten nicht unberührt.

»Sie dürfen nicht gehen«, sagte sie zu Lori.

»Ich muß.«

»Nicht ins Licht.« Sie hielt sich heftig an Loris Ärmel fest. »Dorthin kann ich Ihnen nicht folgen.«

»Sie muß gehen«, sagte Rachel, die versuchte, das Kind wegzunehmen. »Sie gehört nicht zu uns.«

Babette hielt sich fest.

»Sie *können* es«, sagte sie und sah zu Lori auf. »Es ist ganz leicht.«

»Sie will nicht«, sagte Rachel.

Babette sah zu Lori auf.

»Stimmt das?« fragte sie.

»Sagen Sie es ihr«, sagte Rachel, der Loris Unbehagen offenbar tiefe Befriedigung verschaffte. »Sagen Sie ihr, daß sie zu den kranken Menschen gehört.«

»Aber wir leben ewig«, sagte Babette. Sie sah ihre Mutter an. »Oder nicht?«

»Manche von uns.«

»*Alle.* Wenn wir immer und ewig leben wollen. Und eines Tages, wenn die Sonne erlischt...«

»*Genug!*« sagte Rachel.

Aber Babette hatte noch mehr zu sagen.

»...wenn die Sonne erlischt und nur noch Nacht ist, werden wir auf der Erde leben. Dann gehört sie uns.«

Jetzt war es an Rachel, sich unbehaglich zu fühlen.

»Sie weiß nicht, was sie sagt«, murmelte die Frau.

»Ich denke, sie weiß es ganz genau«, antwortete Lori.

Babettes Nähe und der Gedanke, daß sie irgendwie mit dem Kind verbunden war, machte sie plötzlich frösteln. Das bißchen Frieden, das ihr rationaler Verstand mit Midian geschlossen hatte, fiel rasch in sich zusammen. Mehr als alles andere wollte sie von hier fort sein, fort von Kindern, die vom Ende der Welt sprachen, von Kerzen und Särgen und Leben in Gräbern.

»Wo ist Boone?« sagte sie zu Rachel.

»Zum Tabernakel gegangen. Zu Baphomet.«

»Wer oder was ist Baphomet?«

Rachel machte eine rituelle Geste, als Baphomet erwähnt wurde, sie berührte Zunge und Herz mit dem Zeigefinger. Für sie war das so vertraut und oft durchgeführt, daß Lori bezweifelte, ob sie überhaupt mitbekommen hätte, daß sie es getan hatte.

»Baphomet ist der Täufer«, sagte Rachel. »Der Midian geschaffen hat. Der uns hierher gerufen hat.«

Wieder berührte der Finger Zunge und Herz.

»Würdest du mich zum Tabernakel bringen?« fragte Lori.

Rachels Antwort war schlicht und einfach: »Nein.«

»Dann zeig mir wenigstens die Richtung.«

»Ich bringe Sie hin«, erbot sich Babette.

»Nein, das wirst du nicht tun«, sagte Rachel, und diesmal riß sie die Hand des Kindes so schnell von Loris Ärmel, daß Babette keine Möglichkeit hatte, sich zu widersetzen.

»Ich habe meine Schuld beglichen«, sagte Rachel, »indem ich Ihre Wunde geheilt habe. Wir haben nichts mehr miteinander zu schaffen.«

Sie ergriff Babette und nahm das Kind auf die Arme. Babette wand sich im Griff ihrer Mutter, damit sie Lori wieder ansehen konnte.

»Ich möchte, daß Sie wunderschöne Sachen für mich sehen.«

»Sei still«, schalt Rachel.

»Was *Sie* sehen, werde *ich* sehen.«

Lori nickte.

»Ja?« sagte Babette.

»Ja.«

Bevor das Kind noch ein weiteres trauriges Wort äußern konnte, hatte Rachel es aus dem Raum getragen und ließ Lori in Gesellschaft der Särge zurück.

Sie warf den Kopf zurück und atmete langsam aus. Ruhig, dachte sie, sei ruhig. Es ist bald vorbei.

Die gemalten Sterne über ihr machten Kapriolen und schienen sich zu drehen, während sie sie betrachtete. War ihr Aufruhr eine Laune des Künstlers, fragte sie sich, oder sah so der Himmel für die Brut aus, wenn sie aus ihren Mausoleen kamen, um frische Luft zu schnappen?

Besser, es nicht zu wissen. Es war schlimm genug, daß diese Kreaturen Kinder und Kunst hatten; daß sie darüber hinaus auch eine *Vision* haben könnten, war ein zu gefährlicher Gedanke, den man nicht weiter verfolgen sollte.

Als sie ihnen auf halbem Weg die Treppe in diese unterirdische Welt hinab zum ersten Mal begegnet war, hatte sie um ihr Leben gefürchtet. In einer stillen Ecke ihrer selbst tat sie das immer noch. Nicht, daß ihr das Leben genommen werden, sondern daß es *verändert* werden würde; daß die Nachtbrut sie irgendwie mit ihren Ritualen und Visionen beeinflussen könnte und sie sie nicht mehr aus ihrem Denken verdrängen könnte.

Je früher sie von hier fort wäre, mit Boone an ihrer Seite, desto früher würde sie wieder in Calgary sein. Dort waren die Straßenlaternen hell. Sie zähmten die Sterne.

Von diesem Gedanken beruhigt, machte sie sich auf die Suche nach dem Täufer.

XIV

TABERNAKEL

Dies war das wahre Midian. Nicht die verlassene Stadt auf dem Hügel; nicht einmal der Friedhof über ihr, sondern dieses Netz von Tunneln und Kammern, das sich wahrscheinlich unter dem gesamten Friedhof verzweigte. Einige der Grüfte wurden ausschließlich von den ungestörten Toten bewohnt; ihre Särge lagen schimmelnd auf Regalen. Waren dies die ersten Bewohner des Friedhofs, die zur Ruhe gebettet worden waren, bevor ihn die Nachtbrut in Besitz genommen hatte? Oder gehörten sie der Brut an und waren in ihrem Halbleben gestorben, möglicherweise in der Sonne verfallen oder von Verlangen ausgezehrt? Was auch immer, sie waren in der Minderzahl. Die meisten der Kammern wurden von lebendigeren Seelen bewohnt, und die Unterkünfte wurden von Kerzen oder Lampen erhellt, gelegentlich auch vom Bewohner selbst: einem Wesen, das selbst leuchtete.

Eine solche Wesenheit erblickte sie nur einmal, sie lag in der Ecke ihres Boudoirs auf einer Matratze. Sie war nackt, korpulent und geschlechtslos, der schwammige Körper ein Narrenkleid aus dunkler, öliger Haut und larvengleichen Auswüchsen, aus denen Phosphoreszenz troff und das schlichte Bett tränkte. Es schien, als würde jede Tür zu einem ähnlich geheimnisvollen Abschnitt führen, und ihre Reaktionen darauf waren so problematisch wie die Anblicke, die sie hervorriefen. Drehte sich ihr lediglich vor Ekel der Magen um, wenn sie die Stigmatisierten in voller Flut sah, mit ihren scharfzähnigen Anhängseln, die lautstark an ihren Wunden saugten; oder Aufregung, wenn sie die Legende vom Vampir in Fleisch und Blut sehen konnte? Und was sollte sie von dem Mann halten, dessen Körper sich in Vögel verwandelte, als er sah, daß sie ihn beobachtete; oder dem Maler mit dem Hundekopf, der sich von seinem Wandgemälde abwandte und sie bat, seinem Lehrling beim Mischen von Farben zu helfen? Oder von den Maschinenbestien, die mit Tastzirkelbeinen die Wände hinaufliefen? Nach einem Dutzend Tunneln wußte sie Grauen nicht mehr von Faszination zu unterscheiden. Vielleicht hatte sie das nie gekonnt.

Sie hätte tagelang herumirren und Seltsamkeiten sehen können, hätten Instinkt oder Glück oder beides sie nicht so nahe zu Boone geführt, daß ihr weiteres Eindringen aufgehalten wurde. Lylesburgs Schatten trat vor sie, scheinbar aus einer soliden Mauer.

»Sie dürfen nicht weitergehen.«

»Ich will Boone finden«, sagte sie ihm.

»Sie trifft keine Schuld an allem«, sagte Lylesburg. »Das sehen alle ein. Aber Sie müssen Ihrerseits auch etwas verstehen: Was Boone getan hat, hat uns alle in Gefahr gebracht...«

»Dann lassen Sie mich mit ihm sprechen. Wir werden gemeinsam von hier fortgehen.«

»Das wäre vor einer Weile noch möglich gewesen«, sagte Lylesburg, und die Stimme drang gemessen und befehlsgewohnt wie immer aus seinem Schattenmantel.

»Und jetzt?«

»Ist er außerhalb meines Zugriffs. Und auch außerhalb Ihres. Er hat sich an eine völlig andersartige Macht gewendet.«

Noch während er sprach wurde weiter unten in der Katakombe Lärm laut; ein Getöse, wie Lori es noch nie vernommen hatte. Einen Augenblick war sie sicher, daß ein Erdbeben dafür verantwortlich war, der Laut schien *in* der Erde um sie herum zu sein und *von* ihr zu stammen. Aber als die zweite Woge anfing, hörte sie etwas Animalisches darin: ein Stöhnen des Schmerzes möglicherweise, oder der Ekstase... Das war sicherlich Baphomet – *der Midian geschaffen hat*, hatte Rachel gesagt. Welche andere Stimme hätte die Substanz des Ortes selbst erschüttern können?

Lylesburg bestätigte ihre Vermutung.

»*Damit* möchte Boone verhandeln«, sagte er. »Glaubt er jedenfalls.«

»Lassen Sie mich zu ihm.«

»Er hat ihn bereits verschlungen«, sagte Lylesburg. »Ihn in die Flamme genommen.«

»Das will ich selbst sehen«, verlangte Lori.

Sie wollte sich keinen Augenblick mehr hinhalten lassen und drängte sich an Lylesburg vorbei, wobei sie mit Widerstand rechnete. Aber ihre Hände sanken in die Dunkelheit, die er trug, und berührten die Wand hinter ihm. Er hatte keine Substanz. Er konnte sie nicht daran hindern, irgendwohin zu gehen.

»Er wird Sie auch umbringen«, hörte sie seine Warnung, während sie dem Geräusch entgegenlief. Es war zwar überall um sie herum, aber sie spürte seinen Ursprung. Mit jedem Schritt, den sie ging, wurde es lauter und komplexer, Schichten rohen Geräusches, die alle einen anderen Teil von ihr ansprachen: Kopf, Herz, Lenden.

Ein rascher Blick zurück bestätigte, was sie bereits vermutet hatte: Lylesburg unternahm keinen Versuch, ihr zu folgen. Sie bog um eine Ecke, dann noch eine, und die Untertöne der Stimme vervielfachten sich immer noch, bis sie mit gesenktem Kopf und gebückten Schultern dagegen anlief wie gegen einen Sturm.

Jetzt lagen keine Kammern mehr am Weg, und daher gab es auch kein Licht. Vor ihr jedoch sah sie ein Leuchten – veränderlich und kalt, aber so hell, daß es sowohl den Boden beleuchtete, über den sie stolperte, der aus bloßer Erde bestand, als auch den silbernen Frost an den Wänden.

»Boone?« rief sie. »Bist du da, Boone?«

Nach dem, was Lylesburg gesagt hatte, rechnete sie nicht zu sehr mit einer Antwort, aber sie erhielt eine. Seine Stimme drang aus dem Kern von Licht und Ton vor ihr heraus. Aber sie hörte durch das Getöse nur:

»*Nicht . . .*«

Was *nicht?* fragte sie sich.

Nicht näher kommen? Nicht hier zurücklassen?

Sie lief langsamer und rief noch einmal, aber der Lärm, den der Täufer machte, übertönte mittlerweile ihre Stimme, ganz zu schweigen von einer möglichen Antwort. Sie war so weit gegangen, daß sie weiter mußte, auch wenn sie nicht wußte, ob sein Ruf eine Warnung gewesen war oder nicht.

Vor ihr lag der Durchgang zu einem Hang – einem steilen Hang. Sie blieb auf der Kuppe stehen und blinzelte in die Helligkeit. Das war Baphomets Loch, kein Zweifel. Der Lärm, den er machte, zerstäubte die Mauern und wehte ihr den Staub ins Gesicht. Tränen traten ihr in die Augen und wuschen den Schmutz weg, aber es kam immer mehr. Von der Stimme taub und vom Licht blind gemacht, taumelte sie auf der Kuppe der Erhebung und konnte weder vorwärts noch zurück gehen.

Plötzlich verstummte der Täufer, die Schichten seiner Laute starben alle zusammen und vollständig.

Die Stille, die folgte, war erschreckender als der Lärm, der ihr vorangegangen war. Hatte er den Mund zugemacht, weil er wußte, daß er einen Eindringling in seiner Mitte hatte? Sie hielt den Atem an und wagte keinen Laut von sich zu geben.

Am Fuß des Hangs befand sich ein heiliger Ort, daran hatte sie nicht den geringsten Zweifel. Als sie vor Jahren mit ihrer Mutter in den großen Kathedralen Europas gestanden und Fenster und Altäre betrachtet hatte, hatte sie nicht annähernd die Woge der Erkenntnis verspürt, die sie jetzt überkam. In ihrem ganzen Leben – wachend oder träumend – hatten keine so widersprüchlichen Impulse in ihr gekämpft. Von ganzem Herzen wünschte sie sich, von diesem Ort zu fliehen – wollte ihn verlassen und vergessen; und doch *rief* er sie auch. Nicht Boones Anwesenheit dort rief sie, sondern der Sog des Heiligen oder Unheiligen oder die beiden in einem; und er würde keinen Widerspruch dulden.

Inzwischen hatten ihre Tränen den Staub aus ihren Augen gespült. Sie hatte keine andere Ausrede mehr als Feigheit, wenn sie blieb, wo sie stand. Sie ging langsam den Hügel hinab. Es war ein Abstieg von etwa dreißig Metern, aber sie hatte nicht mehr als ein Drittel davon zurückgelegt, als auf dem Grund eine vertraute Gestalt sichtbar wurde.

Sie hatte Boone zum letzten Mal oben gesehen, als er herausgekommen war, um sich Decker entgegenzustellen. In den Sekunden, bevor sie ohnmächtig geworden war, hatte sie ihn gesehen wie nie zuvor: wie einen Mann, der Schmerzen und Niederlagen völlig vergessen hatte. Jetzt nicht. Er konnte sich kaum aufrecht halten.

Sie flüsterte seinen Namen, und das Wort gewann an Masse, während es auf ihn zu rollte.

Er hörte es und hob den Kopf in ihre Richtung. Nicht einmal in seinen schlimmsten Zeiten, als sie ihn gewiegt und gehalten hatte, um das Grauen fernzuhalten, hatte sie in seinem Gesicht einen solchen Kummer gesehen wie jetzt. Tränen strömten, und sein Gesicht war so runzlig vor Sorge, daß es fast wie das eines Babys wirkte.

Sie ging weiter hinab, und jeder Laut, den ihre Füße erzeugten, jeder winzige Atemzug, den sie machte, wurde von der Akustik des Hangs verstärkt.

Als er sie näherkommen sah, ließ er seine Stütze los, um sie wegzuwinken, aber als er das tat, verlor er den einzigen Halt und stürzte heftig. Sie ging schneller und achtete nicht mehr auf den Lärm, den sie erzeugte. Welche Macht auch immer den Boden der Grube bewohnen mochte, sie wußte, daß Lori da war. Wahrscheinlich kannte sie sogar ihre Geschichte. Lori hoffte in gewisser Weise, daß das so sein würde. Sie hatte keine Angst vor ihrem Urteil. Sie hatte Liebe als Grund für ihr Eindringen; sie kam unbewaffnet und allein. Wenn Baphomet wirklich der Architekt von Midian war, dann würde er Verwundbarkeit verstehen und nichts gegen sie unternehmen. Inzwischen hatte sie sich Boone bis auf fünf Meter genähert. Er versuchte, sich auf den Rücken zu drehen.

»Warte!« sagte sie, weil seine Verzweiflung sie bekümmerte.

Aber er sah nicht in ihre Richtung. Als er auf dem Rücken lag, wanderte sein Blick sofort zu Baphomet. Ihr Blick folgte seinem in ein Zimmer mit Wänden aus gefrorener Erde und einem ebensolchen Boden, letzterer war von einer Ecke zur anderen aufgeplatzt, und aus dem Riß stieg eine Feuersäule empor, die vier- bis fünfmal so groß wie ein Mensch war. Aber es ging bittere Kälte von ihr aus, keine Hitze, und in ihrem Herzen war kein anheimelndes Flackern. Statt dessen wirbelte sein Innerstes in sich selbst und trug und drehte eine Last, die sie zuerst nicht erkannte, die ihr ekelerfüllter Blick aber rasch interpretierte.

In dem Feuer war ein *Körper*, in einzelne Gliedmaßen zerstükkelt, so menschlich, daß sie ihn als Fleisch erkannte, aber eben nicht mehr als das. Wahrscheinlich Baphomets Tun; eine einem Eindringling auferlegte Strafe.

Eben jetzt sprach Boone den Namen des Täufers aus, und sie wappnete sich für den Anblick seines Gesichts. Sie bekam es auch zu sehen, aber von *innerhalb* der Flamme, als das Wesen dort – nicht tot, sondern lebend; nicht Midians Opfer, sondern sein Schöpfer – im Wirrwarr der Flamme den Kopf drehte und sie ansah.

Das war *Baphomet*. Dieses zerstückelte und zerschnittene Ding. Als sie sein Gesicht sah, schrie sie. Kein Roman, keine Kinoleinwand, keine Einsamkeit und keine Wonne hatte sie auf den Schöpfer von Midian vorbereiten können. Er mußte heilig sein, wie jedes so extreme Ding heilig sein mußte. Ein Ding jenseits von Dingen. Jenseits von Liebe oder Haß oder ihrer Summe; jenseits des Monströsen oder des Schönen, jenseits *deren* Summe. Und schließlich jenseits der Fähigkeit ihres Verstandes, es zu begreifen oder zu erfassen. In dem Augenblick, als sie wegsah, hatte sie bereits jeden Bruchteil des Anblicks aus ihrem bewußten Denken verdrängt und dort gespeichert, wo keine Folter und keine Befragung sie jemals wieder zwingen konnten, es anzusehen.

Sie hatte ihre eigene Kraft nicht gekannt, bis ihre Raserei, aus der Gegenwart des Dings zu verschwinden, sie Boone auf die Beine zerren und den Hang emporschleppen ließ. Er konnte kaum etwas tun, um ihr zu helfen. Die Zeit, die er in Gegenwart des Täufers verbracht hatte, hatte lediglich Restfetzen Kraft in seinen Muskeln gelassen. Lori hatte den Eindruck, als würde es ein Menschenalter dauern, den Hang hinaufzustolpern, während das eisige Licht der Flamme ihre Schatten wie Prophezeiungen vor sie warf.

Der Gang darüber war verlassen. Sie hatte halb damit gerechnet, daß Lylesburg irgendwo mit solideren Kohorten auf sie warten würde, aber das Schweigen der Kammer unten hatte sich durch den ganzen Tunnel ausgebreitet. Als sie Boone ein paar Meter vom Kamm des Hangs fortgeschleppt hatte, hielt sie inne, weil ihre Lungen von der Anstrengung brannten, ihn aufrecht zu halten. Er erwachte langsam aus der Benommenheit von Kummer und Entsetzen, in der sie ihn gefunden hatte.

»Kennst du einen Weg hier heraus?« fragte sie ihn.

»Ich glaube schon«, sagte er.

»Du wirst mir etwas helfen müssen. Ich kann dich nicht mehr lange tragen.«

Er nickte, dann sah er zum Eingang zu Baphomets Grube zurück.

»Was hast du gesehen?« fragte er.

»Nichts.«

»Gut.«

Er bedeckte das Gesicht mit den Händen. Sie sah, daß einer seiner Finger fehlte, die Verletzung war noch frisch. Er schien es jedoch gar nicht zu bemerken, daher stellte sie keine Fragen, sondern konzentrierte sich darauf, ihn zum Weitergehen zu ermutigen. In der Nachfolge seiner Hochgefühle war er widerwillig, beinahe mürrisch, aber sie drängte ihn weiter, bis sie eine steile Treppe erreichte, die sie durch eines der Mausoleen in die Nacht hinausführte.

Nach der Enge in der Erde roch die Luft nach *Ferne*, aber statt zu verweilen und es zu genießen bestand sie darauf, daß sie den Friedhof verließen, und suchte den Weg durch den Irrgarten der Grabmale zum Tor. Dort blieb Boone stehen.

»Das Auto steht gleich außerhalb«, sagte sie.

Er schlotterte, obwohl die Nacht ziemlich warm war.

»Ich kann nicht...« sagte er.

»Kannst was nicht?«

»Ich gehöre hierher.«

»Nein, gehörst du nicht«, sagte sie. »Du gehörst zu mir. Wir gehören zusammen.«

Sie stand nahe bei ihm, aber sein Kopf war den Schatten zugewendet. Sie nahm sein Gesicht zwischen die Hände und zog seinen Blick zu ihr.

»Wir gehören zusammen, Boone. Darum bist du am Leben. Verstehst du das denn nicht? Nach allem. Nach allem, was wir durchgemacht haben. Wir haben überlebt.«

»So einfach ist das nicht.«

»Das weiß ich. Wir haben beide eine schreckliche Zeit hinter uns. Mir ist klar, daß es nie wieder so wie früher sein kann. Ich möchte auch nicht, daß es so ist.«

»Du weißt nicht...« begann er.

»Dann wirst du es mir erklären«, sagte sie. »Wenn der rechte Zeitpunkt gekommen ist. Du mußt Midian vergessen, Boone. Es hat dich bereits vergessen.«

Das Schlottern kam nicht von der Kälte, sondern war ein Vorläufer von Tränen, die jetzt hervorquollen.

»Ich kann nicht gehen«, sagte er. »Ich kann nicht gehen.«

»Wir haben keine andere Wahl«, erinnerte sie ihn. »Wir haben nur einander.«

Der Schmerz seines Leids drückte ihn fast nieder.

»Steh auf, Boone«, sagte sie. »Leg den Arm um mich. Die Brut braucht dich nicht; sie wollen dich nicht. Ich brauche dich. Boone. Bitte.«

Er richtete sich langsam auf und umarmte sie.

»Fest«, sagte sie zu ihm. »Halt mich fest, Boone.«

Sein Griff wurde fester. Als sie die Hände von seinem Gesicht sinken ließ, um sich zu revanchieren, wanderte sein Blick nicht mehr zum Friedhof zurück. Er sah sie an.

»Wir fahren ins Hotel zurück und holen meine Sachen, ja? Das müssen wir tun. Es sind Briefe dabei, Fotos – eine Menge Sachen, die andere Leute nicht finden sollten.«

»Und dann?« sagte er.

»Dann gehen wir irgendwohin, wo niemand nach dir suchen wird, und versuchen eine Möglichkeit zu finden, deine Unschuld zu beweisen.«

»Ich mag das Licht nicht«, sagte er.

»Dann halten wir uns davon fern«, antwortete sie. »Bis du diesen verfluchten Ort wieder in die richtige Perspektive gerückt hast.«

Sie sah in seinem Gesicht nicht einmal einen Hauch von ihrem Optimismus. Seine Augen glänzten, aber das waren nur die Spuren der Tränen. Der Rest von ihm war *so kalt* – noch so sehr Teil von Midians Dunkelheit. Das wunderte sie nicht. Nach allem, was diese Nacht und der ihr vorangegangene Tag gebracht hatten, war sie überrascht, daß sie selbst diese Fähigkeit zur Hoffnung in sich hatte. Aber sie war da, kräftig wie ihr Herzschlag, und sie wollte sie nicht von den Ängsten, die die Brut sie gelehrt hatte, verdrängen lassen.

»Ich liebe dich, Boone«, sagte sie, rechnete aber nicht mit einer Antwort.

Vielleicht würde er im Lauf der Zeit reden. Wenn nicht Worte der Liebe, so doch wenigstens Erklärungen. Und wenn er es nicht tat oder nicht *konnte,* war das auch nicht so schlimm. Sie hatte etwas Besseres als Erklärung. Sie hatte ihn selbst, in Fleisch und Blut. Sein Körper lag fest in ihren Armen. Welchen Anspruch Midian auch an seine Erinnerungen haben mochte, Lylesburg war vollkommen deutlich gewesen: Es würde ihm niemals gestattet werden, hierher zurückzukehren. Statt dessen würde er nachts wieder neben ihr sein, und allein seine Gegenwart würde kostbarer als jede Zurschaustellung von Leidenschaft sein.

Mit der Zeit würde sie die Qualen Midians von ihm nehmen, wie sie die selbst auferlegten Qualen seines Wahnsinns von ihm genommen hatte. Darin war sie nicht erfolglos gewesen, wie Dekkers Täuschungen sie hatten glauben machen wollen. Boone hatte kein heimliches Leben vor ihr verborgen; er war unschuldig. Wie sie. Sie waren beide unschuldig, und diese Tatsache hatte sie durch diese Nacht der Gefahren in die Sicherheit des Tages gebracht.

4. Teil

HEILIGE UND SÜNDER

»Möchtest du meinen Rat?
Küß den Teufel, iß den Wurm.«

Jan de Moory
Another matter; or, Man remade

XV

DIE TOTENGLOCKE

1

Die Sonne ging wie eine Stripperin auf, sie ließ ihre Pracht von Wolken bedeckt, bis es schien, als würde es überhaupt keine Vorstellung geben, dann warf sie die Fetzen einen nach dem anderen ab. Mit zunehmender Helligkeit wuchs Boones Unbehagen. Lori kramte im Handschuhfach und brachte eine Sonnenbrille zum Vorschein, die Boone aufsetzte, um den größten Teil des Lichts von seinen überempfindlichen Augen abzuhalten. Dennoch mußte er den Kopf gesenkt halten und das Gesicht von der Helligkeit im Osten abwenden.

Sie sprachen kaum miteinander. Lori war zu sehr damit beschäftigt, ihren übermüdeten Verstand auf die Aufgabe des Fahrens zu konzentrieren, und Boone machte keinen Versuch, das Schweigen zu brechen. Er ging eigenen Gedanken nach, aber keinen, die er der Frau an seiner Seite hätte mitteilen können. Er wußte, früher hatte Lori ihm sehr viel bedeutet, aber es war ihm jetzt nicht mehr möglich, die Brücke zu diesen Gefühlen zu schlagen. Er fühlte sich völlig vom Leben mit ihr abgeschnitten; sogar vom Leben überhaupt. In den Jahren seiner Krankheit hatte er sich immer an die Fäden des Schicksals gehalten, die er im Leben sah: wie eine Tat zu einer anderen führte; dieses Gefühl zum nächsten. Er war durchgekommen, wenn auch stolpernden Schrittes, weil er gesehen hatte, wie der Weg hinter ihm zum Weg vor ihm wurde. Jetzt konnte er weder vorwärts noch rückwärts schauen; nur noch vage.

Am deutlichsten in seinem Kopf war Baphomet, der Geteilte. Er war der mächtigste und verwundbarste von allen Bewohnern Midians, er war von alten Feinden zerlegt, aber am Leben erhalten worden, um in den Flammen des, wie Lylesburg es genannt hatte, Feuers der Prüfung zu leiden. Boone war in Baphomets Grube gegangen, weil er gehofft hatte, er könnte seinen Fall vortragen; aber der Täufer hatte gesprochen, Orakel aus dem abgetrennten Kopf. Er konnte sich nicht mehr an seine Verkündigungen erinnern, wußte aber, es waren grimmige Neuigkeiten gewesen.

Unter seinen Erinnerungen an das Ganze und die Menschen war die an Decker am deutlichsten. Er bekam einige Bruchstücke ihrer gemeinsamen Vergangenheit zusammen und wußte, er sollte darüber in Wut geraten, aber er konnte es nicht über sich bringen, den Mann zu hassen, der ihn zu Midians Tiefen geführt hatte, ebensowenig wie er die Frau lieben konnte, die ihn dort herausgeholt hatte. Sie waren Bestandteile einer anderen Biographie; nicht ganz seiner *eigenen*.

Er wußte nicht, wieweit Lori seinen Zustand begriff, aber er vermutete, daß sie weitestgehend unwissend blieb. Was immer sie vermutete, sie schien damit zufrieden zu sein, ihn als das zu akzeptieren, was er war, und er brauchte ihre Anwesenheit auf eine einfache, animalische Weise so sehr, daß er nicht wagte, ihr die Wahrheit zu sagen, immer vorausgesetzt, er hätte Worte dafür finden können. Er war so viel und so wenig das, was er eben war. Mensch. Monster. Tot. Lebend. In Midian hatte er alle diese Daseinsformen in einem einzigen Geschöpf gesehen: Wahrscheinlich trafen sie auch alle auf ihn zu. Die einzigen Wesen, die ihm vielleicht hätten helfen können zu verstehen, wie solche Widersprüche nebeneinander existieren konnten, waren hinter ihm; auf dem Friedhof. Sie hatten gerade erst mit dem sehr langwierigen Prozeß angefangen gehabt, ihn in Midians Geschichte zu unterrichten, als er sie verraten hatte. Jetzt war er für alle Zeiten aus ihrer Mitte verbannt und würde es nie erfahren.

Das war ein Paradoxon. Lylesburg hatte ihn deutlich genug gewarnt, als sie zusammen in den Tunnels standen und Loris Hilferufen gelauscht hatten; hatte ihm unmißverständlich gesagt, wenn er seine Deckung verließ, würde er seinen Vertrag mit der Brut brechen.

»Vergiß nicht, was du jetzt bist«, hatte er gesagt. *»Du kannst sie nicht retten und deine Zuflucht behalten. Daher mußt du sie sterben lassen.«*

Aber das war ihm nicht möglich gewesen. Obwohl Lori zu einem anderen Leben gehörte, einem Leben, das er für immer verloren hatte, konnte er sie nicht dem Dämon überlassen. Was das bedeutete, wenn überhaupt etwas, konnte er in seinem momentanen Zustand nicht erfassen. Abgesehen von diesen wenigen kreisenden Gedanken, war er ausschließlich in dem Augenblick gefangen, in dem er lebte, und im nächsten Augenblick und im Augenblick danach; er bewegte sich Sekunde um Sekunde durch sein Leben, wie sich das Auto auf der Straße bewegte, in Unkenntnis des Ortes, wo es gewesen war, und blind dafür, wohin es fuhr.

2

Sie waren schon fast beim Sweetgrass Inn angekommen, als Lori einfiel, daß das Risiko bestand, an ihrem Ziel könnte es bereits von Polizei wimmeln, falls Sheryls Leichnam im Hudson Bay Sunset gefunden worden war.

Sie hielt an.

»Was ist denn?« fragte Boone.

Sie sagte es ihm.

»Vielleicht wäre es sicherer, wenn ich allein hingehen würde«, sagte sie. »Wenn es sicher ist, hole ich meine Sachen und komme zu dir zurück.«

»Nein«, sagte er. »Das ist nicht so gut.«

Sie konnte seine Augen hinter der Sonnenbrille nicht sehen, aber seine Stimme klang ängstlich.

»Ich beeile mich«, sagte sie.

»Nein.«

»Warum nicht?«

»Es ist besser, wenn wir zusammenbleiben«, antwortete er. Er legte die Hände vors Gesicht, wie am Tor von Midian. »Laß mich nicht allein«, sagte er mit gedämpfter Stimme. »Ich weiß nicht, wo ich bin, Lori. Ich weiß nicht einmal, *wer* ich bin. Bleib bei mir.«

Sie beugte sich zu ihm hinüber und küßte seine Handrücken. Er ließ die Hände vom Gesicht sinken. Sie küßte seine Wange, dann den Mund. Sie fuhren gemeinsam weiter zum Inn.

Ihre Befürchtungen erwiesen sich als unbegründet. Falls Sheryls Leichnam tatsächlich über Nacht gefunden worden war – was unwahrscheinlich schien, bedachte man den Ort, wo er war –, hatte niemand die Verbindung zum Inn hergestellt. Es war nicht nur keine Polizei da, die ihnen den Weg versperrte, es war überhaupt kein Anzeichen von Leben zu entdecken. Nur ein Hund kläffte in einem der oberen Zimmer, und irgendwo schrie ein Baby. Sogar die Halle war verlassen, der Portier am Empfang war so sehr mit der Morning-Show beschäftigt, daß er seinen Posten vernachlässigte. Das Geräusch von Lachen und Musik folgte ihnen durch die Halle und die Treppe hinauf bis zum ersten Stock. Obwohl alles glatt ging, zitterten Loris Hände so sehr, als sie das Zimmer erreichten, daß sie kaum den Schlüssel ins Schloß stecken konnte. Sie drehte sich um, damit sie Boone um Hilfe bitten konnte, mußte aber feststellen, daß er nicht mehr dicht hinter ihr war, sondern auf der obersten Treppenstufe verharrte und im Flur hin und her sah. Sie verfluchte wieder die Brille, die verhinderte, daß sie seine Gefühle in aller Deutlichkeit lesen konnte. Wenigstens nicht, bis er an die Wand zurückwich und seine Finger einen Halt suchten, der nicht da war.

»Probleme, Boone?«

»Hier ist niemand«, erwiderte er.

»Nun, das ist doch gut für uns, nicht?«

»Aber ich rieche...«

»Was riechst du?«

Er schüttelte den Kopf.

»*Sag es mir.*«

»Ich rieche *Blut*.«

»Boone?«

»Ich rieche soviel *Blut*.«

»Wo? Woher?«

Er antwortete nicht und sah auch nicht in ihre Richtung, sondern ging den Flur hinab.

»Ich beeile mich«, sagte sie zu ihm. »Bleib einfach, wo du bist, ich bin gleich wieder bei dir.«

Sie ließ sich auf die Hacken nieder und nestelte ungeschickt den Schlüssel ins Schloß, dann stand sie auf und öffnete die Tür. Aus dem Zimmer drang kein Blutgeruch, nur ein Hauch des abgestandenen Parfüms der vergangenen Nacht. Das erinnerte sie sofort an Sheryl und die schöne Zeit, die sie inmitten von allem Schlechten miteinander verbracht hatten. Vor weniger als vierundzwanzig Stunden hatte sie noch in diesem Zimmer gelacht und von ihrem Mörder als dem Mann ihrer Träume gesprochen.

Als sie an den dachte, sah Lori wieder zu Boone. Er war immer noch an die Wand gepreßt, als wäre dies die einzige Möglichkeit sicherzustellen, daß die Welt nicht umkippte. Sie ließ ihn stehen und betrat das Zimmer, um zu packen. Zuerst ins Bad, um ihre Waschsachen zu holen, dann wieder ins Schlafzimmer, wo sie die verstreuten Kleidungsstücke einsammelte. Erst als sie ihre Tasche aufs Bett stellte, um sie zu packen, sah sie den Riß in der Wand. Es war, als wäre etwas von der anderen Seite mit großer Gewalt dagegengeschleudert worden. Der Verputz war stellenweise abgebröckelt und lag zwischen den beiden Betten auf dem Boden. Sie sah den Riß einen Augenblick an. War die Party so unbeherrscht geworden, daß sie angefangen hatten, Möbelstücke an die Wände zu werfen?

Sie ging neugierig zu der Wand hinüber. Diese war wenig mehr als eine Gipstrennwand, und an einer Stelle hatte die Wucht des Stoßes gegenüber sogar ein Loch herausgebrochen. Sie zog ein Stück losen Verputz weg und preßte das Auge an das Loch.

Im Nebenzimmer waren die Vorhänge noch zugezogen, aber die Sonne schien so hell, daß sie hereindrang und der Luft einen düsteren Ockerfarbton verlieh. Sie dachte, daß die Party der gestrigen Nacht noch ausgelassener als die der vorhergehenden gewesen sein mußte. Weinflecken an den Wänden, und die Feiernden schliefen noch auf dem Boden.

Aber der Geruch: Das war kein Wein.

Sie wich einen Schritt von der Wand zurück, ihr Magen drehte sich um.

Dieser Saft stammte nicht von Obst...

Noch ein Schritt.

...sondern von Fleisch. Und wenn sie Blut roch, dann sah sie auch Blut, und wenn sie Blut sah, dann schliefen die Schläfer auch nicht, denn wer legt sich schon in einem Schlachthaus nieder? Nur die Toten.

Sie ging rasch zur Tür. Boone stand nicht mehr am Ende des Flurs, er kauerte an der Wand und hatte die Knie umklammert. Als er sich zu ihr wandte, sah sie, daß sein Gesicht gequält zuckte.

»Steh auf«, sagte sie zu ihm.

»Ich rieche Blut«, sagte er leise.

»Du hast recht. Also steh auf. Rasch. Hilf mir.«

Aber er war starr; am Boden festgewachsen. Sie kannte diese Haltung von früher nur zu gut: in einer Ecke zusammengekauert und zitternd wie ein geprügelter Hund. Früher hatte sie tröstende Worte gehabt, aber jetzt war keine Zeit für einen solchen Trost. Vielleicht hatte jemand das Blutbad im Nebenzimmer überlebt. Wenn ja, dann mußte sie helfen, mit oder ohne Boone. Sie drückte die Klinke der Schlachthaustür nieder und öffnete sie.

Als ihr der Geruch des Todes entgegenschlug, fing Boone an zu stöhnen.

»...*Blut*...« hörte sie ihn sagen.

Überall Blut. Sie stand eine volle Minute da und sah es sich an, bevor sie sich zwang, über die Schwelle zu gehen und nach einem Anzeichen von Leben zu suchen. Doch selbst der oberflächlichste Blick auf die sechs Leichen zeigte, daß alle sechs vom selben Alptraum dahingerafft worden waren. Und sie kannte auch seinen Namen. Er hatte sein Markenzeichen hinterlassen und ihre Gesichtszüge mit dem Messer verwüstet wie die von Sheryl. Drei der sechs hatte er in *flagrante delicto* erwischt. Zwei Männer und eine Frau lagen teilweise entkleidet in tödlicher Umarmung auf dem Bett. Die anderen waren gestorben, während sie im Alkoholrausch im Zimmer herumlagen, höchstwahrscheinlich ohne zu erwachen. Sie legte die Hand vor den Mund, um den Geruch draußen und ihr Schluchzen drinnen zu halten, und so wich sie aus dem Zimmer zurück. Als sie auf den Flur hinaustrat, sah sie am Rande ihres Blickfeldes Boone. Er saß nicht mehr unten, sondern kam zielstrebig den Flur entlang auf sie zu.

»Wir müssen... hier... raus«, sagte sie.

Er zeigte kein Anzeichen, ob er ihre Stimme überhaupt gehört hatte, sondern ging an ihr vorbei zu der offenen Tür.

»Decker...« sagte sie, »...es war Decker.«

Er antwortete immer noch nicht.

»Sprich mit mir, Boone.«

Er murmelte etwas...

»Er könnte noch hier sein«, sagte sie. »Wir müssen uns beeilen.«

...trat aber bereits ein, um sich das Gemetzel näher anzusehen.

Sie verspürte keinen Wunsch, es noch einmal zu betrachten. Statt dessen kehrte sie ins Nebenzimmer zurück, um rasch zu Ende zu packen. Während sie damit beschäftigt war, hörte sie, wie sich Boone im Nebenzimmer bewegte, und sein Atem war beinahe schmerzerfüllt. Da sie ihn nicht allzu lange allein lassen wollte, gab sie es auf, etwas anderes als die offensichtlichsten Stücke zusammenzusuchen – darunter als wichtigstes Fotos und ein Adreßbuch –, und nachdem sie das getan hatte, trat sie wieder auf den Flur hinaus.

Das Heulen von Polizeisirenen begrüßte sie, und deren Panik stachelte ihre eigene an. Die Autos waren zwar noch ein gutes Stück entfernt, aber es konnte kein Zweifel an ihrem Ziel bestehen. Sie wurden mit jedem Heulton lauter, und sie kamen gierig nach den Schuldigen zum Sweetgrass.

Sie rief nach Boone.

»Ich bin fertig!« sagte sie. »Gehen wir!«

Keine Antwort aus dem Nebenzimmer.

»Boone?«

Sie ging zur Tür und bemühte sich, die Leichen nicht anzusehen. Boone stand auf der anderen Seite des Zimmers, seine Silhouette hob sich gegen die Vorhänge ab. Sein Atem war nicht mehr zu hören.

»Hast du nicht gehört?« sagte sie.

Er bewegte keinen Muskel. Sie konnte seinen Gesichtsausdruck nicht lesen – es war zu dunkel –, aber sie konnte sehen, daß er die Sonnenbrille abgenommen hatte.

»Wir haben nicht mehr viel Zeit«, sagte sie. »Würdest du bitte mit mir kommen?«

Während sie sprach, atmete er aus. Es war kein normaler Atem, das wußte sie schon, bevor der Rauch aus seinem Hals kam. Als dieser strömte, hielt er die Hände vor den Mund, wie um ihn aufzuhalten, aber sie hielten vor seinem Kinn inne und fingen an zu zucken.

»*Geh weg*«, sagte er mit demselben Atem, der den Rauch zutage förderte.

Sie konnte sich nicht bewegen, nicht einmal den Blick von ihm nehmen. Und der Qualm war nicht so dicht, daß sie die Veränderungen nicht gesehen hätte; sein Gesicht ordnete sich hinter dem

Schleier neu, Licht brannte in seinen Armen und stieg in Wellen zum Hals, um die Schädelknochen zu schmelzen.

»Ich will nicht, daß du das siehst«, flehte er mit erlöschender Stimme.

Zu spät. Sie hatte in Midian den Mann mit Feuer in den Knochen gesehen; und den Maler mit dem Hundekopf; und daneben noch mehr: Boone hatte alle ihre Krankheiten in sich, er gab vor ihren Augen seine Menschlichkeit auf. Er war der Stoff, aus dem Alpträume waren. Er heulte mit zurückgeworfenem Kopf, während sich sein Gesicht auflöste.

Der Laut wurde jedoch beinahe von den Sirenen übertönt. Sie konnten nicht mehr weiter als eine Minute von der Tür entfernt sein. Wenn sie jetzt ging, konnte sie ihnen vielleicht noch entrinnen.

Boone vor ihr war vollkommen verwandelt. Er senkte den Kopf, Reste des Rauches verpufften um ihn herum. Dann setzte er sich in Bewegung, seine neuen Muskeln trugen ihn gewandt wie einen Athleten.

Sie hoffte selbst jetzt noch, daß er die Gefahr begriff, in der er schwebte, und zur Tür kam, um sich retten zu lassen. Aber nein. Er ging zu den Toten, wo die *ménage à trois* immer noch lag, und bevor sie die Geistesgegenwart hatte und wegsah, ergriff eine seiner Krallenhände einen Leichnam der Gruppe und zog ihn nach oben zum Mund.

»Nein, Boone!« kreischte sie. *»Nein!«*

Ihre Stimme drang zu ihm durch, oder zu dem im Chaos des Monsters verlorenen Teil, der immer noch Boone war. Er ließ das Fleisch ein wenig sinken und sah zu ihr auf. Er hatte immer noch seine blauen Augen, und sie waren voller Tränen.

Sie ging auf ihn zu.

»Nicht«, flehte sie.

Einen Augenblick schien er Liebe und Hunger gegeneinander aufzuwiegen. Dann vergaß er sie und hob das Menschenfleisch an die Lippen. Sie sah nicht zu, wie sich seine Kiefer darum schlossen, aber sie hörte das Geräusch und mußte alle Anstrengung aufbieten, um bei Bewußtsein zu bleiben, als sie ihn reißen und kauen hörte.

Unten quietschten Bremsen, schlugen Türen zu. Noch ein paar

Augenblicke, dann würden sie das Gebäude umstellt haben und jede Fluchtmöglichkeit abriegeln; Augenblicke später würden sie die Treppe heraufstürmen. Sie hatte keine andere Wahl, als die Bestie ihrem Hunger zu überlassen. Boone war für sie verloren.

Sie beschloß, nicht den Weg zurückzugehen, den sie gekommen waren, sondern über die hintere Treppe. Es war eine gute Entscheidung; gerade als sie um die Biegung des oberen Flurs verschwand, hörte sie die Polizei am anderen Ende gegen Türen klopfen. Wenig später hörte sie die Laute eines gewaltsamen Eindringens über sich, gefolgt von einem Aufschrei des Ekels. Sie konnten Boone nicht gefunden haben, er war nicht hinter einer verschlossenen Tür. Sie hatten eindeutig etwas *anderes* auf dem oberen Flur gefunden. Sie mußte die Frühnachrichten nicht abwarten, um das zu hören. Ihre Instinkte sagten ihr laut und deutlich, wie gründlich Decker in der Nacht vorgegangen war. Irgendwo im Gebäude *war* ein Hund am Leben, und Decker hatte in seinem Wahn ein Baby übersehen, aber den Rest hatte er umgebracht. Er war nach seiner Niederlage in Midian direkt hierher gekommen und hatte jede lebende Seele im Hotel ermordet.

Die ermittelnden Beamten oben und unten stellten gerade eben dieses Tatsache fest, und der Schock machte sie unaufmerksam. Sie hatte keine Mühe, aus dem Gebäude zu schlüpfen und im Unterholz dahinter zu verschwinden. Erst als sie den Schutz der Bäume erreicht hatte, kam einer der Polizisten um das Gebäude herum, doch selbst der hatte etwas anderes zu tun als zu suchen. Als seine Kollegen ihn nicht mehr sehen konnten, kotzte er sein Frühstück in den Sand, dann wischte er sich den Mund sorgfältig mit einem Taschentuch ab und ging wieder an die Arbeit.

Sie wartete in der Gewißheit, daß sie außerhalb des Gebäudes erst eine Suche anfangen würden, wenn sie drinnen fertig waren. Was würden sie mit Boone machen, wenn sie ihn fanden? Wahrscheinlich niederschießen. Ihr fiel nichts ein, um das zu verhindern. Aber die Minuten verstrichen, und sie hörte zwar Rufe in dem Gebäude, aber keine Schüsse. Inzwischen mußten sie ihn gefunden haben. Vielleicht würde sie von der Vorderseite des Gebäudes besser mitbekommen, was vor sich ging.

Das Inn war auf drei Seiten von Büschen und Bäumen abgeschirmt. Es war nicht schwer, durch das Unterholz zur Vorderseite zu gelangen, eine Bewegung, die von einem Strom bewaffneter Polizisten gekontert wurde, die von der Vorderseite kamen, um an der Rückseite Stellung zu beziehen. Zwei weitere Streifenwagen erschienen auf der Bildfläche. Der erste brachte weitere bewaffnete Polizisten; der zweite eine Gruppe Interessierter. Zwei Notarztwagen folgten.

Sie werden mehr brauchen, dachte sie grimmig. *Viel mehr.*

Obwohl die Ansammlung so vieler Autos und bewaffneter Männer eine Gruppe Schaulustiger angezogen hatte, war die Szene vorne gedämpft, beinahe beiläufig. Ebenso viele Menschen wie hineingingen, standen vor dem Gebäude und betrachteten es und sahen sich um. Inzwischen hatten sie begriffen. Das Haus war ein zweistöckiger Sarg. Hier waren in der Nacht wahrscheinlich mehr Menschen ermordet worden, als in Shere Neck während seiner gesamten Existenz eines gewaltsamen Todes gestorben waren. Jeder, der sich an diesem strahlenden Morgen hier versammelt hatte, machte Geschichte. Dieses Wissen brachte sie zum Schweigen.

Ihre Aufmerksamkeit ging von den Zeugen zu einer Gruppe Menschen, die um das erste Auto herumstanden. Eine Lücke im Kreis der Diskutierenden ermöglichte ihr kurz einen Blick auf den Mann in der Mitte. Konventionell gekleidet, in der Sonne blitzende Brille. Decker hielt Hof. Wofür setzte er sich ein: die Möglichkeit, seinen Patienten ans Licht herauszulocken? Wenn das sein Anliegen war, so wurde er vom einzigen uniformierten Mitglied des Kreises überstimmt; wahrscheinlich handelte es sich um den Polizeichef von Shere Neck, der seine Bitte mit einer Handbewegung ablehnte und dann die Runde völlig verließ. Aus der Ferne war es nicht möglich, Deckers Antwort mitzubekommen, aber er schien vollkommen beherrscht und beugte sich vornüber, um einem der anderen etwas ins Ohr zu sagen, der angesichts der geflüsterten Bemerkung feierlich nickte.

Gestern nacht hatte Lori Decker, den Wahnsinnigen, ohne Maske gesehen. Jetzt wollte sie ihn wieder demaskieren; wollte die Fassade seines zivilisierten Mitgefühls einreißen. Aber wie? Wenn sie aus ihrem Versteck trat und ihn herausforderte – wenn sie zu erklären versuchte, was sie in den vergangenen vierundzwanzig Stunden gesehen und erlebt hatte –, würden sie sie in eine Zwangsjacke stecken, bevor sie noch einmal durchatmen konnte.

Er war derjenige im maßgeschneiderten Anzug, mit dem Doktortitel und Freunden an höchster Stelle; *er* war der *Mann*, die Stimme der Vernunft und Analyse; aber sie – obendrein nur eine Frau! –, was hatte sie schon für Referenzen vorzuweisen? – Geliebte eines Wahnsinnigen und zeitweiligen Monsters? Deckers Mitternachtsgesicht war in Sicherheit.

Im Inneren des Gebäudes wurden plötzlich Rufe laut. Auf Befehl ihres Vorgesetzten senkten die Polizisten vor dem Haus die Waffen auf den Eingang; der Rest wich ein paar Meter zurück. Zwei Polizisten, deren Pistolen auf jemand im Inneren gerichtet waren, kamen rückwärts heraus. Einen Herzschlag später wurde Boone, dem man Handschellen angelegt hatte, ins Licht gestoßen. Es blendete ihn fast. Er versuchte, sich dem Gleißen zu entziehen und wieder in den Schatten zu gelangen, aber zwei bewaffnete Männer, die ihn herausdrängten, folgten ihm.

Von der Kreatur, in die er sich vor Loris Augen verwandelt hatte, war keine Spur mehr zu sehen, aber an seinen Hunger erinnerte noch vieles. Blut klebte das T-Shirt an seine Brust und bedeckte Gesicht und Arme.

Die Menge, uniformiert oder nicht, applaudierte verhalten, als sie den in Ketten gelegten Killer sahen. Decker stimmte ein, lächelte und nickte, während Boone, der den Kopf von der Sonne abwandte, abgeführt und auf den Rücksitz eines der Autos gedrängt wurde.

Lori beobachtete die Szene mit vielen widerstreitenden Gefühlen, die sie bedrängten. Erleichterung, daß Boone nicht sofort erschossen worden war, vermischt mit Entsetzen darüber, was aus ihm geworden war, wie sie jetzt wußte; Wut über Deckers Vorstellung und Ekel angesichts derer, die sich davon täuschen ließen.

So viele Menschen. War sie die einzige, die kein geheimes Leben hatte; keine andere Persönlichkeit im Mark oder im Denken? Wenn nicht, hatte sie in diesem Spiel der *Äußerlichkeiten* wahrscheinlich nichts verloren; vielleicht waren Boone und Decker hier die wahren Liebenden, die sich schlugen und Gesichter tauschten, aber *notwendig* füreinander waren.

Und sie hatte diesen Mann in die Arme genommen, hatte verlangt, daß er sie auch umarmte, hatte die Lippen auf sein Gesicht
gepreßt. Das konnte sie jetzt nie wieder tun, da sie wußte, was
hinter diesen Lippen, diesen Augen wartete. Sie konnte *die Bestie
niemals küssen*.

Aber warum ließ der Gedanke daran dann ihr Herz schneller
schlagen?

XVI

JETZT ODER NIE

1

»Was wollen Sie mir eigentlich sagen? Daß noch mehr von diesen Leuten in die Sache verwickelt sind? Eine Art Kult?«

Decker holte Luft, um seine Warnung hinsichtlich Midian noch einmal auszusprechen. Hinter seinem Rücken sprachen die Polizisten mit allen möglichen Namen von ihrem Chef, nur nicht seinem eigenen. Fünf Minuten in seiner Gegenwart, und Decker wußte warum; zehn Minuten, und er plante die Zerstückelung des Mannes. Aber nicht heute. Heute brauchte er Irwin Eigerman, und Eigerman brauchte ihn, auch wenn er es nicht wußte. Bei Tageslicht war Midian verwundbar, aber sie mußten sich beeilen. Es war bereits ein Uhr. Der Einbruch der Nacht mochte noch ein gutes Stück entfernt sein, aber das war Midian auch. Es wäre eine Sache von mehreren Stunden, die Polizeitruppe dorthin zu bringen und den Ort auszuräuchern; und jede Minute, die mit Argumenten vertan würde, ginge dem Handeln verloren.

»Unter dem Friedhof«, sagte Decker und fing wieder genau an der Stelle an, wo er schon vor einer halben Stunde angefangen hatte.

Eigerman tat nicht einmal so, als würde er zuhören. Seine Euphorie war proportional zur Anzahl der Leichen gewachsen, die aus dem Sweetgrass Inn getragen worden waren und deren Zahl momentan bei sechzehn lag. Er hoffte noch auf mehr. Der einzige menschliche Überlebende war ein einjähriges Baby, das im Wirrwarr blutiger Laken gefunden worden war. Er hatte es der Kameras wegen selbst aus dem Hotel getragen. Morgen würde das ganze Land seinen Namen kennen.

Selbstverständlich wäre das alles ohne Deckers Tip überhaupt nicht möglich gewesen, daher gab er sich überhaupt mit dem Mann ab, aber der Teufel sollte ihn holen, wenn er beim derzeitigen Stand der Dinge, wo Interviews und Blitzlichter auf ihn warteten, ein paar Freaks verfolgen würde, die sich gerne in Gesellschaft von Leichen herumtrieben, was Decker hier andeutete.

Er holte einen Kamm hervor und fing an, sein schütteres Haar in der Hoffnung zu kämmen, er könnte die Kameras täuschen. Er war keine Schönheit, das wußte er. Sollte er sich je diesem Gedanken hingeben, hatte er immer noch Annie, ihn eines Besseren zu belehren. Du siehst aus wie eine Sau, pflegte sie mit Vorliebe zu sagen, besonders samstagabends vor dem Zubettgehen. Aber die Leute sahen, was sie sehen wollten. Nach dem heutigen Tag würde er ein Held sein.

»Hören Sie mir zu?« sagte Decker.

»Ich habe zugehört. Da sind Burschen, die Gräber plündern. Ich habe Sie verstanden.«

»Nicht Gräber plündern. Keine *Burschen*.«

»Freaks«, sagte Eigerman. »Kenne ich.«

»Solche nicht.«

»Sie wollen doch nicht sagen, daß welche von ihnen im Sweetgrass waren, oder?«

»Nein.«

»Wir haben den Mann hier, der dafür verantwortlich ist?«

»Ja.«

»Hinter Schloß und Riegel.«

»Ja. Aber in Midian sind noch andere.«

»Mörder?«

»Möglicherweise.«

»Aber Sie sind nicht sicher?«

»Schicken Sie einfach ein paar Ihrer Leute dorthin.«

»Weshalb die Eile?«

»Das habe ich Ihnen schon ein dutzendmal erzählt.«

»Dann erzählen Sie es mir noch einmal.«

»Sie müssen bei Tageslicht überwältigt werden.«

»Was sind sie? Eine Art Blutsauger?« Er kicherte in sich hinein. »Sind sie das?«

»In gewisser Weise«, antwortete Decker.

»Nun, dann werde ich Ihnen sagen, daß sie in gewisser Weise warten müssen. Draußen sind Leute, die mich interviewen wollen, Doktor. Kann sie nicht warten und flehen lassen. Das wäre unhöflich.«

»Scheiß auf die Höflichkeit. Sie haben doch Deputies, oder nicht? Oder ist dies eine Stadt mit einem einzigen Polizisten?«

Das tat Eigerman verächtlich ab.

»Ich habe Deputies.«

»Dürfte ich dann vorschlagen, daß Sie ein paar davon nach Midian schicken?«

»Um was zu tun?«

»Um zu graben.«

»Das ist wahrscheinlich geweihter Boden, Mister«, antwortete Eigerman. »Der ist heilig.«

»Was darunter ist nicht«, antwortete Decker mit einem Ernst, der Eigerman zum Schweigen brachte. »Sie haben mir einmal vertraut, Irwin«, sagte er. »Und Sie haben einen Killer verhaftet. Vertrauen Sie mir noch einmal. Sie müssen Midian auf den Kopf stellen.«

2

Sie hatte das Grauen erlebt, ja, aber die alten Bedürfnisse blieben dieselben: der Körper mußte essen, mußte schlafen. Nachdem sie das Sweetgrass Inn verlassen hatte, befriedigte Lori das erste davon, lief durch die Straßen, bis sie ein anonymes und überfülltes Geschäft gefunden hatte und kaufte dort ein paar Nahrungsmittel zum sofortigen Verzehr: mit Vanillecreme gefüllte Krapfen und Apfelkuchen, Schokomilch, Käse. Dann setzte sie sich in die Sonne und aß, und ihr benommener Verstand konnte kaum an mehr als an die simplen Aufgaben von Beißen, Kauen und Schlukken denken. Das Essen machte sie so schläfrig, daß sie die Lider nicht einmal offenhalten hätte können, wenn sie es versucht hätte. Als sie erwachte, lag ihre Straßenseite, die in der Sonne gewesen war, im Schatten. Die Steinstufe war kalt, ihr Körper schmerzte. Doch das Essen und der Rest, wie primitiv auch immer, hatten ihr geholfen. Ihre Gedanken waren jetzt etwas geordneter.

Sie hatte wenig Grund zum Optimismus, soviel stand fest, aber als sie zum ersten Mal durch diese Stadt gekommen war, um die

Stelle zu finden, wo Boone starb, war die Situation auswegloser gewesen. Damals hatte sie geglaubt, daß der Mann, den sie liebte, tot war; es war die Reise einer Witwe gewesen. Jetzt war er wenigstens am Leben, auch wenn Gott allein wußte, welches Grauen, das er sich in den Grüften von Midian zugezogen hatte, ihn beherrschte. Bedachte man diese Tatsache, war es vielleicht gut, daß er in den sicheren Händen des Gesetzes war, dessen langsames Vorgehen ihr Zeit lassen würde, ihre Probleme zu durchdenken. Deren dringendstes war, Decker zu demaskieren.

Niemand konnte doch so viele Menschen umbringen, ohne irgendeine Spur zu hinterlassen. Vielleicht im Restaurant, wo er Sheryl ermordet hatte. Sie bezweifelte, daß er die Polizei dorthin führen würde, wie er sie zum Inn geführt hatte. Wenn er alle Stätten von Morden kannte, würde das zu sehr nach Mitwisserschaft mit dem Täter aussehen. Er würde warten, bis der andere Leichnam durch Zufall gefunden würde, weil er wußte, die Tat würde auch Boone zugeschrieben werden. Was bedeutete – *möglicherweise* –, daß der Schauplatz noch unberührt war und sie nicht einen Hinweis finden konnte, der ihn belasten würde; oder wenigstens einen Riß in der makellosen Fassade seines Gesichts auftun.

Zu der Stelle zurückzukehren, wo Sheryl gestorben war und sie Deckers Provokationen erduldet hatte, würde kein Spaziergang werden, aber es war die einzige Alternative zur Niederlage, die sie erlitten hatte.

Sie beeilte sich. Bei Tage hatte sie Hoffnung, sie würde genügend Mut aufbringen, durch die verbrannte Tür zu gehen. Bei Nacht war das wieder etwas anderes.

3

Decker sah zu, wie Eigerman seinen Deputies Anweisungen erteilte; vier Männern, die mit ihrem Chef das Aussehen von Mensch gewordenen Bullen gemeinsam hatten.

»Ich vertraue unserem Informanten«, sagte er großmütig und

warf Decker einen Blick zu, »und wenn er mir sagt, daß in Midian Schlimmes vor sich geht, sollte man meiner Meinung nach auf ihn hören. Ich möchte, daß ihr euch ein wenig umseht. Sehen, was es zu sehen gibt.«

»Wonach genau suchen wir?« wollte einer der Gruppe wissen. Sein Name war Pettine. Ein Vierzigjähriger mit dem breiten, leeren Gesicht einer Bauchrednerpuppe, einer zu lauten Stimme und einem zu dicken Bauch.

»Nach allem Unheimlichen«, sagte Eigerman zu ihm.

»Nach Leuten, die mit den Toten herumgemacht haben?« fragte der Jüngste der vier.

»Könnte sein, Tommy«, sagte Eigerman.

»Mehr als das«, warf Decker ein. »Ich glaube, Boone hat Freunde in dem Friedhof.«

»Ein Scheißkerl wie der hat Freunde?« sagte Pettine. »Bin aber verdammt gespannt, wie *die* aussehen.«

»Nun, ihr werdet sie mitbringen, Jungs.«

»Und wenn sie nicht mitkommen?«

»Was willst du damit sagen, Tommy?«

»Wenden wir Gewalt an?«

»Mach andere fertig, Junge, bevor sie dich fertigmachen.«

»Es sind gute Männer«, sagte Eigerman zu Decker, als das Quartett losgeschickt worden war. »Wenn es dort etwas zu finden gibt, werden sie es finden.«

»Gut und schön.«

»Ich sehe nach dem Gefangenen. Kommen Sie mit?«

»Ich habe von Boone mehr gesehen, als ich je sehen wollte.«

»Kein Problem«, sagte Eigerman und überließ Decker seinen Berechnungen.

Er hätte sich beinahe dafür entschieden, mit den Polizisten nach Midian zu gehen, aber hier war zuviel Arbeit zu tun, beispielsweise den Boden für die bevorstehenden Enthüllungen zu bereiten.

Es *würde* Enthüllungen geben. Boone hatte sich zwar bisher geweigert, auch nur die einfachsten Fragen zu beantworten, aber er würde sein Schweigen einmal brechen, und wenn das geschah, würde auch Decker Fragen gestellt bekommen. Es bestand keine

Möglichkeit, daß Boones Vorwürfe Eindruck machen würden – der Mann war von Kopf bis Fuß blutig und mit Menschenfleisch im Mund gefunden worden –, aber die jüngsten Ereignisse enthielten Elemente, die selbst Decker belasteten, und er würde keine Ruhe haben, bevor jede Variable in der Gleichung ersetzt worden war.

Was war beispielsweise mit Boone geschehen? Wie war der von Kugeln durchbohrte und für tot erklärte Sündenbock zu dem rasenden Monster geworden, das ihm in der vergangenen Nacht beinahe das Leben genommen hatte? Um Himmels willen, Boone hatte sogar selbst behauptet, er sei tot gewesen, und Decker hatte im Schrecken des Augenblicks die Psychose fast geteilt. Jetzt sah er klarer. Eigerman hatte recht. Sie *waren* Freaks, wenn auch ausgeflippter als die gewöhnlichen. Wesen wider die Natur, die man unter ihren Grabsteinen hervorzerren und mit Benzin übergießen mußte. Er würde dann mit Freuden selbst das Streichholz anzünden.

»Decker?«

Er wurde aus seinen Gedanken gerissen und sah Eigerman, der die Tür vor den drängenden Journalisten draußen verschloß. Alle Spuren seines einstigen Selbstbewußtseins waren dahin. Er schwitzte stark.

»Okay. Was, zum Teufel, geht hier vor?«

»Haben wir ein Problem, Irwin?«

»Scheiße noch mal, und wie wir ein Problem haben.«

»Boone?«

»Natürlich Boone.«

»Was?«

»Die Ärzte haben ihn gerade untersucht. Das ist Vorschrift.«

»Und?«

»Wie oft haben Sie auf ihn geschossen? Dreimal? Viermal?«

»Ja, vielleicht.«

»Nun, die Kugeln sind immer noch in ihm.«

»Das überrascht mich nicht«, sagte Decker. »Ich sagte Ihnen doch, wir haben es hier nicht mit gewöhnlichen Menschen zu tun. Was sagen die Ärzte? Daß er tot sein sollte?«

»Er *ist* tot.«

»Seit wann?«

»Ich meine nicht, daß er sich hingelegt hat und gestorben ist, Pißkopf«, sagte Eigerman. »Ich meine, er sitzt in meiner verdammten Zelle und ist tot. Ich meine, sein Herz schlägt nicht.«

»Das ist unmöglich.«

»Ich habe zwei Wichser hier, die mir sagen, daß der Mann ein wandelnder Toter ist und mich auffordern, mich selbst davon zu überzeugen. Was sagen Sie dann dazu, *Doktor*?«

XVII

DELIRIUM

Lori stand gegenüber dem ausgebrannten Restaurant auf der Straße und beobachtete es fünf Minuten lang, um festzustellen, ob irgendwelche Aktivitäten darin herrschten. Keine. Erst jetzt, bei Tageslicht, wurde ihr klar, wie heruntergekommen diese Gegend war. Decker hatte eine gute Wahl getroffen. Die Chance, daß ihn jemand gestern nacht das Haus betreten oder verlassen gesehen hatte, war gleich Null. Nicht einmal am hellen Nachmittag gingen Passanten in der einen oder anderen Richtung vorbei, und die wenigen Fahrzeuge, die die Durchgangsstraße benützten, hatten es eilig, zu lohnenderen Zielen zu gelangen.

Etwas an der Szene – möglicherweise die Hitze der Sonne im Kontrast zu Sheryls namenlosem Grab – rief ihr das einsame Abenteuer in Midian wieder ins Gedächtnis; genauer, ihre Begegnung mit Babette. Nicht nur ihr geistiges Auge beschwörte das Mädchen herauf. Es war, als würde ihr ganzer Körper die erste Begegnung nochmals durchleben. Sie konnte das Gewicht des Tiers spüren, das sie unter dem Baum aufgehoben und an die Brust gedrückt hatte. Sein keuchender Atem ertönte in ihren Ohren, der bittersüße Geruch kitzelte ihre Nase.

Die Empfindungen kamen mit solcher Heftigkeit, daß sie beinahe eine *Beschwörung* waren: vergangene Gefahren signalisierten gegenwärtige. Sie schien das Kind zu *sehen*, das aus ihren Armen zu ihr aufschaute, obwohl sie Babette in ihrer menschlichen Gestalt nie getragen hatte. Der Mund des Kindes ging auf und zu und formulierte einen Appell, den Lori nicht – nur anhand der Lippen – lesen konnte.

Dann verschwanden die Bilder wie von einer Kinoleinwand, die mitten im Film leer wird, und sie hatte nur noch eine Reihe von Eindrücken: die Straße, die Sonne, das ausgebrannte Gebäude vor ihr.

Es hatte keinen Zweck, den bösen Augenblick noch länger hinauszuschieben. Sie überquerte die Straße, trat auf den Gehweg und ging, ohne zuzulassen, daß ihr Schritt auch nur einen Takt langsamer wurde, durch den verkohlten Türrahmen ins Halbdunkel dahinter. So rasch finster! So rasch kalt! Ein Schritt aus dem Sonnenlicht, und sie war in einer anderen Welt. Jetzt wurde ihr Schritt etwas langsamer, als sie durch das Schuttmeer zwischen Tür und Küche navigierte. Sie hatte nur eine einzige Absicht in ihrem Denken verankert: irgendein Beweisstück zu finden, das Decker belasten würde. Alle anderen Empfindungen mußte sie verdrängen: Ekel, Kummer, Angst. Sie mußte ruhig und gelassen sein. Deckers Spiel spielen.

Sie wappnete sich und trat durch den Bogen.

Aber nicht in die Küche hinein, sondern nach *Midian*.

Sie wußte in dem Augenblick, als es geschah, wo sie sich befand – Kälte und Dunkelheit der Grüfte waren eindeutig. Die Küche war einfach verschwunden: jede einzelne Kachel.

Rachel, die mit besorgtem Gesicht zur Decke hinaufsah, stand ihr gegenüber in der Kammer. Sie sah Lori einen Augenblick an, zeigte aber keine Überraschung angesichts ihrer Anwesenheit. Dann wandte sie sich wieder ab und sah und lauschte.

»Was ist denn?« fragte Lori.

»Psst«, sagte Rachel schneidend, schien ihre Schroffheit dann aber zu bedauern und breitete die Arme aus. »Komm zu mir, Kind«, sagte sie.

Kind. Das war es also. Sie war nicht in Midian, sie war in Babette und sah mit den Augen des Kindes. Die Erinnerungen, die sie auf der Straße so deutlich erlebt hatte, waren ein Vorspiel dieser Vereinigung der Seelen gewesen.

»Ist das echt?« sagte sie.

»Echt?« flüsterte Rachel. »Natürlich ist es echt...«

Ihre Stimme versagte, sie sah ihre Tochter mit fragenden Augen an.

»Babette?« sagte sie.

»Nein...« antwortete Lori.

»Babette. Was hast du getan?«

Sie kam auf das Kind zu, das vor ihr zurückwich. Der Blick durch diese gestohlenen Augen brachte den Geschmack der Vergangenheit zurück. Rachel schien unglaublich groß zu sein, ihr Gang ungleichmäßig.

»Was hast du getan?« fragte sie zum zweiten Mal.

»Ich habe sie hierher gebracht«, sagte das Mädchen, »damit sie es sieht.«

Rachels Gesicht wurde wütend. Sie griff nach dem Arm ihrer Tochter. Aber das Kind war zu schnell für sie. Es lief davon, bevor sie es festhalten konnte, aus Rachels Reichweite. Loris geistiges Auge folgte ihr, und die Schnelligkeit machte sie schwindlig.

»Komm zurück«, flüsterte Rachel.

Babette achtete nicht auf den Befehl und floh in die Tunnel; sie duckte sich mit der Mühelosigkeit von jemandem, der das Labyrinth in- und auswendig kennt, um eine Ecke nach der anderen. Der Weg führte die Flüchtenden von den Hauptstraßen ab und in dunklere, schmalere Durchgänge, bis Babette sicher war, daß sie nicht verfolgt wurde. Sie waren zu einer Öffnung in der Mauer gekommen, die so schmal war, daß ein Erwachsener nicht hindurch konnte. Babette kletterte in ein Gewölbe, das nicht größer als ein Kühlschrank und ebenso kalt war; dies war das Versteck des Kindes. Hier saß sie, um wieder zu Atem zu kommen, und ihre empfindlichen Augen durchdrangen das Dunkel mühelos. Ringsum waren ihre wenigen Schätze versammelt. Eine aus Gras geflochtene und mit Frühlingsblumen gekrönte Puppe; zwei Vogelschädel, eine kleine Sammlung Steine. Trotz ihrer Andersartigkeit war Babette in dieser Beziehung wie jedes andere Kind auch: empfindlich, geheimniskrämerisch. Dies war ihre Welt. Es war kein geringes Kompliment, daß sie sie Lori sehen ließ.

Aber sie hatte Lori nicht nur hierher gebracht, damit sie ihren Schatz sehen könnte. Oben waren Stimmen, so nahe, daß man sie deutlich hören konnte.

»*Puuuh!* Sieh dir nur diese Scheiße an. Hier könnte man eine verdammte Armee verstecken.«

»Sag so was nicht, Cas.«

»Scheißt du dir in die Hosen, Tommy?«

»Nee.«

»Riecht aber so.«

»Verpiß dich.«

»Seid still, ihr beide. Wir haben hier etwas zu erledigen.«

»Wo sollen wir anfangen?«

»Wir suchen nach Spuren von Verwüstungen.«

»Es sind Leute hier. Ich fühle sie. Decker hatte recht.«

»Dann laß uns die Wichser heraustreiben, damit wir sie sehen können.«

»Du meinst... *da runter gehen?* Ich geh' da nicht runter.«

»Nicht nötig.«

»Und wie, zum Teufel, bringen wir sie dann rauf, Arschloch?«

Die Antwort war kein Wort, sondern ein Schuß, der vom Gestein abprallte.

»Das wird wie Fische in einem Faß schießen«, sagte jemand. »Wenn sie nicht raufkommen wollen, können sie für immer da unten bleiben.«

»Wilde, die ein Grab graben!«

Wer sind diese Leute? dachte Lori. Sie hatte die Frage kaum gestellt, als Babette aufsprang und in einen schmalen Kanal kletterte, der von ihrem Spielzimmer wegführte. Er war kaum groß genug für ihren kindlichen Körper; Lori verspürte eine Woge von Klaustrophobie. Aber es gab einen Ausgleich. Oben war Tageslicht und wohlriechende Frischluft, die Lori, da sie Babettes Körper wärmte, ebenfalls wärmte.

Bei dem Durchgang handelte es sich offenbar um eine Art Abwassersystem. Das Kind zwängte sich durch eine Ansammlung von Schutt und hielt nur einmal inne, um den Leichnam einer Spitzmaus zu betrachten, die in dem Kanal gestorben war. Die Stimmen oben waren beängstigend nahe.

»Ich würde sagen, wir fangen einfach hier an und machen jede verdammte Gruft auf, bis wir etwas gefunden haben, das wir mit nach Hause nehmen können.«

»Scheiße, Pettine, ich will *Gefangene.* So viele von den Wichsern, wie wir bekommen können.«

»Sollten wir nicht vorher hineinrufen?« fragte jetzt ein vierter Sprecher. Seine Bedenken einstreuende Stimme war bisher bei den Wortwechseln nicht zu hören gewesen. »Vielleicht hat der Chef neue Anweisungen für uns.«

»Scheiß auf den Chef«, sagte Pettine.

»Nur wenn er *bitte* sagt«, lautete Cas' Antwort.

Durch das nachfolgende Gelächter drangen einige weitere Bemerkungen, größtenteils Obszönitäten. Pettine brachte das Johlen zum Schweigen.

»Okay. Verdammt, fangen wir an.«

»Je früher, desto besser«, sagte Cas. »Bist du bereit, Tommy?«

»Ich bin immer bereit.«

Jetzt wurde die Lichtquelle deutlich, auf die Babette zukroch: ein Gitter an der Seite des Tunnels.

Geh nicht in die Sonne, dachte Lori.

Schon gut, antworteten Babettes Gedanken. Sie benützte dieses Guckloch eindeutig nicht zum ersten Mal. Sie nahm wie ein Gefangener ohne Hoffnung auf Begnadigung jede Abwechslung wahr, damit die Zeit schneller verging. Die Welt von hier zu beobachten war eine solche Ablenkung, und sie hatte ihren Beobachtungspunkt gut gewählt. Das Gitter bot Ausblick auf die Wege, lag aber so an der Mauer des Mausoleums, daß kein direktes Sonnenlicht darauf fiel. Babette ging mit dem Gesicht dichter ans Gitter, damit sie die Szene draußen besser sehen konnte.

Lori konnte drei der vier Sprecher sehen. Alle waren in Uniform; alle sahen – trotz ihres großspurigen Geredes – wie Männer aus, die sich ein Dutzend schönere Aufenthaltsorte als diesen vorstellen konnten. Sie fühlten sich selbst im grellen Tageslicht und bis an die Zähne bewaffnet nicht wohl in ihrer Haut. Der Grund dafür war nicht schwer zu erraten. Wären sie gekommen, um jemanden in einem Mietshaus festzunehmen, wäre nicht die Hälfte der verstohlenen Blicke und nervösen Zuckungen zu sehen gewesen. Doch dies war das Hoheitsgebiet des Todes, in dem sie sich wie Eindringlinge fühlten.

Unter anderen Umständen hätte sie sich über ihr Unbehagen freuen können. Aber nicht hier, nicht jetzt. Sie wußte, wozu furchtsame Männer, die sich vor ihrer eigenen Angst fürchteten, fähig waren.

Sie werden uns finden, hörte sie Babette denken.

Das wollen wir nicht hoffen, antworteten ihre Gedanken.

Aber das werden sie, sagte das Kind. *Das sagt der Prophet.*

Wer?

Babettes Antwort war das Bild eines Wesens, das Lori gesehen hatte, als sie auf der Suche nach Boone in die Tunnel gegangen war: die Bestie mit den madengleichen Wunden, die in einer leeren Zelle auf einer Matratze lag. Jetzt erblickte sie sie unter anderen Umständen, von zweien der Brut, denen das brennende Blut selbst an den Armen herabfloß, über die Köpfe einer Gemeinde gehoben. Die Bestie sprach, obwohl Lori die Worte nicht verstehen konnte. Prophezeiungen, vermutete sie, darunter diese Szene.

Sie werden uns finden und versuchen, uns alle umzubringen, dachte das Kind.

Wird es ihnen gelingen?

Das Kind schwieg.

Wird es ihnen gelingen, Babette?

Das kann der Prophet nicht sehen, weil er zu denen gehört, die sterben werden. Vielleicht werde ich auch sterben.

Der Gedanke hatte keine Stimme und wurde daher rein als Gefühl übermittelt, eine Woge der Traurigkeit, der Lori nicht widerstehen und die sie nicht heilen konnte.

Jetzt bemerkte Lori, daß einer der Männer sich einem Kollegen genähert hatte und verstohlen auf eine Gruft rechts von ihnen deutete. Deren Tür war leicht angelehnt. Drinnen konnte man Bewegungen sehen. Lori war klar, was kommen würde, und dem Kind ebenfalls. Sie spürte, wie ein Schauder Babettes Rücken hinablief, spürte ihre Finger das Gitter umklammern, an dem sie sich in Erwartung der bevorstehenden Schrecken festhielt. Plötzlich waren die beiden Männer neben der Grufttür und traten sie weit auf. Im Inneren ertönte ein Schrei; jemand stürzte. Der erste Polizist war innerhalb von Sekunden drinnen, gefolgt von seinem Partner, und der Lärm machte auch den dritten und vierten auf die Grufttür aufmerksam.

»Aus dem Weg!« rief der Polizist im Inneren. Der Mann trat zurück, und der Beamte, der die Festnahme vollzogen hatte, zerrte seinen Gefangenen mit einem zufriedenen Grinsen aus dem Versteck, während sein Kollege von hinten trat.

Lori erhaschte nur einen Blick auf das Opfer, aber Babette nannte rasch mit einem Gedanken seinen Namen.

Ohnaka.

»Auf die Knie, Arschloch«, verlangte der Polizist, der hinterher kam, und kickte dem Gefangenen die Beine unter dem Körper weg. Der Mann fiel hin, er neigte den Kopf, damit die Sonne den Schutz seines breitkrempigen Hutes nicht überwinden konnte.

»Gute Arbeit, Gibbs«, grinste Pettine.

»Und wo sind die anderen alle?« fragte der jüngste der vier, ein knochiger Junge mit Bürstenschnitt.

»Unten, Tommy«, verkündete der vierte Mann. »Das hat Eigerman gesagt.«

Gibbs näherte sich Ohnaka.

»Nun, Arschgesicht soll uns hinführen«, sagte er. Er sah Tommys Gefährten an, einen kleinen, untersetzten Mann. »Du kannst gut Fragen stellen, Cas.«

»Keiner hat je nein zu mir gesagt«, antwortete der Mann. »Richtig oder falsch?«

»Richtig«, sagte Gibbs.

»Soll sich dieser Mann um dich kümmern?« wandte sich Pettine an Ohnaka. Der Gefangene sagte nichts.

»Glaube nicht, daß er das gehört hat«, sagte Gibbs. »Frag du ihn, Cas.«

»Klar doch.«

»Frag ihn *fest*.«

Cas näherte sich Ohnaka, streckte die Hand aus und riß ihm den Hut vom Kopf. Ohnaka fing sofort an zu schreien.

»Verdammt, sei still!« schrie Cas ihn an und trat ihm in den Bauch.

Ohnaka schrie weiter, er schlug die Arme über den kahlen Kopf, um die Sonne abzuhalten, während er sich auf die Füße rappelte. Er wollte mit aller Verzweiflung ins schützende Dunkel zurück und torkelte auf die offene Tür zu, aber der junge Tommy war schon dort und versperrte ihm den Weg.

»Gut, Tommy!« polterte Pettine. »Hol ihn dir, Cas!«

Als sie ihn wieder in die Sonne getrieben hatten, fing Ohnaka an zu zittern, als wäre er von Krämpfen geschüttelt.

»Scheiße, was ist das?« sagte Gibbs.

Die Arme des Gefangenen hatten nicht mehr die Kraft, seinen Kopf zu schützen. Sie fielen qualmend herab, und Tommy konnte in das Gesicht sehen. Der junge Polizist sagte nichts. Er ging einfach zwei stolpernde Schritte rückwärts und ließ dabei die Waffe fallen.

»Was machst du denn, Pißkopf?« schrie Pettine. Dann packte er Ohnakas Arm, damit dieser die heruntergefallene Waffe nicht nehmen konnte. In der Verwirrung des Augenblicks fiel es Lori schwer zu sehen, was als nächstes geschah, aber es schien, als würde Ohnakas Fleisch nachgeben. Cas stieß einen Schrei des Ekels, Pettine einen der Wut aus, während er die Hand wegzog und eine Faust voll Stoff und Staub fallenließ.

»*Ach du Scheiße!*« schrie Tommy. »*Ach du Scheiße! Ach du Scheiße!*«

»Sei still!« sagte Gibbs zu ihm, aber der Junge hatte die Beherrschung verloren. Immer wieder dieselben Worte:

»*Ach du Scheiße!*«

Cas, der sich von Tommys Panik nicht beeinflussen ließ, trat hinzu, um Ohnaka wieder auf die Knie zu prügeln. Sein Schlag richtete allerdings mehr als beabsichtigt an. Er brach Ohnakas Arm am Ellbogen, und das Glied fiel vor Tommys Füße. Seine Schreie gingen in ein Kotzen über. Sogar Cas wich zurück und schüttelte fassungslos den Kopf.

Ohnaka hatte den Punkt ohne Wiederkehr hinter sich. Die Beine gaben unter ihm nach, sein Körper wurde unter dem Ansturm der Sonne schwächer und schwächer. Aber sein Gesicht – das er jetzt Pettine zugewandt hatte – löste die heftigsten Schreie aus, als das Fleisch abfiel und Rauch aus den Augenhöhlen drang, als stünde das Gehirn in Flammen.

Er heulte nicht mehr. Dazu hatte sein Körper keine Kraft mehr. Er sank einfach zu Boden, hatte den Kopf zurückgeworfen, als wollte er die Sonne unterstützen und die Qual hinter sich bringen. Doch bevor er auf dem Boden aufschlug, riß der letzte Halt seines Wesens mit einem Laut wie ein Pistolenschuß. Seine verfallenden Überreste flogen in einem Schauer von Blutstaub und Knochen auseinander.

Lori zwang Babette, sich abzuwenden – ebensosehr um ihret- wie um des Kindes willen. Aber sie wandte den Blick nicht ab. Auch als das Grauen vorbei war – und Ohnakas Leichnam in Stücken auf dem Weg verstreut lag – drückte sie das Gesicht gegen das Gitter, als wollte sie den Tod durch Sonnenlicht in allen Einzelheiten kennenlernen. Und auch Lori konnte nicht wegsehen, solange das Kind hinsah. Sie erlebte jedes Zittern in Babettes Gliedmaßen mit; schmeckte die Tränen, die sie zurückhielt, damit sie ihr den Blick nicht verschwimmen ließen. Ohnaka war tot, aber seine Henker waren noch nicht mit ihrer Aufgabe fertig. Das Kind beobachtete weiter, solange es noch etwas zu sehen gab.

Tommy versuchte, die Kotze von seiner Uniform abzuwischen. Pettine kickte ein Bruchstück von Ohnakas Leichnam herum; Cas holte sich eine Zigarette aus Gibbs' Brusttasche.

»Gib mir Feuer, ja?« sagte er. Gibbs griff mit einer zitternden Hand in die Hosentasche, um Streichhölzer zu angeln, ließ die rauchenden Überreste aber nicht aus den Augen.

»So was hab' ich vorher noch nie gesehen«, sagte Pettine fast beiläufig.

»Hast du dich diesmal vollgeschissen, Tommy?« sagte Gibbs.

»Verpiß dich«, lautete die Antwort. Tommys blasse Haut war gerötet. »Cas hat gesagt, wir hätten den Chef anrufen sollen«, sagte er. »Er hatte recht.«

»Was weiß Eigerman schon?« bemerkte Pettine und spuckte in den roten Staub unter seinen Füßen.

»Habt ihr das Gesicht von dem Wichser gesehen?« sagte Tommy. »Habt ihr mitbekommen, wie er mich angesehen hat? Ich sage euch, ich war so gut wie tot. Er hätte mich fertiggemacht.«

»Was geht hier vor?« sagte Cas.

Gibbs hatte mit seiner Antwort beinahe recht. »Sonnenlicht«, antwortete er. »Ich habe gehört, daß es solche Krankheiten gibt. Die Sonne hat ihn erledigt.«

»Ausgeschlossen, Mann«, sagte Cas. »So was hab' ich noch nie gehört oder gesehen.«

»Nun, *jetzt* haben wir es gehört und gesehen«, sagte Pettine mit mehr als nur einem Anflug von Befriedigung. »Das ist keine Halluzination gewesen.«

»Und was machen wir jetzt?« wollte Gibbs wissen. Er hatte Mühe, das Streichholz zwischen seinen zitternden Fingern zur Zigarette zwischen den Lippen zu führen.

»Wir suchen nach weiteren«, sagte Pettine. »Und wir *hören nicht auf* zu suchen.«

»Ich nicht«, sagte Tommy. »Ich ruf' den verdammten Chef an. Wir wissen nicht, wie viele von diesen Freaks hier sind. Es könnten Hunderte sein. Hast du selbst gesagt. Hier könnte sich eine verdammte Armee verstecken, hast du gesagt.«

»Wovor hast du solche Angst?« antwortete Gibbs. »Du hast doch gesehen, was die Sonne mit ihm gemacht hat.«

»Klar, und was passiert, wenn die Sonne untergeht, Klugschei-ßer?« war Tommys Antwort.

Die Streichholzflamme verbrannte Gibbs die Finger. Er ließ es fluchend fallen.

»Ich habe Filme gesehen«, sagte Tommy, »mit Kreaturen, die nachts herauskommen.«

Wenn man Gibbs' Gesichtsausdruck glauben wollte, hatte er dieselben Filme gesehen.

»Vielleicht solltest du *wirklich* Hilfe rufen«, sagte er. »Für alle Fälle.«

Loris Gedanken sprachen hastig zu dem Kind.

Du mußt Rachel warnen. Sag ihr, was wir gesehen haben.

Sie wissen es bereits, antwortete das Kind.

Sag es ihnen trotzdem. Vergiß mich! Sag es ihnen, Babette, ehe es zu spät ist.

Ich will dich nicht verlassen.

Ich kann dir nicht helfen, Babette. Ich gehöre nicht zu euch. Ich bin . . .

Sie wollte den Gedanken zurückhalten, aber es war zu spät.

. . . normal. Die Sonne würde mich nicht umbringen, so wie dich. Ich bin ein Mensch. Ich gehöre nicht zu euch.

Sie hatte keine Gelegenheit, diese hastige Antwort zu erläutern. Der Kontakt wurde auf der Stelle unterbrochen – der Anblick vor Babettes Augen verschwand – und Lori fand sich auf der Schwelle der Küche wieder.

Das Summen von Fliegen dröhnte laut in ihrem Kopf. Ihr Summen war kein Echo von Midian, sondern echt. Sie kreisten im Raum vor ihr. Sie wußte ganz genau, welcher Geruch hungrig und voller Eier hierher gelockt hatte; und sie wußte mit ebensolcher Sicherheit, daß sie es nach allem, was sie in Midian gesehen hatte, nicht ertragen könnte, auch nur noch einen Schritt auf den Leichnam am Boden zuzugehen. Es war zuviel Tod in der Welt, in ihrem Kopf und außerhalb. Wenn sie ihm nicht entkam, würde sie verrückt werden.

Sie mußte wieder an die Luft, wo sie frei atmen konnte. Vielleicht eine harmlose Verkäuferin suchen, mit der sie sich über das Wetter oder den Preis von Damenbinden unterhalten konnte, irgend etwas, das banal und berechenbar war.

Aber die Fliegen wollten in ihren Ohren summen. Sie versuchte, sie wegzuscheuchen. Aber sie kamen dennoch auf sie *zu*, ihre Flügel waren mit Tod bestreut, und er tropfte rot von ihren Beinen.

»Laßt mich in Ruhe«, schluchzte sie. Aber ihre Aufregung zog sie in immer größeren Mengen an; als sie ihre Stimme hörten, stiegen sie in Schwärmen von ihrem Festmahl hinter dem Herd auf.

Ihr Verstand bemühte sich, die Wirklichkeit zu erfassen, in die sie zurückgeworfen worden war, ihr Körper, sich umzudrehen und die Küche zu verlassen.

Beide scheiterten, Verstand und Körper. Die Wolke der Fliegen näherte sich ihr, und ihre Zahl war mittlerweile so groß, daß sie wie die Dunkelheit selbst waren. Sie dachte vage daran, daß eine solche Vielzahl unmöglich war und ihr Verstand diesen Schrecken in seiner Verwirrung selbst erzeugte. Aber der Gedanke war so fern von ihr, daß er den Wahnsinn nicht zurückhalten konnte; ihre Vernunft griff danach und griff, aber jetzt war die Wolke über ihr. Sie spürte ihre Beine auf den Armen und im Gesicht, wo sie Spuren dessen hinterließen, worin sie gekrochen waren: Sheryls Blut, Sheryls Erbrochenem, Sheryls Schweiß und Tränen. Es waren so viele, daß sich nicht alle auf der Haut niederlassen konnten, daher drängten sie sich zwischen ihren Lippen hindurch und krabbelten ihr in die Nasenlöcher und über die Augen.

Waren einst, in einem Traum von Midian, nicht die Toten als Staub aus allen vier Himmelsrichtungen zu ihr gekommen? Und hatte sie nicht inmitten des Sturms gestanden – liebkost, abgeschliffen – und war glücklich darüber gewesen, daß der Wind die Toten brachte?

Jetzt kam der Gefährte dieses Traums: Entsetzen, nach der Pracht des ersten. Eine Welt der Fliegen als Gegenstück zu jener Welt des Staubs; eine Welt der Verständnislosigkeit und Blindheit, der Toten ohne Begräbnis und ohne Wind, der sie davontragen konnte. Nur Fliegen, die sich an ihnen labten, ihre Eier in sie legten und weitere Fliegen erzeugten.

Und als sie Staub gegen Fliegen abwog, da wußte sie, wem sie den Vorzug gab; wußte, während sie völlig das Bewußtsein verlor, wenn Midian starb – und sie es geschehen ließ –, wenn Pettine und Gibbs und ihre Freunde die Zuflucht der Nachtbrut aushoben, dann würde es für sie, die von Midians Dasein berührt worden war und selbst eines Tages zu Staub werden würde, nichts geben, wohin sie getragen werden konnte, und würde mit Leib und Seele den Fliegen gehören.

Dann fiel sie auf die Fliesen.

XVIII

DER ZORN DER RECHTSCHAFFENEN

1

Für Eigerman standen gute Einfälle und Ausscheidung in unzertrennlichem Zusammenhang; seine besten Gedanken kamen ihm, wenn die Hosen um die Knöchel baumelten. Er hatte mehr als einmal nach ein paar Gläsern allen, die ihm zuhörten, erklärt, wie der Weltfrieden und ein Heilmittel gegen Krebs über Nacht erreicht werden könnten: wenn die Weisen und die Guten sich einfach zusammensetzen und gemeinsam scheißen würden.

Nüchtern hätte ihn der Gedanke abgestoßen, diesen intimsten aller Vorgänge öffentlich zu machen. Das Klo war ein Ort der Einsamkeit, wo alle, die unter der Bürde eines hohen Amtes stöhnten, sich ein wenig Zeit lassen und über ihre Bürde nachdenken konnten.

Er las die Graffiti an der Tür vor ihm. Unter den Obszönitäten war nichts Neues, das war beruhigend. Immer wieder dasselbe alte Jucken, das gekratzt werden mußte. Das machte ihm Mut angesichts seiner Probleme.

Die im Grunde genommen zweifacher Natur waren: Zuerst einmal hatte er einen Toten inhaftiert. Das war, wie die Graffiti, ein alter Hut. Aber Zombies gehörten ebenso in den Spätfilm wie Sodomie an eine Klowand. In der richtigen Welt hatten sie nichts verloren. Was ihn zu seinem zweiten Problem brachte: dem panischen Funkspruch von Tommy Caan, der meldete, daß in Midian etwas Schlimmes vor sich ging. Während er darüber nachdachte, fügte er diesen beiden noch ein drittes hinzu: Doktor Decker. Er hatte einen feinen Anzug an und konnte fein reden, aber er hatte etwas Unangenehmes an sich. Bisher, bevor er auf dem Klo saß, hatte sich Eigerman seinen Argwohn selbst nicht eingestanden, aber als er nun darüber nachdachte, sah er es so deutlich wie seinen Schwanz. Der Dreckskerl wußte mehr als er sagte: Nicht nur über den Toten Boone, sondern auch über Midian und was sich dort abspielte. Wenn er die Besten von Shere Neck zum Narren hielt, dann würde so sicher wie ein Schiß die Zeit der Buße kommen, und er würde es bedauern.

Derweil mußte der Chef die Entscheidungen treffen. Nach der Festnahme des Calgary-Killers hatte er den Tag als Held angefangen, aber sein Instinkt sagte ihm, daß die Lage sehr schnell außer Kontrolle geraten könnte. So viele Unbekannte waren im Spiel, so viele Fragen, auf die er keine Antworten wußte. Es gab natürlich einen einfachen Ausweg. Er konnte seine Vorgesetzten in Edmonton anrufen, damit sie sich um das ganze Schlamassel kümmern konnten. Aber wenn er das Problem abgab, verzichtete er auch auf den Ruhm. Die Alternative war, jetzt zu handeln und die Greuel von Midian auszumerzen – vor der Dunkelheit, hatte Tommy immer wieder betont. Und wie lange war das noch – drei, vier Stunden? Wenn ihm das gelang, konnte er seine Auszeichnungen verdoppeln. Er hätte an einem einzigen Tag nicht nur einen menschlichen Bösewicht der Gerechtigkeit übergeben, sondern auch die Schlangengrube ausgehoben, in der er Zuflucht gefunden hatte: ein ansprechender Gedanke.

Aber die beantworteten Fragen hoben wieder ihre Köpfe, und die waren alles andere als angenehm. Wenn man den Gutachten der Ärzte und den Berichten aus Midian Glauben schenken konnte, dann trafen heute Dinge zu, die er bisher nur in Märchen gehört hatte. Wollte er seine Kräfte wirklich mit wandelnden Toten und Wesen messen, die das Sonnenlicht umbrachte?

Er saß da, schiß und wog Möglichkeiten gegeneinander ab. Er brauchte eine halbe Stunde, aber schließlich gelangte er zu einer Entscheidung. Diese sah wie üblich sehr einfach aus, nachdem das Schwitzen vorbei war. Vielleicht war die Welt heute nicht ganz so, wie sie gestern gewesen war. Morgen würde sie, wenn Gott wollte, wieder ganz die alte sein: die Toten tot, und Sodomie an den Wänden, wo sie hingehörte. Wenn er die Chance nicht nutzte, ein Mann des Schicksals zu werden, würde er keine zweite mehr bekommen, jedenfalls nicht bevor er so alt war, daß er nur noch seine Hämorrhoiden behandeln konnte. Dies war die ihm von Gott geschickte Gelegenheit, sein Können zu beweisen. Er konnte es sich nicht leisten, sie zu mißachten.

Er wischte sich von neuer Entschlossenheit erfüllt den Arsch ab, fummelte die Hosen hoch, zog die Spülung und trat hinaus, um sich erhobenen Hauptes den Herausforderungen zu stellen.

2

»Cormack, ich brauche Freiwillige, die mit mir nach Midian hinausfahren und graben.«

»Wann brauchen Sie sie?«

»*Jetzt*. Wir haben nicht viel Zeit. Fangen Sie in den Bars an. Nehmen Sie Holliday mit.«

»Was sollen wir ihnen als Grund sagen?«

Darüber dachte Eigerman einen Augenblick nach. Was *sagen*.

»Sagen Sie ihnen, wir suchen nach Grabräubern. Das wird hinreichend Empörung verursachen. Jeder mit einem Gewehr und einer Schaufel ist dabei. Ich möchte sie in einer Stunde zusammengetrommelt haben. Früher, wenn Sie es schaffen.«

Decker lächelte, während sich Cormack auf den Weg machte.

»Sind Sie jetzt glücklich?« fragte Eigerman.

»Es freut mich zu sehen, daß Sie meinem Rat gefolgt sind.«

»Ihrem Rat, Scheiße.«

Decker lächelte nur.

»Machen Sie, daß Sie hier verschwinden«, sagte Eigerman. »Ich muß arbeiten. Kommen Sie wieder, wenn Sie sich ein Gewehr beschafft haben.«

»Das könnte ich wirklich machen.«

Eigerman sah ihm nach, bis er gegangen war, dann griff er zum Telefon. Er überlegte schon seit er beschlossen hatte, nach Midian zu gehen, ob er diese Nummer anrufen sollte; eine Nummer, die er schon lange nicht mehr angerufen hatte, weil es nie einen Grund dafür gegeben hatte. Jetzt wählte er sie. Pater Ashberry war nach wenigen Sekunden am Telefon.

»Sie klingen außer Atem, Pater.«

Ashberry wußte auch ohne Namen, wer sein Anrufer war.

»Eigerman.«

»Beim ersten Mal erraten. Was haben Sie denn gemacht?«

»Ich war draußen, laufen.«

»Gute Idee. Schmutzige Gedanken ausschwitzen.«

»Was wollen Sie?«

»Was glauben Sie denn? Einen Priester.«

»Ich habe nichts getan.«

»Da habe ich etwas anderes gehört.«

»Ich zahle nicht, Eigerman. Gott hat mir meine Sünden vergeben.«

»Steht außer Frage.«

»Dann lassen Sie mich in Ruhe.«

»Nicht auflegen!«

Ashberry entging die plötzliche Angst in Eigermans Stimme nicht.

»Tss, tss«, sagte er.

»Was?«

»Sie haben ein Problem.«

»Vielleicht wir beide.«

»Was soll das heißen?«

»Ich möchte, daß Sie schnellstmöglich hierherkommen, mit allem, was Sie an Kruzifixen und Weihwasser und so etwas haben.«

»Weshalb?«

»Vertrauen Sie mir.«

Ashberry lachte.

»Ich stehe Ihnen nicht mehr einfach so zur Verfügung, Eigerman. Ich muß mich um meine Herde kümmern.«

»Dann tun Sie es für die.«

»Wovon sprechen Sie?«

»Sie predigen doch den Tag des Jüngsten Gerichts, richtig? Nun, drüben in Midian üben sie dafür.«

»Wer?«

»Ich weiß nicht wer, und ich weiß nicht warum. Ich weiß nur, wir brauchen etwas Heiliges auf unserer Seite, und sie sind der einzige Priester, den ich habe.«

»Sie sind auf sich allein gestellt, Eigerman.«

»Ich glaube, Sie hören mir nicht zu. Es ist mein Ernst.«

»Ich spiele Ihre verdammten albernen Spielchen nicht mit.«

»Es ist mein Ernst, Ashberry. Wenn Sie nicht freiwillig herkommen, lasse ich Sie holen.«

»Ich habe die Negative verbrannt, Eigerman. Ich bin ein freier Mann.«

»Ich habe Abzüge.«

Der Pater schwieg. Dann:

»Sie haben geschworen.«

»Ich habe gelogen.«

»Eigerman, Sie sind ein Scheißer.«

»Und Sie tragen Spitzenunterwäsche. Wann können Sie hier sein?«

Schweigen.

»Ashberry. Ich habe Ihnen eine Frage gestellt.«

»Geben Sie mir eine Stunde Zeit.«

»Sie haben fünfundvierzig Minuten.«

»Alter Wichser.«

»So hab' ich's gern: eine gottesfürchtige Dame.«

3

Muß am Wetter liegen, dachte Eigerman, als er sah, wieviel Männer Cormack und Holliday in nur sechzig Minuten zusammengetrommelt hatten. Heißes Wetter machte die Leute immer fickrig, nach Ehebruch vielleicht oder dem Töten. Und da dies eben Shere Neck war und man außerehelichen Geschlechtsverkehr nicht immer so leicht haben konnte, wenn einem danach war, schien heute Heißhunger nach einer Schießerei zu bestehen. Draußen in der Sonne hatten sich zwanzig Männer versammelt, und auch drei oder vier Frauen wollten den Spaß mitmachen; außerdem Ashberry mit seinem Weihwasser.

In dieser Stunde waren zwei weitere Funksprüche von Midian eingetroffen. Einer von Tommy, der in den Friedhof zurückbeordert wurde, um Petty zu helfen, den Gegner in Schach zu halten, bis Verstärkung eintraf, der zweite von Pettine selbst, der Eigerman informierte, daß einer der Bewohner Midians einen Fluchtversuch unternommen habe. Er war durch das Haupttor entkommen, während Komplizen ein Ablenkungsmanöver gestartet hatten. Die Art dieses Ablenkungsmanövers erklärte nicht nur Pettines Husten, während er seinen Bericht abgab, sondern auch, warum er nicht die Verfolgung aufgenommen hatte. Jemand hatte die Reifen der Autos angezündet. Die Flammen verzehrten die Fahrzeuge rasch, einschließlich des Funkgeräts, mit dem dieser Bericht durchgegeben wurde. Pettine erklärte gerade, daß keine weiteren Meldungen eintreffen könnten, als die Verbindung abbrach.

Diese Information behielt Eigerman für sich, weil er fürchtete, sie könnte den allgemeinen Appetit auf das bevorstehende Abenteuer abkühlen. Töten war schön und gut, aber er war nicht sicher, ob noch so viele bereit sein würden, sich auf den Weg zu machen, wenn bekannt würde, daß einige der Dreckskerle zurückzuschlagen bereit waren.

Als sich der Konvoi in Bewegung setzte, sah er wieder auf die Uhr. Sie hatten vielleicht noch zweieinhalb Stunden Licht bis zum Einbruch der Dämmerung. Eine Dreiviertelstunde nach Midian, blieben eindreiviertel Stunden, um die Pisser fertigzumachen, bevor der Gegner die Nacht auf seiner Seite hatte. Wenn sie organisiert vorgingen, war das lange genug. Es war am besten, dachte Eigerman, wenn man es wie eine gewöhnliche Razzia betrachtete. Man scheuchte die Dreckskerle ans Licht und wartete ab, was passierte. Wenn sie wirklich zerfielen, wie Hosenscheißer Tommy das wiederholt betont hatte, dann war das für jeden Richter ausreichend Beweis, daß die Kreaturen so unheilig wie die Hölle waren. Wenn nicht – wenn Decker gelogen hatte, Pettine wieder betrunken und dies alles vergebliche Liebesmüh war –, würde er jemanden finden, den er erschießen könnte, damit es keine völlig vergebliche Fahrt würde. Vielleicht kehrte er einfach um und jagte dem Zombie in Zelle fünf eine Kugel in den Kopf; dem Mann ohne Puls und mit Blut im Gesicht.

Wie auch immer, er würde den Tag nicht ohne Tränen zu Ende gehen lassen.

5. Teil

————

DIE GUTE NACHT

»Kein Schwert soll dich berühren.
Es sei denn meines.«

ANONYM
Liebesschwur

XIX

EIN UNFREUNDLICHES GESICHT

1

Warum mußte sie erwachen? Warum mußte sie zu sich kommen? Konnte sie nicht einfach immer weiter und weiter in das Nichts versinken, in dem sie Zuflucht gesucht hatte? Aber es wollte sie nicht. Sie stieg widerwillig daraus empor, in die alten Schmerzen von Leben und Sterben zurück.

Die Fliegen waren fort. Das war immerhin etwas. Sie stand auf, ihr Körper fühlte sich schwerfällig an; ein Ärgernis. Als sie den Versuch unternahm, sich den Staub von der Kleidung zu klopfen, hörte sie eine Stimme, die ihren Namen rief. Es schien, als wäre sie nicht von selbst erwacht. Jemand hatte sie gerufen. Einen gräßlichen Augenblick dachte sie, es wäre Sheryls Stimme; daß die Fliegen erfolgreich in ihrem Bemühen gewesen wären und sie in den Wahnsinn getrieben hätten. Aber als der Ruf zum zweiten Mal ertönte, konnte sie ihm einen anderen Namen zuordnen: Babette. Das Kind rief sie. Sie drehte der Küche den Rücken zu, ergriff ihre Handtasche und ging durch das Geröll in Richtung Straße. Das Licht hatte sich verändert, seit sie sie überquert hatte; Stunden waren verstrichen, während sie mit dem Schlaf debattiert hatte. Ihre Uhr, die beim Sturz kaputtgegangen war, konnte ihr aber nicht sagen, wie viele.

Auf der Straße war es immer noch mild, aber die Hitze des Tages war längst zurückgegangen. Der Nachmittag ging zu Ende. Es konnte nicht mehr lange dauern bis zur Dämmerung.

Sie setzte sich in Bewegung und drehte sich nicht einmal zu dem Restaurant um. Welche Realitätskrise sie da drinnen auch immer überkommen haben mochte, Babettes Stimme hatte sie daraus befreit, und sie fühlte sich seltsam heiter, als wäre ihr teilweise klar geworden, wie die Welt funktionierte.

Sie wußte, was es war, und ohne angestrengt darüber nachzudenken. Ein wichtiger Teil in ihr, Herz oder Verstand, oder beides, hatte seinen Frieden mit Midian und allem, was darin hauste, gemacht. In den Kammern hatte sie nichts annähernd Schmerzliches gesehen wie in dem ausgebrannten Gebäude: die Einsamkeit von Sheryls Leichnam, der Gestank von schleichender Verwesung, die Unausweichlichkeit all dessen. Dagegen waren die Monster von Midian – sich verwandelnde, neu gestaltende Botschafter des morgigen Fleisches und Mahnmale des gestrigen – voller Möglichkeiten. Besaßen manche dieser Wesen nicht Fähigkeiten, um die sie sie beneidete? Die Gabe zu fliegen; sich zu verwandeln; das Dasein von Bestien zu kennen; dem Tod zu trotzen?

Was sie an anderen ihrer Art bewunderte, worum sie sie beneidet hatte, schien jetzt wertlos zu sein. Träume der perfekten Anatomie – des Seifenoperngesichts, des Hochglanzmagazinkörpers – hatten sie mit ihren Versprechungen wahren Glücks abgelenkt. Leere Versprechungen. Das Fleisch behielt seine Pracht nicht; noch die Augen ihren Glanz. Sie würden allzu schnell dahin sein.

Aber die Monster währten ewig. Teil ihres verbotenen Selbst. Ihres dunklen, sehr wandelbaren, mitternächtlichen Selbst. Sie sehnte sich danach, zu ihnen zu gehören.

Doch es gab noch vieles, womit sie ins reine kommen mußte; nicht zuletzt ihren Appetit auf Menschenfleisch, den sie im Sweetgrass Inn aus erster Hand miterlebt hatte. Aber sie konnte lernen, das zu verstehen. Sie hatte in durchaus aufrichtiger Weise gar keine andere Wahl. Sie war mit einem Wissen in Kontakt gekommen, das ihre innere Landschaft bis zur Unkenntlichkeit verändert hatte. Es gab keinen Weg zu den unberührten Wiesen der Jugend und frühen Reife zurück. Sie mußte vorwärtsgehen. Und das bedeutete heute abend, diese einsame Straße entlang, um herauszufinden, was die anbrechende Nacht für sie bereithielte.

Der leerlaufende Motor eines Autos auf der anderen Straßenseite lenkte ihre Aufmerksamkeit auf sich. Sie sah hinüber. Alle Fenster waren hochgekurbelt – trotz der Wärme –, was ihr seltsam vorkam. Sie konnte den Fahrer nicht sehen; beide Fenster und die Windschutzscheibe waren schmutzig. Aber in ihr wuchs ein unbehaglicher Verdacht. Der Insasse wartete eindeutig auf jemanden. Und da auf der Straße außer ihr niemand zu sehen war, war höchstwahrscheinlich sie dieser Jemand.

Wenn das so war, konnte der Fahrer nur ein Mann sein, denn nur einer wußte, daß sie einen Grund hatte, hier zu sein: Decker.

Sie fing an zu laufen.

Ein Gang wurde eingelegt. Sie sah hinter sich. Das Auto fuhr langsam aus seinem Parkplatz heraus. Er hatte keinen Grund zur Eile. Auf der Straße war keine Spur von Leben zu sehen. Zweifellos *war* Hilfe zu bekommen, wenn sie nur gewußt hätte, in welche Richtung sie laufen müßte. Aber das Auto hatte die Entfernung zwischen ihnen bereits halbiert. Sie wußte, sie konnte ihm nicht entkommen, und sie lief trotzdem, während der Motor hinter ihr immer lauter wurde. Sie hörte die Reifen am Bordstein quietschen. Dann tauchte das Auto neben ihr auf und hielt Meter für Meter mit ihr Schritt.

Die Tür ging auf. Sie lief weiter. Das Auto blieb an ihrer Seite, die Tür streifte über den Asphalt.

Dann eine Einladung aus dem Inneren.

»Steigen Sie ein.«

Dreckskerl, *so* ruhig zu sein.

»Würden Sie bitte einsteigen, bevor wir verhaftet werden?«

Das war nicht Decker. Die Erkenntnis war kein langsames Einsinken, sondern ein plötzliches Verstehen: Es war *nicht* Decker, der aus dem Auto sprach. Sie hörte auf zu laufen, ihr ganzer Körper bebte unter der Last des Atemholens.

Das Auto hielt ebenfalls an.

»Steigen Sie ein«, sagte der Fahrer.

»Wer...?« versuchte sie zu sagen, aber ihre Lungen hüteten die Luft eifersüchtig, sie mit Worten zu vergeuden.

Sie erhielt trotzdem Antwort.

»Ein Freund von Boone.«

Sie näherte sich der offenen Tür immer noch nicht.

»Babette hat mir gesagt, wo ich Sie finden kann«, fuhr der Mann fort.

»Babette?«

»Würden Sie jetzt endlich *einsteigen*? Wir haben viel zu tun.«

Sie trat zur Tür. Während sie das tat, sagte der Mann: »Nicht schreien.«

Sie hatte nicht genügend Luft zu schreien, aber sie hatte eindeutig die *Absicht*, als sie das Gesicht im Halbdunkel des Autos sah. Dies war zweifellos ein Geschöpf Midians, aber kein Bruder der sagenhaften Wesen, die sie in den Tunnels gesehen hatte. Das Aussehen des Mannes war gräßlich, sein Gesicht war roh und rot, wie rohe Leber. Wäre es anders gewesen, hätte sie ihm mißtraut, da sie inzwischen über Masken Bescheid wußte. Aber dieses Geschöpf konnte nichts vorgeben: Seine Verletzung war auf teuflische Weise ehrlich.

»Mein Name ist Narcisse«, sagte er. »Machen Sie bitte die Tür zu? Sie hält das Licht ab. Und die Fliegen.«

2

Er brauchte zweieinhalb Blocks, um seine Geschichte wenigstens im Wesentlichen zu erzählen. Wie er Boone im Krankenhaus kennengelernt hatte; wie er später nach Midian gegangen war und Boone wiedergesehen hatte; wie sie gemeinsam Midians Gesetze übertreten hatten und nach oben gegangen waren. Er hatte ein Andenken an dieses Abenteuer, sagte er; eine Verletzung am Bauch, wie sie eine Dame niemals erblicken sollte.

»Also haben sie Sie verbannt, wie Boone?« sagte sie.

»Sie haben es versucht«, sagte er. »Aber ich bin einfach geblieben und hoffte, ich könnte Vergebung erlangen. Und als dann die Polizisten kamen, dachte ich mir: Nun, wir haben das über sie gebracht. Ich sollte versuchen, Boone zu finden. Einen Versuch unternehmen, das zu verhindern, was wir ausgelöst haben.«

»Die Sonne bringt Sie nicht um?«

»Vielleicht bin ich noch nicht lange genug tot – nein, ich kann sie ertragen.«

»Wissen Sie, daß Boone im Gefängnis ist?«

»Ja, ich weiß. Darum habe ich das Kind gebeten, mir zu helfen, Sie zu finden. Ich glaube, gemeinsam können wir ihn herausholen.«

»Wie, in Gottes Namen, wollen wir das machen?«

»Ich weiß nicht«, gestand Narcisse. »Aber wir sollten es verdammt noch mal lieber versuchen. Und zwar schnell. Inzwischen werden sie Midian auf den Kopf stellen und die Leute heraustreiben.«

»Mir ist nicht klar, was Boone tun kann, selbst wenn wir ihn befreien können.«

»Er war in der Kammer des Täufers«, antwortete Narcisse, der den Finger auf Lippen und Herz drückte. »Er hat mit Baphomet gesprochen. Soweit ich weiß, hat das außer Lylesburg bisher noch keiner gemacht und überlebt. Ich könnte mir denken, daß ihm der Täufer ein paar Tricks verraten konnte. Etwas, das uns helfen kann, die Zerstörung aufzuhalten.«

Lori dachte an Boones entsetztes Gesicht, als er aus der Kammer gestolpert war.

»Ich glaube nicht, daß ihm Baphomet etwas gesagt hat«, sagte Lori. »Er ist kaum lebend herausgekommen.«

Narcisse lachte.

»Er *ist* herausgekommen, oder nicht? Glauben Sie, der Täufer hätte das zugelassen, wenn er nicht einen Grund dafür gehabt hätte?«

»Also gut... und wie kommen wir zu ihm? Sie haben ihn bis ans Leben bewacht.«

Narcisse lächelte.

»Was ist daran so komisch?«

»Sie vergessen, was er jetzt *ist*«, sagte Narcisse. »Er besitzt Kräfte.«

»Das *vergesse* ich nicht«, sagte Lori. »Ich *weiß* es einfach nicht.«

»Hat er Ihnen nichts gesagt?«

»Nein.«

»Er ging nach Midian, weil er der Meinung war, er hätte Blut vergossen...«

»Das habe ich mir gedacht.«

»Das hatte er natürlich nicht. Er war unschuldig. Und das machte ihn zu Fleisch.«

»Sie meinen, er wurde angegriffen?«

»Fast getötet. Aber er entkam, jedenfalls bis zur Stadt.«

»Wo Decker auf ihn wartete«, sagte Lori und beendete die Geschichte – oder begann sie. »Er hatte verdammtes Glück, daß ihn keiner der Schüsse getötet hat.«

Narcisses Lächeln, das mehr oder weniger auf seinem Gesicht verweilte, seit Lori die Bemerkung gemacht hatte, er wäre bis ans Leben bewacht, verschwand.

»Was meinen Sie damit...« sagte er, »...und ihn keiner der Schüsse getötet hat? Was glauben Sie, hat ihn nach Midian zurückgetrieben? Was meinen Sie, warum sie ihm beim zweiten Mal die Grüfte geöffnet haben?«

Sie sah ihn verständnislos an.

»Ich kann Ihnen nicht folgen«, sagte sie und hoffte, daß es so war. »Was wollen Sie mir damit sagen?«

»Peloquin hat ihn gebissen«, sagte Narcisse. »Gebissen und angesteckt. Das Gift geriet in sein Blut...« Er verstummte. »Soll ich weitersprechen?«

»Ja.«

»Das Gift geriet in sein Blut. Gab ihm die Kräfte. Gab ihm den Hunger. Und ermöglichte ihm, von der Totenbahre aufzustehen und zu wandeln...«

Gegen Ende seiner Schilderung war sein Tonfall sanfter geworden, je schockierter Loris Gesichtsausdruck wurde.

»Er ist tot?« murmelte sie.

Narcisse nickte.

»Ich dachte, Sie hätten das verstanden«, sagte er. »Ich dachte, Sie hätten vorhin einen Witz gemacht... als Sie sagten, er wäre...« Die Bemerkung versiegte in Schweigen.

»Das ist alles zuviel«, sagte Lori. Ihre Faust hatte den Türgriff umklammert, aber ihr fehlte die Kraft, ihn hinunterzudrücken. »...zuviel.«

»Tot sein ist nicht übel«, sagte Narcisse. »Es ist nicht einmal so anders. Nur... unerwartet.«

»Sprechen Sie aus Erfahrung?«

»Ja.«

Ihre Hand fiel vom Türgriff herab. Die letzte Kraftreserve war aus ihr verschwunden.

»Geben Sie jetzt nicht auf«, sagte Narcisse.

Tot; alles tot. In ihren Armen, in ihrem Verstand.

»Lori. Sprechen Sie mit mir. Sagen Sie etwas, und wenn es nur Lebewohl ist.«

»Wie... können... Sie *Witze* darüber machen?« fragte sie ihn.

»Wenn es nicht komisch ist, was dann? Traurig. Ich will nicht traurig sein. Lächeln Sie, ja? Wir werden Ihren Loverboy retten, Sie und ich.«

Sie antwortete nicht.

»Darf ich Ihr Schweigen als Zustimmung verstehen?«

Sie antwortete immer noch nicht.

»Dann tue ich es.«

XX

GETRIEBEN

1

Eigerman war erst einmal in Midian gewesen, als er die Polizei von Calgary bei der Verfolgung Boones unterstützt hatte. Da hatte er Decker kennengelernt – der der Held jenes Tages gewesen war, weil er sein Leben bei dem Versuch aufs Spiel gesetzt hatte, seinen Patienten aus seinem Versteck zu locken. Was ihm natürlich nicht gelungen war. Die ganze Sache hatte mit Boones Hinrichtung geendet, als er herausgekommen war. Wenn je ein Mann sich hätte hinlegen und sterben sollen, dann war es *dieser* Mann. Eigerman hatte noch nie so viele Kugeln in einem einzigen Stück Fleisch gesehen. Aber Boone war nicht liegengeblieben. Er war herumspaziert, ohne Herzschlag und mit Haut von der Farbe roher Fische.

Ekelerregende Sache. Eigerman bekam eine Gänsehaut, wenn er daran dachte. Nicht, daß er das jemandem gesagt hätte. Nicht einmal den Mitfahrern auf dem Rücksitz, dem Priester und dem Arzt, die ihre eigenen Geheimnisse hatten. Das von Ashberry kannte er. Der Mann zog gerne Frauenunterwäsche an, eine Tatsache, die Eigerman einmal mitbekommen und als Hebel benützt hatte, als er selbst die eine oder andere Sünde vergeben haben mußte. Aber Deckers Geheimnisse blieben im Dunkeln. Sein Gesicht verriet nichts, nicht einmal einem Auge, das so geübt war, Schuld zu erkennen, wie das von Eigerman.

Der Chef stellte den Rückspiegel neu ein und betrachtete Ashberry, der ihm einen mürrischen Blick zuwarf.

»Schon mal jemanden exorziert?« fragte er den Priester.

»Nein.«

»Schon mal dabei zugesehen?«

Wieder: »Nein.«

»Aber Sie *glauben*«, sagte Eigerman.

»*Woran?*«

»An Himmel und Hölle, um Gottes willen.«

»Definieren Sie die Ausdrücke.«

»Hm?«

»Was *meinen* Sie mit Himmel und Hölle?«

»Herrgott, ich will keine verdammte Diskussion. Sie sind Priester, Ashberry. Sie sollten an den Teufel glauben. Stimmt das nicht, Decker?«

Der Doktor grunzte. Eigerman bohrte ein wenig fester.

»Alle haben Sachen gesehen, die sie sich nicht erklären können, nicht? Besonders Doktoren, richtig? Sie hatten Patienten, die in Zungen redeten...«

»Kann ich nicht sagen«, antwortete Decker.

»Ist das richtig? Es ist doch vollkommen wissenschaftlich, oder nicht?«

»Würde ich sagen.«

»Würden Sie sagen. Und was würden Sie über Boone sagen?« drängte Eigerman. »Ist es auch wissenschaftlich, ein verdammter Zombie zu sein?«

»Ich weiß nicht«, murmelte Decker.

»Kann man sich das vorstellen? Ich habe einen Priester, der nicht an den Teufel glaubt, und einen Doktor, der Wissenschaft nicht von seinem Arschloch unterscheiden kann. Ich fühle mich echt wohl, wenn ich daran denke.«

Decker antwortete nicht. Ashberry schon.

»Sie glauben wirklich, daß dort etwas ist, was?« sagte er. »Sie schwitzen wahre Sturzbäche.«

»Treiben Sie's nicht zu weit, Süßer«, sagte Eigerman. »Beherzigen Sie nur Ihr kleines Büchlein des Exorzismus. Ich möchte, daß diese Wichser dorthin zurückgeschickt werden, woher sie gekommen sind. Sie sollen doch angeblich wissen, wie das geht.«

»Heutzutage gibt es andere Erklärungen, Eigerman«, antwortete Ashberry. »Dies ist nicht Salem. Wir gehen nicht zu einer Hexenverbrennung.«

Eigerman wandte seine Aufmerksamkeit wieder Decker zu und stellte seine nächste Frage leichthin.

»Was meinen Sie, Doc? Sollten wir vielleicht versuchen, den Zombie auf die Couch zu bringen? Ihn fragen, ob er je mit seiner Schwester ficken wollte?« Eigerman warf Ashberry einen Blick zu. »Oder ihre Unterwäsche anziehen?«

»Ich glaube, wir *gehen* nach Salem«, antwortete Decker. In seiner Stimme war ein Unterton, den Eigerman bisher nicht gehört hatte. »Und ich glaube auch, daß es Ihnen scheißegal ist, was ich glaube oder nicht. Sie werden sie so oder so ausbrennen.«

»Stimmt genau«, sagte Eigerman mit einem kehligen Lachen.

»*Und* ich denke, Ashberry hat recht. Sie haben eine *Sterbensangst*.«

Das brachte das Lachen zum Schweigen.

»Arschloch«, sagte Eigerman leise.

Den Rest des Weges legten sie schweigend zurück. Eigerman legte ein neues Tempo für den Konvoi vor, Decker beobachtete, wie das Licht mit jedem Augenblick düsterer wurde, Ashberry blätterte nach ein paar Minuten des Nachdenkens sein Gebetbuch durch; er schlug die zwiebelschalenartigen Seiten hastig um und suchte nach dem Ritual der Teufelsaustreibung.

2

Pettine erwartete sie fünfzig Meter vom Friedhofstor entfernt, sein Gesicht war schmutzig vom Rauch der Autos, die immer noch brannten.

»Wie ist die Lage?« wollte Eigerman wissen.

Pettine sah zum Friedhof zurück.

»Seit dem Fluchtversuch keinerlei Anzeichen von Bewegung mehr. Aber wir haben viel *gehört*.«

»Zum Beispiel?«

»Als würden wir auf einem Termitenbau sitzen«, sagte Pettine. »Unter der Erde schleichen Leute herum. Kein Zweifel. Das spürt man so sehr, wie man es hören kann.«

Decker, der etwas zurückgeblieben war, kam herüber und griff in die Unterhaltung ein, wobei er Pettine mitten im Satz unterbrach und sich an Eigerman wandte.

»Wir haben noch eine Stunde und zwanzig Minuten bis Sonnenuntergang.«

»Ich kann selbst zählen«, antwortete Eigerman.

»Also, werden wir anfangen zu graben?«

»Wenn *ich* den Befehl gebe, Decker.«

»Decker hat recht, Chef«, sagte Pettine. »Diese Dreckskerle haben Angst vor der Sonne. Ich sage Ihnen, ich glaube nicht, daß wir bei Nacht noch hier sein sollten. Da unten sind eine ganze Menge.«

»Wir bleiben so lange hier, wie wir brauchen, um diese Scheiße aufzuklären«, sagte Eigerman. »Wie viele Tore gibt es hier?«

»Zwei. Das große hier und ein kleines an der Nordostseite.«

»Gut. Sollte also nicht schwer sein, sie zurückzuhalten. Fahren Sie einen der Lastwagen vor das Haupttor, und dann stellen wir rings um die Mauer herum in Abständen Leute auf, damit niemand hinaus kann. Und wenn wir sie umzingelt haben, rücken wir vor.«

»Wie ich sehe, haben Sie eine Rückversicherung mitgebracht«, bemerkte Pettine, der Ashberry sah.

»Verdammt richtig.«

Eigerman wandte sich an den Priester.

»Sie können doch Wasser weihen, richtig? Es heilig machen?«

»Ja.«

»Dann tun Sie das. Soviel Wasser, wie wir finden können. Segnen Sie es. Verteilen Sie es unter die Männer. Es könnte etwas nützen, wenn Kugeln versagen. Und Sie, Decker, bleiben verflucht noch mal aus dem Weg. Dies ist jetzt Sache der Polizei.«

Nachdem er seine Befehle gegeben hatte, ging Eigerman zum Friedhofstor. Als er über den staubigen Boden schritt, begriff er sehr schnell, was Pettine mit *Termitenbau* gemeint hatte. Unter der Erde ging etwas vor sich. Er schien sogar Stimmen hören zu können, was Gedanken ans Lebendig-begraben-Werden in ihm wachrief. Das hatte er einmal gesehen; oder die Folgen davon. Hatte selbst mitgeholfen, eine Frau auszugraben, die man unter der Erde schreien gehört hatte. Sie hatten allen Grund dazu gehabt: Sie hatte einem Kind das Leben geschenkt und war in ihrem Sarg gestorben. Das Kind, eine Mißgeburt, hatte überlebt. War wahrscheinlich ins Irrenhaus gekommen. Oder möglicherweise hierher, unter die Erde, zu den anderen Wichsern.

Wenn ja, konnte es jetzt die Minuten, die es noch zu leben hatte, an den sechs Fingern seiner Hand abzählen. Sobald sie die

Köpfe zeigten, würde Eigerman sie mit Kugeln wieder dorthin zu-
rückjagen, wo sie hingehörten. Sollten sie nur kommen. Er hatte
keine Angst. Sollten nur kommen. Sollten getrost versuchen, hin-
auszugelangen.

Seine Stiefel warteten.

3

Decker sah zu, wie sich die Gruppe organisierte, bis es ihn ein wenig unbehaglich machte. Dann zog er sich ein Stück auf den Hügel
zurück. Er verabscheute es, anderen Männern bei der Arbeit zu-
zusehen. Er fühlte sich so ohnmächtig dabei. Er sehnte sich danach, ihnen *seine* Macht zu zeigen. Und das war immer ein gefährlicher Drang. Die einzigen Augen, die seinen Mord-Steifen sehen
durften, waren die, die gleich glasig werden würden, und selbst
die mußte er vernichten, weil er Angst hatte, sie könnten verraten, was sie gesehen hatten.

Er kehrte dem Friedhof den Rücken zu und lenkte sich mit Plänen für die Zukunft ab. Wenn Boones Verfahren vorbei war,
würde es ihm freistehen, die Arbeit der Maske erneut aufzunehmen. Darauf freute er sich leidenschaftlich. Von jetzt an würde er
weitere Strecken zurücklegen. Würde in Manitoba und Saskatche-
wan morden; vielleicht sogar drüben in Vancouver. Wenn er nur
daran dachte, wurde ihm heiß vor Lust. In der Aktentasche, die er
bei sich trug, konnte er Knopfauge fast durch seine silbernen
Zähne seufzen hören.

»Pssst«, sagte er zu der Maske.

»Was denn?«

Decker drehte sich um. Pettine stand einen Meter von ihm entfernt.

»Haben Sie etwas gesagt?« wollte der Polizist wissen.

Er wird zur Mauer gehen, sagte die Maske.

»Ja«, antwortete Decker.

»Ich habe nichts gehört.«

»Nur Selbstgespräche.«

Pettine zuckte die Achseln.

»Befehl vom Chef. Er sagt, wir werden gleich reingehen. Möchten Sie mitkommen?«

»*Ich bin bereit*«, sagte die Maske.

»Nein«, sagte Decker.

»Kann ich Ihnen nicht verübeln. Sie sind nur ein Seelendoktor?«

»Ja. Warum?«

»Ich glaube, wir werden über kurz oder lang Ärzte brauchen. Sie werden nicht kampflos aufgeben.«

»Da kann ich Ihnen nicht helfen. Ich kann nicht einmal Blut sehen.«

Aus der Aktentasche drang ein so lautes Lachen, daß Decker sicher war, Pettine müßte es gehört haben. Aber nein.

»Dann sollten Sie sich besser fernhalten«, sagte er und wandte sich ab, um wieder zum Ort des Geschehens zu gehen.

Decker nahm die Tasche in die Arme und zog die Aktentasche an die Brust. Er konnte hören, wie drinnen der Reißverschluß auf und zu ging, auf und zu.

»Verdammt, sei still«, flüsterte er.

»*Sperr mich nicht ein*«, heulte die Maske. »*Nicht ausgerechnet heute nacht. Wenn du kein Blut sehen kannst, dann laß mich für dich sehen.*«

»Ich kann nicht.«

»*Das bist du mir schuldig*«, sagte sie. »*Du hast es mir in Midian verweigert, erinnerst du dich?*«

»Ich hatte keine andere Wahl.«

»*Jetzt hast du eine. Du kannst mich herauslassen. Du weißt, es würde dir gefallen.*«

»Man würde mich sehen.«

»*Dann bald.*«

Decker antwortete nicht.

»*Bald!*« schrie die Maske.

»Psst.«

»*Sag es doch.*«

»...bitte...«

»*Sag es.*«

»Ja. Bald.«

XXI

DAS VERLANGEN

1

Zwei Männer waren auf Posten im Hauptquartier zurückgelassen worden, um den Gefangenen in Zelle fünf zu bewachen. Eigerman hatte ihnen strenge Anweisungen gegeben. Einerlei, was sie von drinnen hörten, sie durften unter gar keinen Umständen die Zellentür aufschließen. Und niemand von außen – Richter, Arzt oder der liebe Gott höchstpersönlich – durfte zu dem Gefangenen gelassen werden. Um diese Befehle zu untermauern, waren den Polizisten Cormack und Koestenbaum die Schlüssel zur Waffenkammer gegeben und Erlaubnis erteilt worden, zu extremen Schutzmaßnahmen zu greifen, sollte die Sicherheit des Reviers bedroht sein. Das alles überraschte sie nicht. Shere Neck würde wahrscheinlich nie wieder einen Gefangenen haben, der so sicher in die Annalen der Scheußlichkeiten eingehen würde wie Boone. Wenn er aus der Haft entkäme, würde Eigermans unbescholtener Name von einer Küste zur anderen verflucht werden.

Aber an der Geschichte war mehr als das dran, und das wußten sie beide. Der Chef war zwar nicht deutlich geworden, was den Zustand des Gefangenen anbetraf, aber es kursierten die wildesten Gerüchte. Der Mann war irgendwie *unnormal*; besaß Kräfte, die ihn sogar hinter Schloß und Riegel gefährlich machten.

Daher war Cormack froh, daß er den vorderen Teil des Reviers bewachen mußte, während Koestenbaum die Zelle selbst im Auge behielt. Das ganze Revier war eine Festung. Jedes Fenster und jede Tür waren verrammelt. Jetzt blieb nur noch, mit schußbereitem Gewehr dazusitzen, bis die Kavallerie aus Midian zurückkehrte.

Das konnte nicht lange dauern. Die Art von menschlichem Abschaum, die sie wahrscheinlich in Midian finden würden – Süchtige, Perverse, Radikale –, würde innerhalb weniger Stunden ausgehoben und der Konvoi auf dem Rückweg sein, um die Wachen abzulösen. Morgen würde dann die Polizei von Calgary kommen und den Gefangenen übernehmen, und hier würde sich die Lage wieder normalisieren. Cormack war nicht zur Polizei gekommen, damit er so wie jetzt Wache schieben und schwitzen mußte – er war wegen der Gefühle da, die die Sommernächte brachten, wenn er zur Ecke South und Emmet runterfahren und dort eine der Professionellen zwingen konnte, eine halbe Stunde das Gesicht in seinem Schoß zu vergraben. Darum liebte er das Gesetz. Nicht wegen dieser Festungs-unter-Belagerungs-Scheiße.

»Helfen Sie mir«, sagte jemand.

Er hatte die Worte ganz deutlich gehört. Die Sprecherin stand direkt vor der Tür.

»Helfen Sie mir, *bitte*.«

Die Bitte war so flehentlich, daß er sich ihr nicht verschließen konnte. Er ging mit gespannter Waffe zur Tür. Sie enthielt kein Glas, nicht einmal einen Spion, daher konnte er die Frau auf den Stufen nicht sehen. Aber er hörte sie noch einmal. Zuerst ein Schluchzen; dann ein leises Klopfen, das noch während es ertönte, schwächer wurde.

»Sie müssen anderswo hingehen«, sagte er. »Ich kann Ihnen jetzt nicht helfen.«

»Ich bin verletzt«, schien sie zu sagen, aber er war nicht sicher. Er preßte das Ohr an die Tür.

»Haben Sie nicht gehört?« sagte er. »Ich kann Ihnen jetzt nicht helfen. Gehen Sie runter zur Ecke, zur Drogerie.«

Er bekam nicht einmal ein Schluchzen als Antwort, lediglich das leiseste Atmen.

Cormack mochte Frauen; er spielte gerne den Boß und Ernährer. Sogar den Helden, wenn es ihn nicht zuviel Anstrengung kostete. Es ging ihm gegen den Strich, einer Frau, die um Hilfe bat, nicht die Tür zu öffnen. Sie hatte sich jung und verzweifelt angehört. Nicht sein Herz wurde hart, als er an ihre Hilflosigkeit dachte. Er überprüfte zuerst, ob Koestenbaum nicht in der Nähe war und Zeuge wurde, wie er Eigermans Befehle übertrat, dann flüsterte er:

»Halten Sie durch.«

Und entriegelte die Tür oben und unten.

Er hatte sie gerade einen Spalt geöffnet, als eine Hand hindurchschnellte, deren Daumen sein Gesicht zerkratzte. Die Wunde ging um Haaresbreite an seinem Auge vorbei, aber das Blut färbte die halbe Welt rot. Er wurde halb blind nach hinten geschleudert, als die Tür von der anderen Seite aufgestoßen wurde. Aber das Gewehr ließ er nicht los. Er feuerte zuerst auf die Frau (der Schuß ging fehl), dann auf ihren Begleiter, der geduckt auf ihn zulief, um den Schüssen auszuweichen. Der zweite Schuß verfehlte ebenfalls, förderte aber Blut zutage. Freilich nicht das seines Opfers. Sein eigener Stiefel, samt Fleisch und Blut darin, wurde über den ganzen Fußboden verteilt.

»Verfluchter gütiger Himmel!«

Er ließ das Gewehr in seinem Entsetzen fallen. Er wußte, er konnte sich nicht bücken und es wieder aufheben, ohne das Gleichgewicht zu verlieren, daher drehte er sich um und hinkte zum Schreibtisch, wo seine Pistole lag.

Aber Silberdaumen war schon dort und schluckte die Kugeln wie Vitamintabletten.

Seines Schutzes beraubt und von der Gewißheit erfüllt, daß er sich nur noch ein paar Sekunden in der Vertikalen halten konnte, fing er an zu heulen.

2

Koestenbaum stand vor Zelle fünf Wache. Er hatte seine Befehle. Was auch immer hinter der Tür im Revier selbst passierte, er mußte vor der Zelle Wache stehen und sie gegen jeden Angriff verteidigen. Und er war entschlossen, genau das zu tun, so sehr Cormack schreien mochte.

Er trat die Zigarette aus, zog die Klappe der Zellentür beiseite und sah durch das Guckloch. Der Killer hatte sich in den letzten paar Minuten bewegt, sich Stück für Stück in die Ecke gedrängt, als würde er von einem schwachen Flecken Sonnenlicht gejagt, das zum Fenster hoch über ihm hereinfiel. Jetzt konnte er nicht weiter. Er lag zusammengerollt in der Ecke. Abgesehen von der Bewegung sah er aus wie immer: wie ein Wrack. Keine Gefahr für irgendwen.

Aber natürlich konnte der Schein trügen; Koestenbaum trug die Uniform schon zu lange, um das nicht zu wissen. Aber er sah es einem Mann an, wenn er geschlagen war. Boone sah nicht einmal auf, als Cormack einen weiteren Schrei ausstieß. Er betrachtete lediglich das wandernde Sonnenlicht aus den Augenwinkeln und schlotterte.

Koestenbaum machte die Klappe des Gucklochs zu und wandte sich wieder der Tür zu, durch die Cormacks Angreifer – wer immer sie waren – kommen mußten. Sie würden ihn bereit und mit gezückten Waffen finden.

Er hatte nicht lange Gelegenheit, über seine letzte Bastion nachzudenken, denn das Schloß, und mit ihm die halbe Tür, wurden von einem Schuß weggerissen; Trümmer und Rauch erfüllten die Luft. Er feuerte in das Durcheinander, weil er jemanden auf sich zukommen sah. Der Mann warf das Gewehr weg, mit dem er die Tür aufgeschossen hatte, und hob die Hände, die *glitzerten*, als sie sich Koestenbaums Augen näherten. Der Polizist zögerte gerade lange genug, daß er das Gesicht des Angreifers sehen konnte – das etwas glich, was unter Verbänden oder einen Meter achtzig unter Erde sein sollte –, dann feuerte er. Die Kugel traf ihr Ziel, bremste den Mann aber nicht im geringsten, und bevor er ein zweites Mal schießen konnte, wurde er an die Wand gedrückt und das rohe Gesicht war nur Zentimeter von seinem entfernt. Jetzt sah er allzu deutlich, was an den Händen des Mannes glitzerte. Eine Kralle verharrte einen Zentimeter vor seinem glänzenden linken Auge. Eine weitere über seinen Genitalien.

»Was möchtest du lieber verlieren?« sagte der Mann.

»Nicht nötig«, sagte eine Frauenstimme, bevor Koestenbaum die Möglichkeit gehabt hatte, zwischen Augenlicht und Sex zu entscheiden.

»Lassen Sie mich«, sagte Narcisse.

»Lassen Sie ihn nicht«, murmelte Koestenbaum. »Bitte... lassen Sie ihn nicht.«

Jetzt war die Frau hereingekommen. Das, was von ihr zu sehen war, schien völlig normal zu sein, aber er hätte keinen Pfennig darauf gesetzt, wie sie unter der Bluse aussah. Wahrscheinlich mehr Titten als eine Hündin. Er war in der Hand von Mißgeburten.

»Wo ist Boone?« fragte sie.

Es bestand kein Grund, seine Eier, die Augen oder sonst etwas zu riskieren. Sie würden den Gefangenen mit seiner Hilfe oder ohne sie finden.

»Dort«, sagte er und sah zu Zelle fünf.

»Und die Schlüssel?«

»An meinem Gürtel.«

Die Frau griff nach unten und nahm ihm die Schlüssel ab.

»Welcher?« sagte sie.

»Blauer Anhänger«, antwortete er.

»Danke.«

Sie ging an ihm vorbei zur Tür.

»Warten Sie...« sagte Koestenbaum.

»Was?«

»...sagen Sie ihm, er soll mich loslassen.«

»Narcisse«, sagte sie.

Die Kralle vor seinem Auge wurde weggenommen, aber die an seinen Genitalien blieb und piekste ihn.

»Wir müssen uns beeilen«, sagte Narcisse.

»Ich weiß«, antwortete die Frau.

Koestenbaum hörte, wie die Tür aufgemacht wurde. Er riskierte einen Blick und sah sie in die Zelle treten. Als er sich wieder wegdrehte, sah er die Faust auf sich zukommen, und er fiel mit an drei Stellen gebrochenem Kiefer zu Boden.

3

Cormack hatte denselben vernichtenden Schlag abbekommen, aber er war bereits am Straucheln gewesen, als er kam, und daher hatte er ihn nicht in tiefe Bewußtlosigkeit versetzt, sondern lediglich in eine Benommenheit, aus der er sich sehr schnell wieder wachrüttelte. Er schleppte sich zur Tür und richtete sich dort Handbreit um Handbreit auf. Dann stolperte er auf die Straße hinaus. Der Stoßverkehr der Pendler hatte nachgelassen, aber es fuhren immer noch Fahrzeuge in beide Richtungen, und der Anblick eines Polizisten ohne Zehen, der mit erhobenen Armen mitten auf die Straße stolperte, reichte aus, den fließenden Verkehr quietschend zum Stillstand zu bringen.

Aber Cormack verspürte den verspäteten Schock seiner selbst zugefügten Verletzung, der seinem Körper zu schaffen machte, während die Fahrer und Beifahrer aus ihren Lastwagen und Autos ausstiegen und ihm zu Hilfe eilten. Die Worte, die die Helfenden zu ihm sprachen, erreichten seinen benommenen Verstand als Unsinn.

Er dachte (hoffte), jemand hätte gesagt:

»Ich hole ein Gewehr.«

Aber er war nicht sicher.

Er hoffte (betete), daß seine lallende Zunge ihnen gesagt hätte, wo sie die Verbrecher finden könnten, aber da war er noch weniger sicher.

Doch wie die Leute um ihn herum, wußte er, daß sein blutender Fuß eine Spur hinterlassen haben mußte, die sie zu den Eindringlingen führen würde. Er verlor beruhigt das Bewußtsein.

4

»Boone«, sagte sie.

Sein hagerer, bis zur Taille nackter Körper – vernarbt, eine Brustwarze fehlte – erschauerte, als sie seinen Namen aussprach. Aber er sah nicht zu ihr auf.

»Machen Sie ihm Beine, ja?«

Narcisse stand unter der Tür und sah den Gefangenen an.

»Solange Sie mich anschreien sicher nicht«, sagte sie zu ihm. »Lassen Sie uns ein wenig allein, hm?«

»Keine Zeit für Ficki-ficki.«

»Verschwinden Sie.«

»Schon gut.« Er hob die Arme, eine spöttisches Geste der Kapitulation. »Ich gehe.«

Er machte die Tür zu. Jetzt waren nur noch sie und Boone da. Der Tote und die Lebende.

»Steh auf«, sagte sie zu ihm.

Er schlotterte nur.

»Würdest du bitte aufstehen?« sagte sie. »Wir haben nicht viel Zeit.«

»Dann laß mich hier«, sagte er.

Sie übersah das Selbstmitleid, aber nicht die Tatsache, daß er sein Schweigen gebrochen hatte.

»Sprich mit mir«, sagte sie.

»Du hättest nicht zurückkommen sollen«, sagte er, und aus jedem seiner Worte sprach Niedergeschlagenheit. »Du hast dich unnötig in Gefahr gebracht.«

Damit hatte sie nicht gerechnet. Vielleicht mit Zorn darüber, daß sie ihn im Sweetgrass Inn zurückgelassen hatte, damit er festgenommen würde. Vielleicht sogar Argwohn, daß sie mit jemandem aus Midian zurückgekommen war. Aber nicht mit dieser stammelnden, gebrochenen Kreatur, die wie ein Boxer, der ein Dutzend Kämpfe zuviel hinter sich hat, in einer Ecke kauerte. Wo war der Mann, den sie im Inn gesehen hatte, der vor ihren Augen die Beschaffenheit seines Fleisches selbst verändert hatte? Wo war die beiläufige Kraft, die sie gesehen hatte; und der Appetit? Er schien kaum imstande zu sein, den eigenen Kopf zu heben, geschweige denn, Fleisch an die Lippen.

Plötzlich wurde ihr klar, daß genau das das Problem war. Dieses verbotene Fleisch.

»Ich schmecke es immer noch«, sagte er.

Seine Stimme drückte soviel Scham aus; den Menschen in ihm ekelte es vor dem Ding, das er geworden war.

»Dich trifft keine Verantwortung«, sagte sie ihm. »Du warst nicht bei dir.«

»Jetzt bin ich es«, antwortete er. Sie sah, daß sich seine Nägel in die Unterarmmuskeln gruben, als würde er sich selbst unten halten. »Ich werde nicht mitgehen. Ich werde hier warten, bis sie kommen und mich aufknüpfen.«

»Das wird gar nichts nützen, Boone«, erinnerte sie ihn.

»*Jesus*...« Das Wort verfiel zu Tränen. »Weißt du alles?«

»Ja, Narcisse hat es mir gesagt. Du bist tot. Also warum möchtest du dich hängen lassen? Sie können dich nicht töten.«

»Sie werden einen Weg finden«, sagte er. »Mir den Kopf abschneiden. Das Gehirn rauspusten.«

»Sag so etwas nicht.«

»Sie müssen mich töten, Lori. Mich von meinem Elend erlösen.«

»Ich will nicht, daß du von deinem Elend erlöst wirst«, sagte sie.

»Aber ich!« antwortete er und sah sie zum ersten Mal an. Als sie sein Gesicht sah, fiel ihr ein, wie viele in ihn vernarrt gewesen waren, und sie begriff den Grund. Das Leid konnte keine überzeugenderen Fürsprecher haben als seine Knochen, seine Augen.

»Ich will *heraus*«, sagte er. »Heraus aus diesem Körper. Heraus aus diesem Leben.«

»Das kannst du nicht. Midian braucht dich. Es wird zerstört, Boone.«

»Dann laß es! Laß es zerstört werden. Midian ist nur ein Loch im Boden, in dem Geschöpfe hausen, die sich hinlegen und tot sein sollten. Das wissen sie, alle. Sie haben nur nicht genügend Mumm, das Richtige zu tun.«

»Nichts ist richtig«, hörte sie sich sagen (wie weit war sie gekommen, zu dieser nüchternen Relativität), »nur das, was man fühlt und weiß.«

Seine gelinde Wut flaute ab. Die Traurigkeit, die ihr folgte, war umfassender denn je.

»Ich *fühle* mich tot«, sagte er. »Ich *weiß* nichts.«

»Das stimmt nicht«, antwortete sie und machte die ersten Schritte auf ihn zu, seit sie die Zelle betreten hatte. Er zuckte zurück, als erwartete er, daß sie ihn schlagen würde.

»Du *weißt*, wer ich bin«, sagte sie. »Du *fühlst* mich.«

Sie ergriff seinen Arm und zog ihn zu sich. Er hatte keine Zeit, die Faust zu ballen. Sie legte seine Handfläche auf ihren Bauch.

»Glaubst du, du stößt mich ab? Glaubst du, du erfüllst mich mit Entsetzen? Nein, Boone.«

Sie zog seine Hand zu ihren Brüsten hoch.

»Ich will dich immer noch, Boone. Midian will dich auch, aber ich will dich noch mehr. Ich will dich kalt, wenn du es bist. Ich will dich tot, wenn du es bist. Und ich *werde zu dir kommen*, wenn du nicht zu mir kommst. Ich lasse mich von ihnen erschießen.«

»*Nein*«, sagte er.

Jetzt hielt sie seine Hand nur noch leicht fest. Er hätte sie wegziehen können, berührte sie aber weiter, und nur der dünne Stoff ihrer Bluse war dazwischen. Sie wünschte sich, sie hätte sie durch

Willenskraft allein auflösen können, damit seine Hand die Haut zwischen ihren Brüsten streicheln konnte.

»Früher oder später werden sie uns verfolgen«, sagte sie.

Sie bluffte nicht. Draußen waren Stimmen zu hören. Ein Lynch-Mob versammelte sich. Monster *waren* vielleicht ewig. Aber ihre Verfolger auch.

»Sie werden uns beide vernichten, Boone. Dich für das, was du bist. Und mich, weil ich dich liebe. Und ich werde dich nie mehr in den Armen halten können. Das will ich nicht, Boone. Ich will nicht, daß wir Staub im selben Wind sind. Ich möchte, daß wir *Fleisch* sind.«

Ihre Zunge war ihren Absichten zuvorgekommen. Sie hatte es nicht so überdeutlich aussprechen wollen. Aber jetzt war es heraus, und es stimmte. Sie schämte sich nicht dafür.

»Ich werde nicht zulassen, daß du mich verleugnest, Boone«, sagte sie zu ihm. Die Worte wurde zu ihrem inneren Motor. Sie trieben ihre Hände zu Boones Kopf. Sie packte eine Faust dichtes Haar.

Er wehrte sich nicht. Statt dessen schloß sich seine Hand auf ihrer Brust um die Bluse, und er sank vor ihr auf die Knie, drückte das Gesicht in ihren Schritt und leckte, als wollte er ihr mit der Zunge die Kleider durchscheuern und mit Speichel und Seele gleichzeitig in sie eindringen.

Sie war unter dem Stoff feucht. Er roch, wie heiß sie nach ihm war. Wußte, daß sie nicht gelogen hatte. Er küßte ihre Fotze – oder den Stoff, der ihre Fotze verhüllte, immer und immer und immer wieder.

»Vergib dir selbst, Boone«, sagte sie.

Er nickte.

Sie umklammerte sein Haar fester und zog ihn von der Wonne ihres Geruchs weg.

»*Sag es*«, forderte sie ihn auf. »*Sag, daß du dir selbst vergibst.*«

Er sah von seinem Vergnügen auf, und sie sah, noch bevor er den Mund aufmachte, daß die Last der Scham aus seinem Gesicht verschwunden war. Sie sah die Augen des Monsters hinter seinem unerwarteten Lächeln, *dunkel*, und sie wurden noch dunkler, als er danach stöberte.

Der Ausdruck bereitete ihr Schmerzen.

»Bitte...« murmelte sie, »...liebe mich.«

Er zog an ihrer Bluse. Sie riß. Seine Hand glitt mit einer ge-
schmeidigen Bewegung in den Riß und unter den BH zur Brust.
Das war natürlich Wahnsinn. Der Mob würde sie erwischen,
wenn sie sich nicht schleunigst aus dem Staub machten. Aber es
war ja in erster Linie Wahnsinn gewesen, der sie in diesen Kreis
von Staub und Fliegen gezogen hatte; weshalb sollte es sie überraschen, daß ihre Reise sie im Kreis herum zu diesem neuen Wahnsinn geführt hatte? Dies war besser als ein Leben ohne ihn. Dies
war besser als praktisch alles andere.

Er erhob sich auf die Beine, holte ihre Brust aus dem Versteck,
preßte den kalten Mund auf ihren heißen Nippel, biß ihn, leckte
ihn, ein perfektes Zusammenspiel von Zunge und Zähnen. Der
Tod hatte ihn zum Liebhaber gemacht. Hatte ihm das Wissen um
Leidenschaft vermittelt, und wie man sie weckte; hatte ihn mit
den Geheimnissen des Körpers vertraut gemacht. Er war überall
um sie herum, drängte die Hüften mit langsamen, kreisenden Bewegungen gegen ihre – glitt mit der Zunge von der Brust zum
Grübchen zwischen den Schlüsselbeinen und weiter die Kuppe
ihres Halses hinauf zum Kinn und zum Mund.

Sie hatte nur einmal in ihrem Leben ein so verzehrendes Verlangen verspürt. In New York hatte sie vor Jahren einen Mann kennengelernt und mit ihm gefickt, dessen Namen sie nie erfahren
hatte, dessen Hände und Lippen sie aber besser gekannt zu haben
schienen als sie selbst.

»Gehst du mit was trinken?« hatte sie gesagt, als sie sich voneinander gelöst hatten.

Er hatte fast mitleidig *nein* gesagt, als wäre jemand, der die Re-
geln so wenig kannte, für Kummer prädestiniert. Also hatte sie
ihm einfach zugesehen, wie er sich angezogen hatte und gegangen war – wütend auf sich selbst, weil sie gefragt hatte, und wütend auf ihn wegen seiner einstudierten Unbeteiligtheit. Aber in
den darauffolgenden Wochen hatte sie mehrmals von ihm ge-
träumt, hatte ihre verkommenen Augenblicke miteinander erneut
durchlebt und sich nach ihnen gesehnt.

Hier hatte sie sie. Boone war der vervollkommenste Liebhaber
von jener dunklen Ecke. Kalt und fiebrig, drängend und beherrscht. Diesmal kannte sie seinen Namen; aber er war ihr trotz-

dem fremd. Und sie spürte, wie dieser andere Liebhaber, und alle anderen vor ihm und nach ihm, im Taumel seiner Leidenschaft und ihrem Verlangen nach ihm verbrannt wurden. Jetzt war nur noch ihre Asche in ihr – wo zuvor ihre Schwänze und Zungen gewesen waren –, und sie besaß vollkommene Macht über sie.

Boone machte den Reißverschluß auf. Sie nahm sein Glied in die Hand. Jetzt war er es, der seufzte, als sie mit den Fingern an der Unterseite seiner Erektion entlangstrich, von den Eiern bis zu der Stelle, wo der Ring seiner Beschneidungsnarbe ein Körnchen zarten Fleisches bildete. Dort streichelte sie ihn, winzige Bewegungen, die sie denen seiner Zunge zwischen ihren Lippen anglich. Dann war, einem plötzlichen gemeinsamen Impuls folgend, die Zeit des Aufreizens vorbei. Er hob ihren Rock und riß an der Unterwäsche, seine Finger glitten dorthin, wo vor kurzer Zeit erst ihre eigenen gewesen waren. Sie stieß ihn gegen die Wand; zog seine Jeans bis zur Schenkelmitte herunter. Dann legte sie einen Arm um seine Schulter und genoß mit der anderen Hand noch einmal kurz die Sanftheit seines Schwanzes, bevor sie ihn einführte. Er widersetzte sich ihrer Schnelligkeit, ein köstlicher Krieg der Begierde, der sie innerhalb von Sekunden zum Schreien brachte. Sie war noch nie so offen gewesen, hatte es auch noch nie sein müssen. Er füllte sie zum Überlaufen aus.

Dann ging es richtig los. Nach den Versprechungen – der Beweis. Er stemmte den Rücken gegen die Wand und bewegte sich so, daß er tiefer in sie rammen konnte, wobei ihr Gewicht selbst beharrlich war. Sie leckte sein Gesicht. Er grinste. Sie spuckte ihn an. Er lachte und spuckte zurück.

»Ja«, sagte sie. »Ja. *Mach weiter. Ja.*«

Sie konnte nur Bejahungen hervorbringen. Ja zu seinem Speichel; ja zu seinem Schwanz; ja zu diesem Leben im Tod und dem Spaß am Leben im Tod, für alle Zeiten.

Seine Lenden gaben die Antwort unvorstellbar süß; wortlose Bewegungen mit zusammengebissenen Zähnen und gerunzelter Stirn. Sein Gesichtsausdruck versetzte ihre Fotze in Zuckungen. Zu sehen, wie er die Augen vor ihrer Lust verschloß; zu wissen, daß der Anblick ihrer Wonne ihn zu nahe daran brachte, die Fassung zu verlieren. Sie hatten solche Macht übereinander. Sie verlangte seine Bewegungen mit eigenen Bewegungen, eine Hand klemmte sich am Backstein neben seinem Kopf fest, damit sie sich an seinem Oberkörper entlang aufrichten und von neuem pfählen konnte. Es gab keinen köstlicheren Schmerz. Sie wünschte sich, es würde nie aufhören.

Aber von der Tür ertönte eine Stimme. Sie konnte sie durch das Heulen in ihrem Kopf hören.

»Schnell.«

Es war Narcisse.

»Schnell.« Boone hörte ihn auch; und den Lärm hinter seiner Stimme, als sich die Lyncher zusammenrotteten. Er paßte sich ihrem neuen Rhythmus an; schneller, um ihrem Langsamerwerden entgegenzuwirken.

»Mach die Augen auf«, sagte sie.

Er gehorchte, grinste aber über den Befehl. Ihr in die Augen zu sehen war zuviel für ihn. Zuviel für sie, in seine zu sehen. Der Pakt war geschlossen; sie trennten sich voneinander, bis ihre Fotze nur noch an der Spitze seines Schwanzes saugte – der so glitschig war, daß er aus ihr herauszugleiten drohte –, dann näherten sie sich einander zum letzten Stoß.

Die Lust ließ sie aufschreien, aber er erstickte ihren Schrei mit der Zunge und versiegelte ihre Ausbrüche in ihren Mündern. Anders unten. Nach Monaten endlich befreit, floß sein Samen über und rann an ihren Schenkeln hinab, sein Weg war kälter als seine Kopfhaut oder seine Küsse.

Narcisse war es, der sie aus ihrer Welt der zwei in die der vielen zurückholte. Die Tür war offen. Er sah ihnen ohne Verlegenheit zu.

»Fertig?« wollte er wissen.

Boone ließ die Lippen auf denen von Lori kreisen, verschmierte ihren Speichel von einer Wange zur anderen.

»Vorerst«, sagte er und sah nur sie an.

»Können wir dann gehen?« sagte Narcisse.

»Wann immer. Wohin auch immer.«

»Midian«, lautete die sofortige Antwort.

»Dann Midian.«

Die Liebenden trennten sich voneinander. Lori zog die Unterwäsche hoch. Boone bemühte sich, seinen immer noch steifen Schwanz in den Reißverschluß zu bekommen.

»Draußen hat sich eine gewaltige Menge versammelt«, sagte Narcisse. »Wie sollen wir an denen vorbeikommen?«

»Sie sind alle gleich...« sagte Boone, »...alle ängstlich.«

Lori, die Boone den Rücken zugewendet hatte, verspürte eine Veränderung in der Atmosphäre um sie herum. Ein Schatten kroch rechts und links an den Wänden empor, breitete sich über ihren Rücken aus, küßte ihren Hals, das Rückgrat, die Pobacken und was dazwischen lag. Es war Boones Dunkelheit. Er erfüllte sie in ihrer ganzen Länge und Breite.

Selbst Narcisse war fassungslos.

»Verfluchte Scheiße«, murmelte er, dann stieß er die Tür weit auf, um die Nacht hinauszulassen.

5

Der Mob brannte darauf, seinen Spaß zu haben. Diejenigen, die Gewehre und Waffen besaßen, hatten sie aus den Autos geholt; diejenigen, die das Glück hatten, mit Stricken im Auto zu reisen, machten Knoten; diejenigen, die keine Stricke oder Waffen hatten, hoben Steine auf. Zur Rechtfertigung brauchten sie nichts weiter als die verstreuten Überreste von Cormacks Fuß, die auf dem Boden des Reviers verteilt waren. Die Anführer der Gruppe – die sich sofort durch natürliche Auslese herauskristallisiert hatten (sie hatten lautere Stimmen und stärkere Waffen) – schritten gerade über den roten Boden, als ein Geräusch aus der Gegend der Zellen ihre Aufmerksamkeit auf sich lenkte.

Jemand im hinteren Teil der Menge schrie: »*Knallt die Dreckskerle ab!*«

Die nach einem Ziel suchenden Augen des Anführers erblickten nicht zuerst Boones Schatten. Sie erblickten Narcisse. Sein entstelltes Gesicht verleitete mehrere aus der Meute zu Ausrufen des Ekels, andere zu Rufen nach Vernichtung.

»*Erschießt den Wichser!*«

»*Mitten ins Herz!*«

Die Anführer zögerten nicht. Drei feuerten. Einer traf den Mann, die Kugel erwischte Narcisse an der Schulter und ging direkt durch sie hindurch. Der Mob jubelte. Von diesem ersten Erfolg ermutigt, strömten sie in noch größerer Zahl ins Revier, die hinteren Reihen waren begierig, Blut zu sehen, die in den ersten Reihen bekamen die Tatsache, daß das Opfer nicht einen Tropfen vergossen hatte, größtenteils gar nicht mit. Er war auch nicht gestürzt; *das* sahen sie. Jetzt handelten zwei oder drei, um das ins reine zu bringen, und feuerten eine Salve auf Narcisse ab. Die meisten Schüsse gingen fehl, aber nicht alle.

Doch als die dritte Kugel ihr Ziel traf, erschütterte ein Wutschrei den Raum, zerschmetterte die Lampe auf dem Schreibtisch und ließ Verputz von der Decke regnen.

Als sie ihn hörten, änderten einer oder zwei derjenigen, die gerade über die Schwelle traten, ihre Meinung. Sie dachten plötzlich nicht mehr daran, was ihre Nachbarn von ihnen halten mochten, und drängten ins Freie. Auf der Straße war es noch hell; die Wärme reichte aus, den kalten Schauer der Angst zu vertreiben, der jedem Menschen, der den Schrei gehört hatte, über den Rücken lief. Aber für die ersten des Mobs gab es kein Zurückweichen. Die Tür war blockiert. Sie konnten lediglich ihre Position verteidigen und die Waffen bereithalten, als der aus dem hinteren Teil des Reviers trat, der den Schrei ausgestoßen hatte.

Einer der Männer war am Vormittag Zeuge am Sweetgrass Inn gewesen und erkannte in dem Mann, der jetzt zum Vorschein kam, den festgenommenen Killer. Kannte auch seinen Namen.

»Das ist er!« schrie er. »Das ist Boone!«

Der Mann, der den ersten Schuß abgefeuert hatte, der Narcisse traf, zielte mit dem Gewehr.

»*Legt ihn um!*« schrie jemand.

Der Mann feuerte.

Man hatte schon häufig auf Boone geschossen. Diese winzige Kugel, die in seine Brust eindrang und sein stummes Herz kitzelte, war gar nichts. Er lachte darüber und ging weiter, und er spürte die Veränderung, noch während er sie ausatmete. Seine Substanz war flüssig; sie zerstob zu Tröpfchen und wurde zu etwas Neuem; teilweise zu der Bestie, die er von Peloquin geerbt hatte, teilweise zu einem Schattenkrieger wie Lylesburg; teilweise zu Boone dem Wahnsinnigen, der endlich Frieden mit seinen Visionen geschlossen hatte. Oh! Die Freude zu sehen, wie diese

Möglichkeit freigesetzt, wie ihr vergeben wurde; das Vergnügen, über diese menschliche Herde zu kommen und zu sehen, wie sie vor ihm flüchtete.

Er roch ihre Hitze und gierte danach. Er sah ihr Entsetzen, das ihm Kraft gab. Diese Leute stahlen solche Autorität für sich. Schwangen sich zu Richtern über Natürlich und Unnatürlich, Gut und Böse auf, rechtfertigten ihre Grausamkeit mit scheinheiligen Gesetzen. Nun sahen sie ein einfacheres Gesetz am Wirken, während ihre Eingeweide sich an ihre älteste Angst erinnerten: die Angst, *Beute* zu sein.

Sie flohen vor ihm, und in ihren ungestümen Reihen machte sich Panik breit. Die Gewehre und Steine wurden im Chaos vergessen, als sich Schreie nach Blut in Schreie nach Flucht verwandelten. Sie trampelten einander in ihrer Hast nieder, sie schlugen um sich und erkämpften sich einen Weg ins Freie.

Einer der Bewaffneten blieb stehen, oder aber der Schock nagelte ihn auf der Stelle fest. Wie auch immer, Boones anschwellende Hand riß ihm das Gewehr aus den Händen, und der Mann stürzte sich in die Menschentraube, um einer weiteren Konfrontation zu entkommen.

Draußen, auf der Straße, herrschte noch Tageslicht, und Boone graute davor, dort hinauszugehen, aber Narcisse hatte solche Hemmungen nicht. Nachdem der Weg frei war, schritt er hinaus in die Helligkeit und drängte sich unbemerkt durch die flüchtende Menge zum Auto.

Boone konnte sehen, daß sich draußen einige Kräfte neu gruppierten. Eine Menschentraube auf dem gegenüberliegenden Gehweg – vom Sonnenschein und der Entfernung von der Bestie ermutigt – unterhielt sich hitzig miteinander, als würden sie streiten. Fallengelassene Waffen wurden vom Boden aufgehoben. Es war nur eine Frage der Zeit, bis der Schock angesichts von Boones Verwandlung abklang und sie ihren Angriff von neuem anfingen.

Aber Narcisse war schnell. Als Lori die Tür erreichte, saß er schon im Auto und hatte es angelassen. Boone hielt sie zurück, die Berührung seines Schattens (den er wie Rauch hinter sich herzog) reichte völlig aus, den letzten Rest von Angst vor seinem verwandelten Fleisch, den sie noch gehabt haben mochte, zu vertreiben. Sie stellte sich sogar vor, wie es sein würde, in dieser neuen Gestalt mit ihm zu ficken; für den Schatten und die Bestie in seinem Herzen die Beine breitzumachen.

Jetzt kam das Auto in einer Wolke seiner eigenen Ausdünstungen quietschend vor der Tür zum Stillstand.

»*Geh!*« sagte Boone und stieß sie durch die Tür. Sein Schatten wallte über den Gehweg, um die Sicht des Feindes zu beeinträchtigen. Mit gutem Grund. Ein Schuß zerriß die Heckscheibe, während sie sich ins Auto warf; ein Steinhagel folgte.

Boone war bereits neben ihr und schlug die Tür zu.

»Sie werden uns verfolgen!« sagte Narcisse.

»Laß sie«, war Boones Antwort.

»Nach Midian?«

»Das ist jetzt kein Geheimnis mehr.«

»Stimmt.«

Narcisse trat das Bein durch, und das Auto schoß davon.

»Wir führen sie in die Hölle«, sagte Boone, als vier Fahrzeuge die Verfolgung aufzunehmen begannen, »wenn sie dorthin wollen.«

Seine Stimme drang kehlig aus dem Rachen der Kreatur, zu der er geworden war, aber das Lachen, das folgte, war Boones Lachen, als hätte es schon immer zu dieser Bestie gehört; ein ekstatischerer Humor als seine menschliche Natur beherbergen konnte, der endlich seinen Zweck und sein Gesicht gefunden hatte.

XXII

TRIUMPH DER MASKE

1

Wenn er niemals wieder einen Tag wie heute erleben würde, dachte Eigerman, würde er sich vor dem Herrn über wenig zu beschweren haben, wenn er schließlich zu ihm gerufen würde. Zuerst der Anblick von Boone in Ketten. Dann hatte er das Kind herausgetragen, vor die Kameras, und gewußt, morgen früh würde sein Gesicht in jeder Zeitung des Landes zu sehen sein. Und jetzt dies: der herrliche Anblick von Midian in Flammen.

Es war Pettines Einfall gewesen, und zwar ein verdammt guter, brennendes Benzin in die Grüfte zu schütten, um ans Licht herauszutreiben, was sich unter der Erde versteckte. Das hatte besser funktioniert als sie erwartet hatten. Als der Rauch dicker geworden war und das Feuer sich ausgebreitet hatte, hatte der Feind keine andere Wahl mehr gehabt, als seine Schlangengrube zu verlassen und ins Freie zu kommen, wo das Sonnenlicht vielen auf der Stelle den Garaus gemacht hatte.

Aber nicht allen. Manche hatten Zeit gehabt, ihre Flucht vorzubereiten, und hatten sich mit den verzweifelten Mitteln geschützt, die ihnen eben zur Verfügung standen. Aber ihre Erfindungsgabe nützte ihnen nichts. Der Gottesacker war abgeriegelt, die Tore bewacht, die Mauern bemannt. Da sie nicht mit Schwingen und vor dem Sonnenlicht geschützten Köpfen himmelwärts fliegen konnten, wurden sie ins Flammenmeer zurückgetrieben.

Unter anderen Umständen hätte Eigerman den Spaß, den ihm das Schauspiel machte, vielleicht nicht ganz so offen zur Schau gestellt. Aber diese Kreaturen waren nicht menschlich – soviel konnte man selbst aus der Ferne sehen. Sie waren mißgestaltete Wichser, keiner glich dem anderen, und er war sicher, die Heiligen selbst hätten über ihre Ausrottung gelacht. Schließlich war es der Sport des Herrn selbst, den Teufel zu besiegen.

Doch es konnte nicht ewig so weitergehen. Bald würde die

Nacht einbrechen. Wenn das geschah, würde ihr bester Schutz vor dem Feind untergehen, und das Blatt mochte sich wenden. Sie werden das Freudenfeuer über Nacht brennen lassen und am nächsten Morgen wiederkommen müssen, um die Überlebenden aus ihren Nischen zu graben und zu erledigen. Wenn Kreuze und Weihwasser die Mauern und Tore sicherten, war die Chance gering, daß welche vor Tagesanbruch entkommen könnten. Er war nicht sicher, welche Kräfte die Monster im Zaum hielten: Feuer, Wasser, Tageslicht, Glaube: alle, oder eine Mischung davon. War auch nicht wichtig. Ihn kümmerte nur, daß er die Macht hatte, ihnen die Köpfe zu spalten.

Ein Ruf von unten am Hügel unterbrach Eigermans Gedankenkette.

»*Sie müssen damit aufhören!*«

Es war Ashberry. Er sah aus, als wäre er zu nahe an den Flammen gewesen. Sein Gesicht war halb gekocht und schweißgebadet.

»*Womit aufhören?*« rief Eigerman zurück.

»Mit diesem Massaker.«

»Ich sehe kein Massaker.«

Ashberry stand nur ein paar Meter von Eigerman entfernt, trotzdem mußte er schreien, um sich über den Lärm von unten hinweg verständlich zu machen: Das Toben der Freaks und des Feuers wurde ab und zu von einem lauteren Lärm unterbrochen, wenn die Hitze eine Grabplatte zum Bersten brachte oder ein Mausoleum einstürzte.

»*Sie haben keine Chance!*« brüllte Ashberry.

»Sollen sie auch nicht«, legte Eigerman dar.

»Aber Sie wissen nicht, wer da unten ist! Eigerman! ... *Sie wissen nicht, wen Sie umbringen!*«

Der Chef grinste.

»Das weiß ich verdammt gut«, sagte er mit einem Ausdruck in den Augen, wie ihn Ashberry bisher nur bei tollen Hunden gesehen hatte. »Ich töte die Toten, und was kann daran falsch sein? Hm? *Antworten Sie, Ashberry.* Was kann falsch daran sein, wenn man die Toten zwingt, sich hinzulegen und *tot zu bleiben*?«

»Es sind Kinder dort unten, Eigerman«, antwortete Ashberry und deutete mit dem Finger in Richtung Midian.

»O ja. Mit Augen wie Scheinwerfer! Und Zähnen! Haben Sie die Zähne von diesen Pissern gesehen? Das sind Kinder des Teufels, Ashberry.«

»Sie haben den Verstand verloren.«

»Sie haben nicht genügend Mumm, das zu glauben, oder? Dazu haben Sie überhaupt nicht den Mumm!«

Er schritt auf den Priester zu und packte die schwarze Soutane.

»Vielleicht sind Sie *ihnen* ähnlicher als uns«, sagte er. »Ist es das, Ashberry? Vernehmen Sie den Ruf der Wildnis, ja?«

Ashberry wand seine Kleidung aus Eigermans Griff. Sie riß.

»Also gut . . .« sagte er. »Ich habe versucht, vernünftig mit Ihnen zu reden. Wenn Sie so gottesfürchtige Henker haben, dann kann ein Mann Gottes sie vielleicht aufhalten.«

»Lassen Sie meine Männer in Ruhe!« sagte Eigerman.

Aber Ashberry war bereits halb den Hügel hinab, und seine Stimme hallte über den Tumult.

»*Aufhören!*« rief er. »*Legt die Waffen nieder!*«

Er stand vor dem Haupttor, gewissermaßen in Bühnenmitte, und konnte von vielen Männern Eigermans gesehen werden, und obwohl viele seit ihrer Taufe oder Hochzeit keine Kirche mehr betreten hatten, hielten sie jetzt inne und hörten zu. Sie wollten eine Erklärung für alles, was sie innerhalb der vergangenen Stunde gesehen hatten; Dinge, die sie mit Freuden hinter sich gelassen hätten, hätte nicht ein Drang, den sie kaum als ihren eigenen erkannten, sie veranlaßt, an den Mauern zu bleiben und Gebete aus Kindertagen zu sprechen.

Eigerman wußte, sie standen nur aufgrund einer Verpflichtung loyal zu ihm. Sie gehorchten ihm nicht, weil sie das Gesetz liebten. Sie gehorchten, weil sie mehr Angst davor hatten, vor den Augen ihrer Freunde den Rückzug anzutreten, als die Arbeit zu tun. Sie gehorchten, weil sie die Ameise-unter-dem-Mikroskop-Faszination nicht unterdrücken konnten, mit anzusehen, wie hilflose Wesen gequält wurden. Sie gehorchten, weil es einfacher war als nicht zu gehorchen.

Ashberry konnte ihre Meinung ändern. Er hatte die entsprechende Kleidung und verfügte über die geeigneten Worte. Wenn er ihn nicht aufhielt, konnte er den Tag noch verderben.

Eigerman holte die Pistole aus dem Halfter und folgte dem Priester abwärts. Ashberry sah ihn kommen, sah die Pistole in seiner Hand.

Er sprach noch etwas lauter.

»Dies ist nicht Gottes Wille!« brüllte er. »Und es ist auch nicht euer Wille. Ihr wollt nicht das Blut Unschuldiger vergießen.«

Bis zum bitteren Ende, Priester, dachte Eigerman, immer Schuld verteilen.

»Halt den Mund, Wurm!« brüllte er.

Ashberry hatte nicht die Absicht, das zu tun; hatte er doch sein Publikum fest im Griff.

»Das da drinnen sind keine Tiere!« sagte er. »Es sind Menschen. Und ihr bringt sie nur um, weil es euch dieser Wahnsinnige befiehlt.«

Seine Worte hatten selbst bei den Atheisten Gewicht. Er verlieh einem Zweifel Ausdruck, den mehr als einer gehabt, aber keiner auszusprechen gewagt hatte. Ein halbes Dutzend der Nichtuniformierten ging zu den Autos zurück; ihr Spaß an der Vernichtung war ihnen gründlich verdorben worden. Auch einer von Eigermans Männern verließ seinen Posten am Tor, sein langsames Zurückweichen wurde zum Laufen, als der Chef einen Schuß in seine Richtung abfeuerte.

»*Bleiben Sie auf Ihrem Posten!*« brüllte er. Aber der Mann verschwand im Rauch.

Eigermans Wut richtete sich gegen Ashberry.

»Schlechte Nachrichten«, sagte er und ging auf den Priester zu.

Ashberry sah nach links und rechts, ob ihm jemand zu Hilfe kommen würde, aber niemand rührte sich.

»Wollt ihr zusehen, wie er mich umbringt?« flehte er sie an. »Um Himmels willen, hilft mir denn niemand?«

Eigerman legte an. Ashberry hatte nicht die Absicht zu versuchen, vor der Kugel davonzulaufen. Er sank auf die Knie.

»Vater unser...« begann er.

»Du bist ganz allein, Schwanzlutscher«, schnurrte Eigerman. »Niemand hört dir zu.«

»Das stimmt nicht«, sagte jemand.

»Hm?«

Das Gebet verstummte.

»*Ich* höre zu.«

Eigerman wandte dem Priester den Rücken zu. Zehn Meter von ihm entfernt ragte eine Gestalt aus dem Rauch auf. Er richtete die Waffe auf den Neuankömmling.

»Wer sind Sie?«

»Die Sonne ist beinahe untergegangen«, sagte der andere.

»Noch ein Schritt, und ich erschieße Sie.«

»Schießen Sie doch«, sagte der Mann und machte einen Schritt auf die Pistole zu. Die Rauchschwaden, die ihn verhüllten, wurden fortgeweht, und der Gefangene aus Zelle fünf schritt mit strahlendem Gesicht und noch strahlenderen Augen auf Eigerman zu. Er war splitternackt. Er hatte ein Einschußloch mitten auf der Brust, dazu weitere Verletzungen, die seinen Körper verzierten.

»Tot«, sagte Eigerman.

»Stimmt.«

»Heiliger Herrgott.«

Er wich einen Schritt zurück, dann noch einen.

»Noch schätzungsweise zehn Minuten bis Sonnenuntergang«, sagte Boone. »Dann gehört die Welt uns.«

Eigerman schüttelte den Kopf.

»Mich bekommt ihr nicht«, sagte er. »Ich werde nicht zulassen, daß ihr mich bekommt.«

Er wich immer schneller zurück, und plötzlich floh er hastig und sah sich nicht noch einmal um. Hätte er es getan, hätte er festgestellt, daß Boone nicht an einer Verfolgung interessiert war. Er schritt statt dessen auf die belagerten Pforten von Midian zu. Dort kniete Ashberry immer noch auf dem Boden.

»*Stehen Sie auf*«, sagte Boone zu ihm.

»Wenn Sie mich umbringen wollen, dann tun Sie es, ja?« sagte Ashberry. »Bringen Sie es hinter sich.«

»Warum sollte ich Sie umbringen?« sagte Boone.

»Ich bin Priester.«

»Und?«

»Sie sind ein Monster.«

»Sie nicht?«

Ashberry sah zu Boone auf.

»Ich?«

»Sie tragen Spitzen unter der Soutane«, sagte Boone.

Ashberry zog den Riß in der Soutane zu.

»Warum verstecken Sie es?«

»Lassen Sie mich in Ruhe.«

»Vergeben Sie sich selbst«, sagte Boone. »Das habe ich auch getan.«

Er schritt an Ashberry vorbei zum Tor.

»Warten Sie!« sagte der Priester.

»Ich an Ihrer Stelle würde mich aus dem Staub machen. Sie mögen in Midian keine Priesterkleidung. Schlechte Erinnerungen.«

»Ich möchte zusehen«, sagte Ashberry.

»Warum?«

»Bitte. Nehmen Sie mich mit.«

»Auf Ihre Verantwortung.«

»Die übernehme ich.«

2

Aus der Ferne war schwer zu erkennen, was vor dem Friedhofstor vor sich ging, aber für den Doktor stand zweierlei fest: Boone war zurückgekommen, und er hatte Eigerman irgendwie in die Flucht geschlagen. Als er sein Erscheinen mitbekommen hatte, hatte Decker in einem Polizeifahrzeug Unterschlupf gesucht. Dort saß er jetzt, Aktentasche in der Hand, und dachte über seine nächsten Schritte nach.

Das war nicht leicht, da zwei Stimmen verschiedene Vorschläge vorbrachten. Seine öffentliche Persönlichkeit verlangte Rückzug, bevor die Ereignisse noch gefährlicher wurden.

Geh jetzt, sagte sie. *Fahr einfach weg. Laß sie alle miteinander sterben.*

Das war klug. Da die Nacht fast gekommen und Boone zu ihrer Unterstützung eingetroffen war, konnten Midians Einwohner immer noch triumphieren. Wenn das geschah und sie Decker fänden, würden sie ihm das Herz aus der Brust reißen.

Aber eine weitere Stimme verlangte seine Aufmerksamkeit.

Bleib, sagte sie.

Die Stimme der Maske, die aus der Tasche auf seinem Schoß ertönte.

Du hast mir hier schon einmal getrotzt, sagte sie.

Das hatte er, und er hatte schon dabei gewußt, daß eine Zeit kommen würde, da er es büßen müßte.

»Nicht jetzt«, flüsterte er.

Jetzt, sagte sie.

Er wußte, vernünftige Argumente kamen ihrer Gier nicht bei; und Flehen auch nicht.

Sieh dich um, sagte sie. *Es gibt Arbeit für mich.*

Was sah sie, das er nicht sah? Er blickte zum Fenster hinaus.

Siehst du sie nicht?

Jetzt entdeckte er sie. Boones Auftritt, nackt vor dem Tor, hatte ihn so fasziniert, daß er den anderen Neuankömmling gar nicht gesehen hatte: Boones Frau.

Siehst du das Flittchen? sagte die Maske.

»Ich sehe sie.«

Perfekter Zeitpunkt, hm? Wer wird in diesem Chaos sehen, wie ich sie fertigmache? Niemand. Und wenn sie nicht mehr ist, kennt niemand unser Geheimnis.

»Außer Boone.«

Der wird nicht aussagen, lachte die Maske. *Um Himmels willen, er ist ein Toter. Sag mir, was ist das Wort eines Zombies wert?*

»Nichts«, sagte Decker.

Genau. Er ist keine Gefahr für uns. Aber die Frau. Ich werde sie zum Schweigen bringen.

»Und wenn du gesehen wirst?«

Und wenn schon, sagte die Maske. *Sie werden denken, daß ich immer zum Klan von Midian gehört habe.*

»Nicht du«, sagte Decker.

Der Gedanke, daß seine kostbarste andere Persönlichkeit mit den Ausgeburten von Midian verwechselt werden könnte, erfüllte ihn mit Ekel. »Du bist rein«, sagte er.

Laß es mich beweisen, lockte die Maske.

»Nur die Frau?«

Nur die Frau. Dann gehen wir.

Er wußte, der Rat war vernünftig. Sie würden nie wieder eine bessere Gelegenheit haben, das Miststück auszuschalten.

Er machte die Aktentasche auf. Die Maske in ihrem Inneren wurde aufgeregt.

Rasch, sonst verlieren wir sie.

Seine Finger rutschten ab, als er die Zahlen des Schlosses einstellte.

Schneller, verdammt.

Die letzte Zahl rastete ein. Das Schloß schnappte auf.

Knopfauge hatte nie besser ausgesehen.

3

Boone hatte Lori zwar befohlen, bei Narcisse zu bleiben, aber der Anblick von Midian in Flammen reichte aus, ihre Gefährten vom sicheren Hügel fort und zu den Friedhofstoren zu locken. Lori begleitete ihn ein Stück, aber ihre Anwesenheit schien angesichts seines Kummers aufdringlich zu sein, daher blieb sie ein wenig zurück und verlor ihn im Rauch und der zunehmenden Dämmerung bald aus den Augen.

Die Szene vor ihr zeigte vollkommene Verwirrung. Seit Boone Eigerman davongejagt hatte, waren sämtliche Versuche, den Angriff auf den Friedhof zu beenden, eingestellt worden. Seine Männer und ihre zivilen Helfer waren von den Mauern zurückgewichen. Manche waren schon weggefahren, weil sie das fürchteten, was geschehen würde, wenn die Sonne hinter dem Horizont versank. Die meisten blieben jedoch, sie waren zwar für einen Rückzug bereit, sollte es notwendig werden, aber vom Schauspiel der Zerstörung wie hypnotisiert. Ihr Blick wanderte von einem zum anderen, sie suchte nach einem Anzeichen dafür, was sie empfanden, aber ihre Gesichter waren ausdruckslos. Sie sahen wie Totenmasken aus, dachte sie, von jeglichem Mienenspiel reingewaschen. Aber sie *kannte* die Toten inzwischen. Sie hatte unter ihnen geweilt, mit ihnen geredet. Hatte gesehen, wie sie fühlten und weinten. Doch wer waren dann die *echten* Toten? Die mit den stummen Herzen, die immer noch Leid kannten, oder ihre Peiniger mit den glasigen Augen?

Eine Lücke im Rauch offenbarte die Sonne, die am Rand des Horizonts verharrte. Das rote Licht blendete sie. Sie machte die Augen zu.

In der Dunkelheit hörte sie ein kleines Stück hinter sich schweren Atem. Sie öffnete die Augen und drehte sich mit der Gewißheit um, daß Gefahr drohte. Es war zu spät, ihr zu entgehen. Die Maske war einen Meter von ihr entfernt und kam näher.

Sie hatte nur Sekunden, bis das Messer sie traf, doch das reichte aus, die Maske zu sehen, wie sie sie noch nie vorher gesehen hatte. Hier war die Leere des Gesichts, das sie studiert hatte, vervollkommnet; der menschliche Dämon war zum Mythos geworden. Es hatte keinen Zweck, ihn *Decker* zu nennen. Es war nicht Decker. Es hatte keinen Zweck, ihm überhaupt einen Namen zu geben. Es war so unmöglich, einen Namen dafür zu finden, wie es ihr unmöglich war, ihn zu zähmen.

Er schlitzte ihren Arm auf. Einmal, dann nochmals.

Diesmal verhöhnte er sie nicht. Er war nur gekommen, um sie aus dem Weg zu schaffen.

Die Verletzungen schmerzten. Sie preßte instinktiv die Hände darauf, ihre Bewegung gab ihm Gelegenheit, die Beine unter ihr wegzutreten. Sie hatte keine Zeit, ihren Fall abzustützen. Der Aufprall trieb ihr die Luft aus den Lungen. Sie schluchzte nach Atem, während sie das Gesicht zum Boden kehrte, um es vor dem Messer zu schützen. Der Boden unter ihr schien zu beben. Sicher eine Illusion. Aber es geschah erneut.

Sie sah zur Maske auf. Auch er hatte das Beben gespürt und sah zum Friedhof. Diese Ablenkung würde ihre einzige Chance sein; sie mußte sie nutzen. Sie rollte aus seinem Schatten und sprang auf. Von Narcisse war keine Spur zu sehen und auch von Rachel nicht; und von den Totenmasken, die ihre Posten aufgegeben hatten und vom Rauch forthasteten, während das Beben intensiver wurde, war auch keine Hilfe zu erwarten. Sie richtete den Blick auf das Tor, durch das Boone gegangen war, und stolperte den Hügel hinab, wobei der staubige Boden unter ihren Füßen tanzte.

Midian war der Quell der Unruhe. Stichwort war der Sonnenuntergang und das Erlöschen des Lichts, welches die Brut unter der Erde festgehalten hatte. Ihr Lärm ließ die Erde beben, als sie ihre Zuflucht zerstörten. Was unten war, konnte nicht länger unten bleiben.

Die Nachtbrut kam empor.

Dieses Wissen brachte sie nicht von ihrem Kurs ab. Sie hatte schon vor langer Zeit ihren Frieden mit dem gemacht, was hinter dem Tor entfesselt war, und durfte auf Gnade hoffen. Was sie von dem Grauen hinter ihr, das ihr nacheilte, nicht erwarten durfte.

Jetzt erhellten nur noch die Flammen aus den Gräbern vor ihr den Weg, einen Weg, der vom Schutt der Belagerung übersät war: Benzinkanister, Schaufeln, fallen gelassene Waffen. Lori war beinahe am Tor, als sie Babette sah, die mit vor Entsetzen verzerrtem Gesicht an der Mauer stand.

»*Lauf!*« rief sie, weil sie fürchtete, die Maske würde dem Kind ein Leid zufügen.

Babette gehorchte, ihr Körper schien zu dem Tier zu schmelzen, als sie sich herumwarf und durch das Tor floh. Lori folgte ihr wenige Schritte später, aber als sie die Schwelle überschritten hatte, war das Kind bereits in den rauchverhangenen Wegen verschwunden. Hier war das Beben so stark, daß es das Gefüge der Pflastersteine zerstörte und die Mausoleen zum Einsturz brachte, als würde eine unterirdische Kraft – möglicherweise Baphomet, der Midian geschaffen hatte – die Grundmauern schütteln, um den Ort zu zerstören. Diese Gewalt hatte sie nicht erwartet; ihre Chancen, die Katastrophe zu überleben, waren gering.

Aber es war besser, in den Trümmern begraben zu werden, als sich der Maske zu ergeben. Und sich am Ende selbst zu schmeicheln, daß einem das Schicksal wenigstens zwei Möglichkeiten zu sterben offen gelassen hatte.

XXIII

DIE QUAL

1

In seiner Zelle in Shere Neck war Boone von Erinnerungen an Midians Labyrinth gequält worden. Wenn er die Augen zuge-macht hatte, war er irrend dorthin versetzt worden, und wenn er sie aufgemacht hatte, hatte er das Labyrinth in den Rillen sei-ner Fingerkuppen und den Adern seiner Arme widergespiegelt gesehen. Adern, in denen keine warme Flüssigkeit strömte; Er-innerungen an seine Schande, wie Midian auch.

Lori hatte den Bann der Verzweiflung gebrochen, sie war zu ihm gekommen und hatte nicht gefleht, sondern *gefordert*, daß er sich selbst vergab.

Als er jetzt wieder auf den Wegen wandelte, auf denen sein monströses Dasein seinen Anfang genommen hatte, spürte er ihre Liebe zu ihm wie das Leben, das sein Körper nicht mehr besaß.

Er brauchte ihren Trost in diesem Pandämonium. Die Nacht-brut vernichtete Midian nicht nur, sie löschte darüber hinaus jede Spur aus, die von ihr oder ihrem Dasein künden mochte. Er sah sie auf allen Seiten arbeiten, um zu vollenden, was Eiger-mans Geißel begonnen hatte. Sie sammelten die Überreste ihrer Toten und warfen sie in die Flammen; sie verbrannten ihre Bet-ten, ihre Kleidung, kurz alles, was sie nicht mitnehmen konn-ten.

Doch dies waren nicht die einzigen Fluchtvorbereitungen. Er erblickte die Brut in Gestalten, die zu sehen er noch niemals zu-vor die Ehre gehabt hatte: Sie entfalteten Schwingen, breiteten Gliedmaßen aus. Einer wurde zu vielen (ein Mann eine Herde), viele wurden zu einem (drei Liebende eine Wolke). Überall ringsumher Rituale des Abschieds.

Ashberry war immer noch gespannt an Boones Seite.

»Wohin gehen sie?«

»Ich bin zu spät gekommen«, sagte Boone. »Sie verlassen Midian.«

Die Platte über einem Grab flog davon, und eine geisterhafte Gestalt schoß wie eine Rakete in den nächtlichen Himmel.

»Wunderschön«, sagte Ashberry. »Was sind sie? Warum habe ich nie von ihnen erfahren?«

Boone schüttelte den Kopf. Er konnte die Brut nicht mit überkommenen Ausdrücken beschreiben. Sie gehörten nicht zur Hölle; und nicht zum Himmel. Sie waren etwas, das zu sein die Rasse, der er angehört hatte, nicht wollte oder nicht ertragen konnte; die *Nicht*-Menschen; der *Anti*-Stamm; der Sack der Menschheit aufgeschlitzt und mit dem Mond im Inneren wieder zugenäht.

Und jetzt verlor er sie – bevor er eine Chance gehabt hatte, sie kennenzulernen, und damit sich *selbst* kennenzulernen. Sie entwickelten Transportmittel in ihren Zellen und flohen in die Nacht.

»Zu spät«, sagte er erneut, und der Schmerz dieses Abschieds trieb ihm Tränen in die Augen.

Die Flucht entwickelte ihre Eigendynamik. Auf allen Seiten wurden mittlerweile Türen weit aufgerissen und Grabplatten beiseite gestoßen, während die Geister sich in unzähligen Gestalten emporschwangen. Nicht alle flogen. Manche gingen als Ziegen oder Tiger und rasten durch die Flammen zum Tor. Die meisten gingen allein, aber einige – deren Fruchtbarkeit nicht einmal der Tod oder Midian eindämmen konnte – gingen mit bis zu sechsköpfigen Familien und mehr und trugen die Kleinsten auf den Armen. Er sah hier, das wußte er, das Ende eines Zeitalters, das angefangen hatte, als er zum ersten Mal den Boden Midians betreten hatte. Er war der Verursacher dieser Verwüstungen, obwohl er kein Feuer gelegt und keine Gruft zerstört hatte. Er hatte Menschen nach Midian geführt. Und dadurch hatte er es zerstört. Nicht einmal Lori konnte ihn dazu bringen, sich das zu verzeihen. Der Gedanke hätte ihn vielleicht in die Flammen gelockt, hätte er nicht die Stimme eines Kindes gehört, das seinen Namen rief.

Sie war gerade noch menschlich genug, Worte zu formen, der Rest war Tier.

»*Lori*«, sagte sie.

»Was ist mit ihr?«

»Die Maske hat sie.«

Die Maske? Sie konnte nur Decker meinen.

»*Wo?*«

2

Näher, und noch näher.

Sie wußte, sie konnte ihm nicht durch Schnelligkeit entkommen, daher versuchte sie, ihm durch *Angst* zu entkommen, indem sie an Orte ging, wo er sich, hoffte sie, nicht hinwagen würde. Aber er war so sehr auf ihr Leben aus, daß er sich nicht ablenken ließ. Er folgte ihr auf Gelände, wo der Boden unter ihren Füßen aufbrach und qualmende Steine rings um sie herum regneten.

Aber es war nicht seine Stimme, die sie rief.

»Lori! Hierher!«

Sie wagte einen verzweifelten Blick, und dort stand Narcisse – Gott segne ihn! Sie wich vom Weg, oder dem, was davon übriggeblieben war, ab und duckte sich zwischen zwei Mausoleen, als deren Buntglasfenster barsten und ein mit Augen durchsetzter Schattenstrom sein Versteck verließ und zu den Sternen strebte. Es war wie ein Stück des nächtlichen Himmels selbst, staunte sie. Es gehörte an den Himmel.

Der Anblick brachte sie um einen beinahe fatalen Schritt ins Hintertreffen. Die Maske verringerte den Abstand zwischen ihnen und ergriff ihre Bluse. Sie warf sich nach vorne, um dem Stich auszuweichen, den sie erwartete, und der Stoff riß, während sie fiel. Diesmal hatte er sie. Noch während sie nach der Mauer griff, um sich hochzuziehen, spürte sie den Handschuh über seiner Hand im Nacken.

»*Pißkopf!*« brüllte jemand.

Sie sah auf und erblickte Narcisse am anderen Ende des Durchgangs zwischen den Mausoleen. Er hatte Deckers Aufmerksamkeit eindeutig auf sich gelenkt. Der Griff um ihren Hals wurde lockerer. Es reichte noch nicht aus, daß sie sich befreien konnte, aber wenn Narcisse sein Ablenkungsmanöver beibehielt, würde es ihr vielleicht gelingen.

»*Ich hab' was für dich*«, sagte er und nahm die Hände aus den Taschen, um die silbernen Krallen an den Daumen zu zeigen.

Er schlug die Krallen aneinander. Sie erzeugten Funken.

Decker gab Loris Hals frei. Sie entfernte sich aus seiner Reichweite und stolperte auf Narcisse zu. Er kam den Durchgang entlang auf sie zu; besser gesagt auf *Decker*, den er nicht aus den Augen ließ.

»Nicht…« keuchte sie. »Er ist gefährlich.«

Narcisse hörte sie – er *grinste* über die Warnung –, antwortete aber nicht. Er ging einfach an ihr vorbei, um es mit dem Killer aufzunehmen.

Lori drehte sich um. Als die beiden sich einander auf einen Meter genähert hatten, zog die Maske ein zweites Messer aus der Jackentasche, dessen Klinge so breit wie eine Machete war. Bevor Narcisse die Möglichkeit hatte, sich zu verteidigen, führte der Schlächter einen raschen, abwärts gerichteten Hieb aus, der Narcisses linke Hand mit einem einzigen Schlag am Handgelenk abtrennte. Narcisse schüttelte den Kopf und wich einen Schritt zurück, aber die Maske folgte seinem Rückzug, hob die Machete zum zweiten Mal und ließ sie auf den Schädel des Opfers heruntersaußen. Der Schlag teilte Narcisses Kopf von der Kopfhaut bis zum Hals. Es war eine Verletzung, die nicht einmal ein Toter überleben konnte. Narcisses Körper fing an zu zittern, dann fiel er – wie Ohnaka im Sonnenlicht – mit einem Krachen auseinander, und ein Chor von Heulen und Seufzern erklang und verstummte.

Lori gab ein Schluchzen von sich, unterdrückte aber ein weiteres. Sie hatte keine Zeit zu trauern. Wenn sie wartete und nur eine einzige Träne vergoß, würde die Maske sie erwischen und Narcisses Opfer wäre vergeblich gewesen. Sie versuchte zurückzuweichen, während die Mauern rechts und links von ihr bebten, und sie wußte, sie sollte einfach weglaufen, konnte sich aber nicht von der Leere der Maske abwenden. Er stocherte in der Verwüstung und spießte mit seinem kleineren Messer die Hälfte von Narcisses Kopf auf, dann stützte er die Klinge samt Trophäe auf die Schulter, bevor er die Verfolgung wieder aufnahm.

Jetzt lief sie aus dem Schatten zwischen den Mausoleen heraus und wieder auf den Hauptweg zurück. Selbst wenn ihre Erinnerung ihr einen Hinweis hätte liefern können, wo sie sich befand, hätte ihr das nichts genützt, denn sämtliche Mausoleen waren zu Geröll zerfallen; sie wußte nicht einmal, wo Norden und Süden war. Letztendlich blieb sich alles gleich. Wo immer sie sich hinwandte, dieselben Zerstörungen und derselbe Verfolger. Wenn er sie immer und ewig verfolgen würde – *und das würde er* –, welchen Sinn hatte es dann, in ständiger Angst vor ihm zu leben? Sollte er seinen grausamen Willen haben. Ihr Herz schlug so schnell, daß sie es nicht mehr weiter zwingen konnte.

Doch während sie sich seinem Messer ergeben wollte, brach das Pflaster zwischen ihr und ihrem Verfolger auf, und eine Rauchwolke schirmte sie von der Maske ab. Einen Augenblick später platzte der gesamte Weg auf. Sie stürzte. Nicht auf den Boden. Es gab keinen Boden mehr. In die Erde...

3

»...fällt!« sagte das Kind.

Der Schock schüttelte es beinahe von Boones Schultern. Er hob die Hände, um das Kind zu stützen. Es krallte sich heftig in seinem Haar fest.

»Fest?« sagte er.

»Ja.«

Babette sah Ashberry nicht in ihrer Begleitung. Er war sich im Mahlstrom selbst überlassen worden, während sie nach Lori suchen gingen.

»Da vorne«, sagte sie und gab ihrem Träger Anweisungen. »Nicht sehr weit entfernt.«

Die Feuer erloschen, da sie alles verzehrt hatten, was sie bekommen konnten. Wenn sie an kalte Backsteine kamen, konnten sie diese lediglich mit ihren Zungen schwarzlecken und dann erlöschen. Aber das unterirdische Beben hatte nicht aufgehört. Ihr Lodern brachte immer noch Stein auf Stein. Und zwischen dem Tosen war ein anderer Lärm, den Boone weniger hörte als vielmehr *fühlte*: im Magen, in den Eiern, in den Zähnen.

Das Kind drehte den Kopf synchron zu ihrer Bewegung.

»Da entlang«, sagte es.

Die erlöschenden Feuer erleichterten das Vorankommen; ihre Helligkeit hatte Boones Augen nicht gutgetan. Jetzt schritt er schneller aus, obwohl das Erdbeben den Boden aufgebrochen hatte und er über aufgeworfene Erde gehen mußte.

»Wie weit?« fragte er.

»*Psst*«, sagte es zu ihm.

»Was?«

»Bleib stehen.«

»Hörst du es auch?« sagte er.

»Ja.«

»Was ist das?«

Es antwortete zuerst nicht, dann lauschte es noch einmal. Dann sagte es:

»*Baphomet*.«

In den Stunden seiner Gefangenschaft hatte Boone mehr als einmal an die Kammer des Täufers gedacht; an die Zeit der Kälte, die er in Gegenwart des zerstückelten Gottes verbracht hatte. Hatte er ihm nicht Prophezeiungen mitgeteilt? In seinem Kopf geflüstert und verlangt, daß er ihm zuhörte? Er hatte diese Verwüstung gesehen. Er hatte ihm gesagt, daß Midians letzte Stunde nahe war. Doch keinerlei Vorwürfe, obwohl er gewußt haben mußte, er sprach mit dem Mann, der verantwortlich war. Statt dessen war er beinahe *vertraulich* gewesen, was ihm mehr angst gemacht hatte als jeder Angriff. Er konnte nicht Vertrauter von Göttern sein. Er war als einer der neuen Toten zu Baphomet gekommen, um sich seinen Platz unter der Erde zu erflehen. Aber er war wie ein Darsteller eines künftigen Dramas begrüßt worden. Er war sogar mit einem anderen Namen angeredet worden. Er wollte nichts davon. Nicht die Weissagungen, nicht den Namen. Er hatte sich dagegen gewehrt und dem Täufer den Rücken zugekehrt; er war davongestolpert und hatte das Flüstern aus seinem Kopf geschüttelt.

Damit hatte er keinen Erfolg gehabt. Als er an Baphomet dachte, drängten die Worte und der Name mit Macht zurück.

Du bist Cabal, hatte er gesagt.

Er hatte es damals geleugnet; er leugnete es jetzt. So leid ihm Baphomets Tragödie tat, der wußte, daß er der Vernichtung in seinem derzeitigen Zustand nicht entfliehen konnte, sein Mitleid hatte naheliegendere Ziele.

Er konnte den Täufer nicht retten. Aber er konnte Lori retten.

»Sie ist dort!« sagte das Kind.

»Welche Richtung?«

»Geradeaus. Sieh doch!«

Er konnte nur Chaos erkennen. Der Weg vor ihnen war aufgerissen worden; aus dem aufgebrochenen Boden drangen Licht und Rauch herauf. Man konnte nichts Lebendes sehen.

»Ich sehe sie nicht«, sagte er.

»Sie ist unten«, antwortete das Kind. »In der Grube.«

»Dann zeig mir den Weg.«

»Ich kann nicht weitergehen.«

»Warum nicht?«

»Laß mich runter. Ich kann dich nicht weiter begleiten.« Kaum unterdrückte Panik hatten sich in seine Stimme geschlichen. *Laß mich runter*«, beharrte es.

Boone ging in die Hocke, und das Kind glitt von seinen Schultern.

»Was ist denn los?« sagte er.

»Ich darf nicht mit dir gehen. Es ist nicht erlaubt.«

Nach dem Grauen, das sie durchgemacht hatten, war ihre Angst bestürzend.

»Wovor fürchtest du dich?« fragte er.

»Ich kann ihn nicht ansehen«, antwortete sie. »Nicht den Täufer.«

»Ist er hier?«

Sie nickte und wich vor ihm zurück, während ein neuerlicher Ausbruch den Spalt vor ihnen noch breiter machte.

»Geh zu Lori«, sagte es ihm. »Bring sie hinaus. Sie hat nur noch dich.«

Dann verschwand es, seine zwei Beine wurden im Laufen vier, und es ließ Boone allein vor der Grube.

4

Lori verlor das Bewußtsein, während sie fiel. Als sie Sekunden später wieder zu sich kam, lag sie etwa in der Mitte eines steilen Hangs. Das Dach über ihr war noch intakt, aber schwer zertrümmert, und die Risse wurden breiter, während sie hinsah, und kündigten den baldigen völligen Zusammenbruch an. Wenn sie sich nicht rasch in Bewegung setzte, würde sie lebendig verschüttet werden. Sie sah zum oberen Ende des Hangs. Am Ende des kreuzenden Tunnels konnte sie den Himmel sehen. Sie kroch darauf zu, während ihr Erde auf den Kopf rieselte und die Mauern ächzten, so sehr wurden sie der Niederlage entgegengepreßt.

»*Noch nicht*...« murmelte sie. »*Bitte, noch nicht*...«

Erst als sie nur noch sechs Schritte vom Gipfel entfernt war, erkannte sie diesen Hügel. Einmal hatte sie Boone diese Neigung heraufgeschleppt, fort von der Macht, die am Boden der Kammer hauste. War sie immer noch da und beobachtete ihr Bemühen? Oder war diese ganze Katastrophe eine Folge ihres Rückzugs: das Lebewohl des Baumeisters? Sie spürte seine Beobachtung nicht, aber sie spürte überhaupt sehr wenig. Ihr Körper und ihr Verstand funktionierten nur, weil der Instinkt es ihnen befahl. Auf dem Gipfel der Schräge war Leben. Sie arbeitete sich Zentimeter um Zentimeter darauf zu.

Nach einer Minute hatte sie den Tunnel, beziehungsweise dessen freigelegte Überreste, erreicht. Sie blieb eine Zeitlang auf dem Rücken liegen und sah zum Himmel hinauf. Als sie wieder zu Atem gekommen war, stand sie auf und betrachtete den verletzten Arm. Die Wunden waren schmutzverkrustet, aber wenigstens hatte die Blutung aufgehört.

Als sie die Beine bewegte, fiel etwas Feuchtes neben ihr in den Sand. Narcisses halbes Gesicht sah zu ihr auf. Sie schluchzte seinen Namen und sah die Maske an. Er zwängte sich wie ein Grabräuber in den Tunnel, dann ließ er sich zu ihr herunter. Das Messer war auf ihr Herz gerichtet. Wäre sie kräftiger gewesen, hätte es sie erwischt, aber so gab der Boden auf der Kuppe unter ihrem zurückweichenden Schritt nach, und sie hatte nicht die Kraft zu verhindern, daß sie Hals über Kopf den Hang hinabstürzte...

Ihr Schrei verriet Boone die Richtung. Er kletterte über schrägstehende Bruchstücke des Pflasters in die aufgerissenen Tunnel und durch den Irrgarten eingestürzter Wände und erlöschender Feuer auf sie zu. Aber er sah nicht die Gestalt, die sich mit Messern in den Händen und zu allem bereit zu ihm umdrehte.

Es war der Doktor. Endlich.

Lori sah von der trügerischen Sicherheit des Hangs, wie sich die Maske, von ihrem Ziel abgelenkt, von ihr abwendete. Es war ihr gelungen, ihren Sturz aufzuhalten, indem sie sich mit der unverletzten Hand an einem Riß in der Mauer festhielt; und diese Hand tat ihre Pflicht lange genug, daß sie Boone im Durchgang oben sehen konnte. Sie hatte gesehen, was die Machete mit Narcisse gemacht hatte. Selbst die Toten waren sterblich. Doch bevor sie Boone ein Wort der Warnung zurufen konnte, erklomm eine Woge kalter Energie den Hang hinter ihr. Baphomet hatte seine Flamme noch nicht verlassen. Er war immer noch da, und sein Griff löste ihre Finger von der Mauer.

Sie konnte ihm keinen Widerstand entgegensetzen und glitt den Hang hinab in die aufbrechende Kammer.

Die Ekstase der Brut hatte Decker nicht beeinträchtigt. Er näherte sich Boone wie ein Schlachthofarbeiter, der eine Schlachtung zu Ende bringt, von der er weggerufen worden ist: ohne Schnörkel, ohne Leidenschaft.

Das machte ihn gefährlich. Er schlug rasch zu, ohne seine Absicht erkennen zu lassen. Die kleinere Klinge drang direkt durch Boones Hals.

Um seinen Gegner zu umarmen, trat Boone einfach von ihm weg. Das Messer, das in Boones Fleisch feststeckte, glitt Decker aus den Fingern. Der Doktor unternahm keinen Versuch, es zurückzubekommen. Statt dessen ergriff er den Schädelspalter mit beiden Händen. Jetzt gab er einen Laut von sich: ein leises Stöhnen, das zu Keuchen wurde, als er sich auf sein Opfer warf.

Boone duckte sich unter dem Hieb weg, und die Klinge versank in der Tunnelmauer. Erde spritzte über beide, als Decker sie herauszog. Dann schwang er sie erneut, und diesmal verfehlte er sein Ziel um eine Fingerlänge.

Boone kam aus dem Gleichgewicht und wäre beinahe gestürzt;

als er nach unten sah, erblickte er Deckers Trophäe. Er kannte das verstümmelte Gesicht. Narcisse, zerstückelt und vor ihm im Schmutz.

»*Mistkerl!*« brüllte er.

Decker hielt einen Augenblick inne und sah Boone an. Dann sprach er. Nicht mit seiner eigenen Stimme, sondern mit einer anderen, einem grinsenden Winseln von einer Stimme.

»Du kannst sterben«, sagte er.

Während er sprach, schwenkte er die Klinge hin und her, nicht um Boone zu verletzen, sondern lediglich, um seine Macht zu beweisen. Die Klinge winselte wie die Stimme, wie die Musik einer Fliege in einem Sarg, während sie von einer Wand zur anderen sauste.

Boone wich von Sterbensangst erfüllt vor dieser Darbietung zurück. Decker hatte recht. Die Toten *konnten* sterben.

Er holte durch den Mund und den durchbohrten Hals Luft. Er hätte beinahe einen tödlichen Fehler gemacht und wäre im Angesicht der Maske Mensch geblieben. Und warum? Wegen der absurden Vorstellung, daß diese letzte Konfrontation von Mensch zu Mensch sein sollte; daß sie miteinander sprachen, während sie kämpften und er das Ego des Doktors auseinandernehmen mußte, bevor er ihm das Leben nahm?

So würde es nicht werden. Es handelte sich hier nicht um die Rache eines Patienten an seinem korrupten Heiler, es handelte sich um eine Bestie gegen einen Schlächter, Messer gegen Zähne.

Er atmete aus, und die Wahrheit floß wie Honig aus seinen Zellen. Seine Nerven summten vor Wonne; sein Körper pulsierte, während er sich ausdehnte. Er hatte sich zu Lebzeiten nie so lebendig gefühlt wie in diesen Augenblicken, als er seine Menschlichkeit abstreifte und sich für die Nacht kleidete.

»*Nie wieder*...« sagte er und ließ die Bestie von überall aus sich heraus.

Decker hob die Machete, um den Gegner auszuschalten, bevor die Verwandlung vollkommen war. Aber Boone wartete nicht. Er zerrte am Gesicht des Schlächters, noch während er in der Verwandlung begriffen war, und riß die Maske herunter – samt Knöpfen und Reißverschluß und allem –, um Charakterschwächen darunter ans Licht zu bringen.

Decker heulte, als er demaskiert wurde, er legte die Hand vors Gesicht, um es wenigstens teilweise vor dem Blick der Bestie zu verbergen.

Boone hob die Maske vom Boden auf und fing an, sie zu zerreißen, indem er mit den Klauen den Stoff aufschlitzte. Deckers Heulen wurde lauter. Er ließ die Hand vom Gesicht sinken und hieb mit wahnsinniger Wut nach Boone. Die Klinge streifte Boones Brust und schnitt sie auf, doch als er zu einem zweiten Hieb ausholte, ließ Boone die Fetzen fallen und wehrte den Schlag ab, indem er Deckers Arm mit solcher Wucht gegen die Wand schlug, daß der Knochen brach. Die Machete fiel zu Boden, und Boone griff nach Deckers Gesicht.

Das laute Heulen verstummte, als die Klauen näherkamen. Der Mund klappte zu. Die Züge entspannten sich. Boone betrachtete einen Augenblick das Gesicht, das er monatelang betrachtet, dem er jedes Wort von den Lippen abgelesen hatte. Bei diesem Gedanken glitt die Hand vom Gesicht zum Hals, und er ergriff Deckers Luftröhre, die so viele Lügen ermöglicht hatte. Er ballte die Faust, seine Klauen durchbohrten Deckers Hals. Dann zog er. Der Sprechapparat kam mit einem Blutschwall heraus. Decker riß die Augen auf und sah seinen Peiniger an. Boone zog noch einmal – und noch einmal. Die Augen wurden glasig. Der Körper zuckte und zuckte, dann sackte er zusammen.

Boone ließ ihn nicht fallen. Er hielt ihn wie beim Tanz und zerfetzte den Körper so, wie er die Maske zerfetzt hatte. Klumpen von Deckers Körper spritzten an die Wände. Er dachte nur noch vage an Deckers Versprechen gegen ihn. Er riß mit dem Eifer der Brut und hatte monströsen Spaß an einer monströsen Tat. Als das Schlimmste vorüber war, ließ er das Bündel zu Boden fallen und zerfetzte seinen Tanzpartner mit den Füßen.

Für diese Leiche würde es keine Auferstehung aus dem Grab geben. Keine Hoffnung auf irdische Auferstehung. Selbst in der größten Wut seines Angriffs hatte Boone den Biß zurückgehalten, der Decker das Leben nach dem Tod verliehen hätte. Sein Fleisch gehörte nur den Fliegen und ihren Kindern; sein Ruf in die Fantastereien derer, die seine Geschichte erzählen wollten. Boone war es einerlei. Es spielte keine Rolle mehr, ob er die Verbrechen je wieder loswürde, die Decker ihm angehängt hatte. Er war nicht mehr unschuldig. Er war durch sein Abschlachten zu genau dem Killer geworden, den Decker ihm hatte einreden wollen. Er hatte die Prophezeiung wahrgemacht, indem er den Propheten ermordet hatte.

Er ließ den Leichnam liegen und machte sich auf die Suche nach Lori. Sie konnte nur einen Weg genommen haben: den Hang hinunter in Baphomets Kammer. Ihm wurde klar, daß dem ein Sinn zugrunde lag. Der Prophet hatte sie hierher *gebracht*, hatte den Boden unter ihren Füßen aufgetan, damit Boone ihr folgen sollte.

Die Flamme, in der sein zerstückelter Körper hauste, warf kaltes Licht in Boones Gesicht. Er schritt, ins Blut seines Feindes gekleidet, den Hang hinunter auf sie zu.

XXIV

CABAL

1

Ashberry, der sich im Ödland verirrt hatte, erblickte ein Licht, das zwischen den geborstenen Pflastersteinen emporflackerte. Seine Strahlen waren bitter kalt und auf eine Weise klebrig, wie es Licht nicht zukam, denn es haftete an seiner Hand und dem Ärmel, bevor es erlosch. Er verfolgte seinen Ursprung fasziniert von einem Loch zum nächsten, und in jedem war es heller als im vorhergehenden.

Da er in seiner Jugend studiert hatte, hätte er den Namen Baphemot gekannt, hätte ihn ihm jemand zugeflüstert, und er hätte verstanden, weshalb das Licht ihn so sehr in seinen Bann zog. Er hätte in der Gottheit Gott und Göttin in einem Körper vereint erkannt. Hätte auch gewußt, wie seine Anhänger für ihren Götzen gelitten hatten, wie sie als Häretiker oder für Verbrechen wider die Natur verbrannt worden waren. Er hätte die Macht gefürchtet, die solche Zuwendungen verlangte; und mit Recht.

Aber es war niemand da, der es ihm sagte. Nur das Licht war da, das ihn anzog.

2

Boone stellte fest, daß der Täufer nicht allein in seiner Kammer war. Er zählte elf Mitglieder der Brut, die sich an den Wänden versammelt hatten und mit verbundenen Augen mit dem Rücken zur Flamme kauerten. Unter ihnen Mister Lylesburg und Rachel. Lori lag rechts neben der Tür auf dem Boden. Sie hatte Blut auf dem Arm und dem Gesicht und die Augen geschlossen. Doch während er ihr zu Hilfe eilen wollte, sah ihn das Ding in den Flammen an und drehte ihn mit seiner eiskalten Berührung herum. Es hatte etwas mit ihm vor, das es nicht mehr hinauszögern wollte.

»*Komm näher*«, sagte es. »*Aus freien Stücken.*«

Er hatte Angst. Die Flamme aus dem Boden war doppelt so hoch wie bei seinem ersten Besuch, sie loderte bis zur Decke der Kammer. Erdklumpen, die entweder zu Eis oder Asche geworden waren, fielen als glitzernder Regen herunter und übersäten den Boden. Etwa zehn Meter von der Flamme entfernt war der Ansturm ihrer Energie brutal. Und doch *bat* Baphomet ihn näher.

»*Du bist sicher*«, sagte er. »*Du kommst im Blut deines Feindes. Das wird dich wärmen.*«

Er ging einen Schritt auf das Feuer zu. Er hatte in seinem Leben nach dem Tod Kugeln und Messerklingen abbekommen und nichts gespürt, aber die Kälte von Baphomets Flamme spürte er eindeutig. Sie stach in seinen nackten Körper und erzeugte Frostmuster auf seinen Augen. Aber Baphomets Worte waren kein leeres Versprechen. Das Blut, das er an sich hatte, wurde wärmer, während die Luft um ihn herum kälter wurde. Das gab ihm Zuversicht, und er ging die letzten paar Schritte weiter.

Die Waffe, sagte Baphomet. *Laß sie fallen.*

Er hatte das Messer in seinem Hals vergessen. Er zog es aus seinem Fleisch und warf es beiseite.

Noch näher, sagte der Täufer.

Die Wut der Flamme verbarg ihre Last, abgesehen von kurzen Blicken, aber er sah bestätigt, was ihn seine erste Begegnung mit Baphomet gelehrt hatte: *Falls* dieser Gott Geschöpfe nach seinem Ebenbild geschaffen hatte, so hatte Boone selbst diese noch nicht zu Gesicht bekommen. Nicht einmal im Traum hatte er etwas gesehen, was dem Täufer gleichkam. Er war einmalig.

Plötzlich griff ein Teil davon aus den Flammen nach ihm. Er konnte nicht sehen, ob Glied oder Organ oder beides. Es packte ihn am Hals und dem Haar und zog ihn auf das Feuer zu. Jetzt schützte Deckers Blut ihn nicht mehr; das Eis versengte sein Gesicht. Doch er konnte sich nicht befreien. Sein Kopf wurde in die Flammen gezogen und festgehalten. Er wußte in dem Augenblick, als sich die Flamme um seinen Kopf schloß, was das war: eine Taufe.

Und Baphomets Stimme in seinem Kopf bestätigte diese Vermutung:

Du bist Cabal, sagte er.

Die Schmerzen ließen nach. Boone machte den Mund auf und atmete ein, und das Feuer drang in seinen Hals, in Magen und Lunge, dann durch seinen ganzen Körper. Es trug seinen neuen Namen mit sich und taufte ihn innen wie außen.

Er war nicht mehr Boone. Er war Cabal. Eine Allianz von vielen.

Von dieser Läuterung an würde er Blut haben und Lust und Kinder machen können. Es stand in Baphomets Macht, das zu geben, und die Gottheit gab es. Aber er würde schwach sein, oder schwächer. Nicht nur, weil er blutete, sondern weil er eine schwierige Aufgabe übertragen bekam.

Ich muß noch in dieser Nacht versteckt werden, sagte Baphomet. *Wir haben alle Feinde, aber meine haben länger gelebt und mehr Grausamkeiten kennengelernt als die meisten. Man wird mich von hier wegbringen und vor ihnen verbergen.*

Jetzt bekam die Anwesenheit der Brut einen Sinn. Sie waren geblieben, um jeder ein Bruchstück des Täufers mitzunehmen und vor den Mächten zu verbergen, die die Verfolgung aufnahmen.

Dies ist deine Schuld, Cabal, sagte Baphomet. *Doch ich klage dich nicht an. Es sollte geschehen. Keine Zuflucht ist für immer. Aber ich verlange von dir...*

»Ja?« sagte er. »Sag es mir.«

Baue neu auf, was du vernichtet hast.

»Ein neues Midian?«

Nein.

»Was dann?«

Du mußt für uns in der Welt der Menschen forschen.

»Hilf mir«, sagte er.

Das kann ich nicht. Von jetzt an mußt du mir helfen. Du hast die Welt vernichtet. Jetzt mußt du sie neu erbauen.

Die Flamme waberte. Das Ritual der Taufe war fast vorbei.

»Womit soll ich anfangen?« sagte Cabal.

Heile mich, antwortete Baphomet. *Finde mich und heile mich. Rette mich vor meinen Feinden.*

Die Stimme, die ihn zuerst angesprochen hatte, hatte ihre Natur vollkommen verändert. Der fordernde Tonfall war daraus verschwunden. Nur das Gebet, gerettet und geheilt zu werden, wurde leise in sein Ohr gehaucht. Sogar der Griff um seinen Kopf war nicht mehr, und er konnte ungehindert nach rechts und links sehen. Ein Ruf, den er nicht vernommen hatte, hatte Baphomets Getreue von den Wänden beordert. Sie schritten trotz der verbundenen Augen mit sicheren Schritten zu der Flamme, deren Heftigkeit sichtlich nachgelassen hatte. Sie hoben die Arme, über die Leichentüchter gebreitet waren, und die Flammenwand bekam Lücken, als Teile von Baphomets Körper in die wartenden Arme der Reisenden fielen, die sie sofort einwickelten und versteckten.

Das Verstauen eines Gliedes nach dem anderen war schmerzhaft. Cabal spürte die Schmerzen wie seine eigenen, sie erfüllten ihn, bis sie fast nicht mehr zu ertragen waren. Er wich vor der Flamme zurück, um ihnen zu entgehen.

Doch als er das tat, tauchte das eine Körperteil vor ihm auf, das noch nicht aus den Flammen geholt worden war. Baphomets Kopf. Er wandte sich ihm zu, groß und weiß und von wunderbarer Symmetrie. Sein Körper reagierte darauf: Er schaute auf, Speichel stieg in ihm empor, sein Glied versteifte sich.

Sein Herz fing an zu schlagen und heilte die durchbohrte Kammer mit dem ersten Schlag. Sein geronnenes Blut verflüssigte sich wie die Reliquie eines Heiligen und fing an zu strömen. Seine Hoden zogen sich zusammen; Sperma strömte in seinen Schwanz. Er ejakulierte in die Flammen, die Perlen seines Samens schwebten in die Höhe und berührten das Gesicht des Täufers.

Dann war die Begegnung vorbei. Er stolperte aus der Flamme, während Lylesburg – der letzte, der noch in der Kammer weilte – den Kopf aus den Flammen empfing und einwickelte.

Nachdem ihr Bewohner fort war, verdoppelte sich die Wildheit der Flamme. Cabal stolperte zurück, als sie mit schrecklicher Heftigkeit emporloderte...

Oben, auf dem Erdboden, spürte Ashberry, wie sich die Energie aufbaute, und er versuchte, vor ihr zu fliehen, aber sein Verstand war von dem erfüllt, was er gesehen hatte, und das machte ihn langsam. Das Feuer erfaßte ihn und riß ihn himmelwärts, als es emporflackerte. Er schrie, als es ihn berührte und der Nachgeschmack von Baphomet in seinen Körper eindrang. Seine vielen Masken wurden verbrannt. Zuerst die Soutane, dann die Spitzenunterwäsche, ohne die er keinen einzigen Tag seines Lebens als Erwachsener überstanden hätte. Dann die sexuelle Anatomie, die ihm nie viel Freude bereitet hatte. Und schließlich die Haut, und er wurde reingeschrubbt. Er fiel nackter als im Schoß seiner Mutter auf die Erde zurück – und blind. Der Aufprall brach seine Arm- und Beinknochen unheilbar.

Unten riß sich Cabal kopfschüttelnd aus der Benommenheit seiner Offenbarung. Das Feuer hatte ein Loch ins Dach der Kammer gerissen und breitete sich in alle Richtungen aus. Es verzehrte Fleisch so mühelos wie Erde oder Stein. Sie mußten von hier verschwinden, bevor es sie fand. Lori war wach. Der Argwohn in ihren Augen sagte deutlich, daß sie Zeugin der Taufe geworden war und ihn fürchtete.

»Ich bin es«, sagte er ihr. »Ich bin es immer noch.«

Er reichte ihr die Hand. Sie ergriff sie, und er zog sie auf die Füße.

»Ich trage dich«, sagte er.

Sie schüttelte den Kopf. Ihr Blick wanderte von ihm zu etwas auf dem Boden hinter ihm. Er sah ebenfalls dorthin. Deckers Messer lag neben der Spalte, wo der Mann, der er vor der Taufe gewesen war, es hingeworfen hatte.

»Möchtest du es?« sagte er.

»Ja.«

Er schützte den Kopf mit den Armen vor dem Geröllregen, ging zurück und holte es.

»Ist er tot?« fragte sie, als er zu ihr zurückkam.

»Er ist tot.«

Kein Leichnam konnte die Wahrheit seiner Behauptung bestätigen. Der Tunnel, der eingestürzt war, hatte ihn bereits begraben, so wie ganz Midian begraben wurde. Ein Grab für die Gräber.

Da ein Großteil bereits eingestürzt war, hatten sie keine Mühe, das Haupttor zu finden. Sie sahen unterwegs keine Spur der Bewohner Midians. Entweder hatte das Feuer ihre Überreste verzehrt, oder Geröll und Erde bedeckten sie.

Außerhalb des Tores, links, wo sie sie gar nicht übersehen konnte, lag eine Erinnerung an jemand, der, wie Lori von ganzem Herzen hoffte, unversehrt entkommen sein mochte. Babettes Puppe – aus Gras geflochten und mit einer Krone aus Frühlingsblumen – lag in einem kleinen Kreis von Steinen. Als Loris Finger das Spielzeug berührten, war ihr, als würde sie ein letztes Mal durch die Augen des Kindes sehen – eine Landschaft glitt vorbei, während sie jemand hastig in Sicherheit führte. Der Eindruck war allzu kurz. Sie hatte keine Zeit, dem Kind viel Glück zu wünschen, da wurde ihre Vision schon von Lärm hinter ihr unterbrochen. Sie drehte sich um und sah, daß die Säulen, in denen Midians Tore verankert waren, sich neigten. Cabal packte ihren Arm, als die beiden Säulen gegeneinanderprallten, einen Augenblick wie zwei Ringer Kopf an Kopf verweilten und dann umkippten und an der Stelle auf den Boden fielen, wo Lori und Cabal noch vor wenigen Augenblicken gestanden hatten.

3

Obwohl er keine Uhr hatte, die ihm die Zeit anzeigte, wußte er ganz deutlich – möglicherweise Baphomets Geschenk –, wieviel Zeit sie noch bis Tagesanbruch hatten. Er sah vor seinem geistigen Auge den Planeten wie ein mit Meeren geschmücktes Zifferblatt, und die magische Trennlinie von Tag und Nacht wanderte darüber hinweg.

Er hatte keine Angst davor, daß die Sonne hinter dem Horizont auftauchen würde. Seine Taufe hatte ihm eine Gabe gegeben, die seine Brüder und Schwestern nicht hatten. Die Sonne würde ihn nicht umbringen. Das wußte er ohne Zweifel. Aber sie würde ihm zweifellos Unbehagen bereiten. Der Mondaufgang würde stets ein willkommenerer Anblick als der Tagesanbruch sein. Aber seine Arbeit würde sich nicht auf die nächtlichen Stunden beschränken lassen. Er würde sich nicht vor der Sonne verstecken müssen, wie seine Gefährten der Brut es mußten. Sie würden jetzt schon anfangen, nach Verstecken zu suchen, bevor der Morgen kam.

Er stellte sich vor, wie sie am Himmel Amerikas dahinzogen oder neben den Highways dahinliefen; Gruppen, die sich teilten, wenn jemand unter ihnen müde wurde oder einen möglichen Unterschlupf gefunden hatte. Der Rest zog weiter und wurde mit jedem Augenblick verzweifelter. Er wünschte ihnen stumm eine gute Reise und sichere Verstecke.

Mehr noch: Er schwor sich, daß er sie mit der Zeit alle wiederfinden würde. Er würde sie sammeln und vereinen, wie Midian es einst getan hatte. Er hatte ihnen achtlos Schaden zugefügt. Jetzt mußte er diesen Schaden wiedergutmachen, wie lange es auch dauern mochte.

»Ich muß heute nacht noch anfangen«, sagte er zu Lori. »Sonst werden die Spuren kalt, und ich finde sie nie mehr.«

»Ohne mich gehst du nicht, Boone.«

»Ich bin nicht mehr Boone«, sagte er zu ihr.

»Warum nicht?«

Sie saßen auf dem Hügel über dem Friedhof, und er erzählte ihr alles, was er bei der Taufe erfahren hatte. Schwierige Lektionen, für die er kaum Worte finden konnte. Sie war müde und zitterte, aber sie ließ ihn nicht aufhören.

»Sprich weiter...« sagte sie immer wieder, wenn er verstummte. »Sag mir alles.«

Das meiste kannte sie. Sie war ebenso wie er Baphomets Instrument gewesen, vielleicht noch mehr. Teil der Prophezeiung. Ohne sie wäre er nie nach Midian zurückgekehrt, um es zu retten; und wäre dabei gescheitert. Die vor ihm liegende Aufgabe war die Folge dieser Rückkehr und eben dieses Scheiterns.

Dennoch hatte sie Einwände.

»Du kannst mich nicht zurücklassen«, sagte sie. »Nach allem, was geschehen ist.«

Sie legte eine Hand auf seinen Schenkel.

»Vergiß nicht die Zelle...« murmelte sie.

Er sah sie an.

»Du hast mir gesagt, ich soll mir selbst vergeben. Das war ein guter Rat. Aber es bedeutet nicht, daß ich dem, was hier geschehen ist, den Rücken kehren kann. Baphomet; Lylesburg; sie alle... ich habe das einzige Zuhause vernichtet, das sie jemals hatten.«

»*Du* hast es nicht vernichtet.«

»Wenn ich nie hierhergekommen wäre, würde es noch stehen«, antwortete er. »Diesen Schaden muß ich wiedergutmachen.«

»Dann nimm mich mit«, sagte sie. »Wir gehen gemeinsam.«

»Das geht nicht. Du lebst, Lori. Ich nicht. Du bist ein Mensch. Ich nicht.«

»Das kannst du ändern.«

»Was sagst du da?«

»Du kannst mich so machen, wie du es bist. Es ist nicht schwer. Ein Biß, und Peloquin hatte dich für immer verwandelt. Nun verwandle *mich*.«

»Ich kann nicht.«

»Du meinst, du *willst* nicht.«

Sie drehte Deckers Messer im Sand herum.

»Du willst nicht bei mir sein. So einfach ist das, nicht?« Sie lächelte verkniffen. »Hast du nicht den Mumm, es auszusprechen?«

»Wenn meine Aufgabe vollendet ist...« antwortete er. »Dann vielleicht.«

»Oh, in hundert Jahren oder so?« murmelte sie und fing an zu weinen. »Dann wirst du zu mir zurückkommen, ja? Mich überall küssen. Wirst mir sagen, du wärst früher gekommen, aber die Zeit ist einfach *wie im Flug vergangen*.«

»*Lori.*«

»Sei still«, sagte sie. »Komm mir nicht mehr mit Entschuldigungen. Sie sind beleidigend.« Sie sah das Messer an, nicht ihn. »Du hast deine Gründe. Ich finde, die sind beschissen, aber du klammerst dich daran. Du wirst jemanden brauchen, an den du dich klammern kannst.«

Er bewegte sich nicht.

»Worauf wartest du? Ich werde dir nicht sagen, daß alles in Ordnung ist. Geh einfach. Ich will dich nie mehr wiedersehen.«

Er stand auf. Ihr Zorn tat weh, aber er war leichter zu ertragen als Tränen. Er ging drei oder vier Schritte rückwärts, dann wurde ihm klar, daß sie ihn keines Blickes und keines Lächelns würdigen würde, und er wandte sich von ihr ab.

Erst dann sah sie auf. Er hatte sich abgewendet. Jetzt oder nie. Sie preßte die Spitze von Deckers Messer an den Bauch. Sie wußte, sie konnte es nicht mit nur einer Hand hineinstoßen, daher kniete sie hin, stemmte den Griff des Messers auf den Boden und ließ sich von ihrem Körpergewicht in die Klinge stoßen. Es tat schrecklich weh. Sie schrie vor Schmerzen auf.

Er drehte sich um und sah, wie sie um sich schlug und ihr gutes Blut in den Sand floß. Er lief zu ihr zurück und drehte sie um. Sie lag bereits in den Todeszuckungen.

»*Ich habe gelogen*«, murmelte sie. »Boone... ich habe gelogen. Ich will immer nur dich.«

»Stirb nicht«, sagte er. »Heiliger Gott im Himmel, stirb nicht.«

»Dann verhindere es.«

»Ich weiß nicht wie.«

»Töte mich. Beiß mich. Gib mir das Gift.«

Schmerz verzerrte sein Gesicht. Er stöhnte.

»Oder laß mich sterben, wenn du mich nicht mit dir nehmen kannst. Es ist besser, als ohne dich zu leben.«

Er streichelte sie, seine Tränen fielen ihr ins Gesicht. Sie verdrehte die Augen unter den Lidern. Die Zunge zuckte über ihre Lippen. Er wußte, noch Sekunden, dann würde sie tot sein und es stünde nicht mehr in seiner Macht, sie zurückzuholen.

»Heißt... das... *nein*?« Sie sah ihn nicht mehr.

Er machte den Mund auf, um zu antworten, hob ihren Hals seinem Biß entgegen. Ihre Haut roch säuerlich. Er biß tief in den Muskel, ihr Blut strömte über seine Zunge, das Gift stieg in seinem Hals empor und drang in ihren Blutkreislauf ein. Aber die Zuckungen ihres Körpers hatten bereits aufgehört. Sie sackte in seiner Umarmung zusammen.

Er hob den Kopf von ihrem zerbissenen Hals und schluckte, was er herausgerissen hatte. Er hatte zu lange gewartet. Verdammt! Sie war seine Mentorin und Vertraute, und er hatte sie sterben lassen. Der Tod hatte sie geholt, bevor er sein Versprechen in die Tat umsetzen konnte.

Sein letztes und bedauernswertestes Scheitern stieß ihn ab, und er legte sie vor sich auf den Boden.

Als er den Arm unter ihr hervorzog, schlug sie die Augen auf.

»Ich werde dich nie verlassen«, sagte sie.

XXV

FLIEHE MIT MIR

1

Pettine fand Ashberry, aber Eigerman identifizierte die sterblichen Überreste des Mannes. Der Priester war noch am Leben, eine Tatsache, die ans Wunderbare grenzte, wenn man sah, wie schwer seine Verletzungen waren. In den darauffolgenden Tagen wurden beide Beine und ein Arm, bis zur Mitte des Bizeps, amputiert. Er erwachte nach den Operationen nicht aus dem Koma, aber er starb auch nicht, obwohl jeder Arzt bestätigte, daß seine Chancen gleich Null waren. Doch dasselbe Feuer, das ihn verstümmelt hatte, hatte ihm eine unnatürliche Kraft verliehen.

Er war in den Tagen und Nächten seiner Bewußtlosigkeit nicht allein. Eigerman war von vierundzwanzig Stunden zwanzig bei ihm und wartete wie ein Hund unter dem Tisch auf ein Stück von oben, weil er sicher war, der Priester könnte ihn zu dem Bösen führen, das ihrer beider Leben zerstört hatte.

Er wurde überreichlich belohnt. Als Ashberry, nachdem er zwei Monate am Rand des Grabes verweilt hatte, schließlich zu sich kam, war er wortreich. Wahnsinnig, aber gesprächig. Er sprach von Baphomet. Er sprach von Cabal. Er erzählte in den Hieroglyphen des hoffnungslos Wahnsinnigen davon, wie die Brut die Teile des Körpers ihrer Gottheit genommen und versteckt hatte. Und noch mehr. Er sagte, er könnte sie wiederfinden. Er war vom Feuer des Täufers berührt worden und hatte überlebt, und er wollte es wieder berühren.

»Ich kann Gott riechen«, sagte er immer wieder.

»Können Sie uns zu Ihm führen?« fragte Eigerman.

Die Antwort lautete immer ja.

»Dann werde ich Ihre Augen ersetzen«, erbot sich Eigerman. »Wir gehen gemeinsam.«

Niemand sonst wollte die Beweise, die Ashberry zu bieten hatte, es gab auch so schon zu viele Ungereimtheiten, ohne die

Wirklichkeit weiter in Frage zu stellen. Die Behörden gaben den Priester mit Freuden in Eigermans Gewahrsam. Die allgemeine Meinung war, daß sie einander verdienten. Kein bißchen Vernunft zwischen den beiden.

Ashberry war vollkommen von Eigerman abhängig: Er war zumindest anfangs außerstande, ohne Hilfe zu essen, zu scheißen oder sich zu waschen. So ekelhaft es war, den Irren zu versorgen, Eigerman wußte, er war eine Gnade Gottes. Durch ihn konnte er die Demütigungen der letzte Stunde in Midian vielleicht doch noch rächen. In Ashberrys Gestammel fanden sich Hinweise auf die Aufenthaltsorte des Gegners. Mit der Zeit würde Eigerman sie entschlüsseln.

Und wenn ihm das gelungen war – *oh, wenn ihm das gelungen war* – würde ein Tag der Vergeltung kommen, gegen den das Jüngste Gericht harmlos wirken würde.

2

Die Besucher kamen verstohlen in der Nacht und suchten Unterschlupf, wo immer sie ihn finden konnten.

Einige besuchten Orte, die ihre Vorfahren mit Vorliebe besucht hatten; Städte unter freiem Himmel, wo die Gläubigen sonntags noch sangen und die Lattenzäune jedes Frühjahr gestrichen wurden. Andere gingen in die Städte: nach Toronto, Washington, Chicago, weil sie hofften, auf den dichtgedrängten Straßen unentdeckt zu bleiben, wo die Korruption von gestern das Geschäft von heute war. An solchen Orten bemerkte man ihre Anwesenheit vielleicht ein Jahr, oder zwei, oder drei, nicht. Aber nicht ewig. Ob sie sich in den Schluchten der Städte, in Sümpfen oder Wüsten niedergelassen hatten, keiner tat so, als wäre es eine ewige Bleibe. Mit der Zeit würde man sie entdecken und ausrotten. Neue Greueltaten standen bevor, besonders seitens ihrer alten Feinde, der Christen, die täglich dasselbe Schauspiel boten, von ihrem Märtyrer sprachen und in seinem Namen Läuterung verlangten. Wenn sie die Brut in ihrer Mitte entdeckten, würden die Verfolgungen von neuem anfangen.

Daher war Verstohlenheit das Zauberwort. Sie würden nur dann Fleisch zu sich nehmen, wenn der Hunger überwältigend würde, und nur das von Opfern, die keiner vermissen würde. Sie würden keine anderen anstecken, um nicht auf ihre Existenz hinzuweisen. Würde einer gefunden, würde kein anderer das Risiko einer Entdeckung eingehen und ihm zu Hilfe eilen. Es waren schlimme Gesetze, nach denen sie leben mußten, aber längst nicht so schlimm, wie es sein würde, sie zu brechen.

Der Rest war Geduld, und daran waren sie alle gewöhnt. Ihr Befreier würde eines Tages erscheinen, wenn sie nur so lange durchhalten könnten. Wenige hatten eine Vorstellung, in welcher Gestalt er erscheinen würde. Aber alle kannten seinen Namen.

Cabal, wurde er genannt. *Der Midian zerstört hatte.*

Sie sprachen in ihren Gebeten von ihm. *Laß ihn mit dem nächsten Wind kommen. Wenn heute nicht, dann morgen.*

Sie hätten vielleicht nicht so inbrünstig gebetet, hätten sie gewußt, welche gewaltigen Veränderungen sein Erscheinen mit sich bringen würde. Sie hätten vielleicht überhaupt nicht gebetet, hätten sie gewußt, daß sie zu sich selbst beteten. Doch das waren Offenbarungen für künftige Zeiten. Vorerst hatten sie naheliegendere Sorgen. Sie mußten die Kinder in der Nacht von den Dächern fernhalten; mußten die Trauernden daran hindern, zu laut zu klagen; und die Jungen im Sommer, sich in die Lebenden zu verlieben.

So war das Leben.

John Saul

Der Meister des psychologischen Horror-Romans verbindet sanftes Grauen mit haarsträubendem Terror. Er versteht es, seinen Lesern das Gruseln zu lehren.

John Saul
HÖLLEN FEUER
Ein unheimlicher Roman
01/7659

John Saul
WEHE, WENN DER WIND WEHT
Ein unheimlicher Roman
01/7755

John Saul
IM BANNE DES BÖSEN
Roman
01/7873

JOHN SAUL
ZEIT DES GRAUENS
ROMAN
01/7944

JOHN SAUL
BESTIEN
ROMAN
01/8035

Darüber hinaus sind als Heyne-Taschenbücher erschienen:

„Blinde Rache"
(01/6636)
„Wehe, wenn sie wiederkehren"
(01/6740)
„Das Kind der Rache"
(01/6963)

Wilhelm Heyne Verlag München

HEYNE BÜCHER

WHITLEY STRIEBER

›Whitley Strieber ist wohl der originellste Vertreter der neuen Horrorautoren.‹

Peter Straub

Seine brillant geschriebenen Thriller gehören zur Spitze der amerikanischen Horrorliteratur.

Katzenmagie
01/7666

Die Besucher
01/7789

Wolfsbrut
01/8076

Darüber hinaus sind als Heyne-Taschenbücher erschienen:
›Der Kuß des Todes‹ (01/7828) und
›Die Kirche der Nacht‹ (01/7888).

Wilhelm Heyne Verlag München

HEYNE BÜCHER

HORROR VOM FEINSTEN

STEPHEN KING »es« ROMAN Heyne

Heyne JUMBO 41/1

STEPHEN KING Sie ROMAN Heyne

Heyne JUMBO 41/2

STEPHEN KING Schwarz ROMAN Heyne

Heyne JUMBO 41/11

STEPHEN KING Drei ROMAN Heyne

Heyne JUMBO 41/14

Stephen King im Heyne-Taschenbuch:

STEPHEN KING Brennen muß Salem Roman

01/6478

STEPHEN KING Im Morgen- grauen Unheimliche Geschichten

01/6553

STEPHEN KING Der Gesang der Toten Unheimliche Geschichten

01/6705

01/6824

01/6888

01/6953

01/7627

01/7662

19/2

Weitere Heyne-Taschenbücher:

Richard Bachman:
(Pseudonym von
Stephen King)

Der Fluch 01/6601

Menschenjagd 01/6687

Sprengstoff 01/6762

Todesmarsch 01/6848

Amok 01/7695

Wilhelm Heyne Verlag
München

Nachtgesichter
Photographiert von f-stop Fitzgerald
128 Seiten mit 100 s/w-Fotos und
24 Farbseiten
Heyne Buch-Programm 40/62

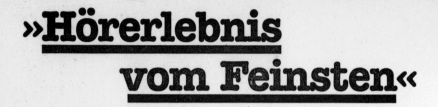

»Hörerlebnis vom Feinsten«

Stephen Kings internationaler Romanerfolg auf <u>Audio-Kassetten</u> – ungekürzt!

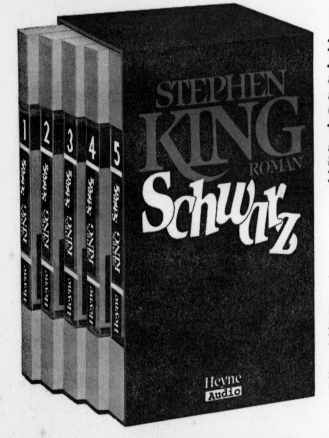

Mit Auszügen aus der amerikanischen Original-version – gelesen von Stephen King

Stephen King
SCHWARZ
Roman
41/100

5 Audio-Kassetten
mit ca. 7 Stunden
Spieldauer

»Dieses Werk scheint mein eigener Turm zu sein: Diese Menschen verfolgen mich, allen voran Roland. Weiß ich wirklich, was der Turm ist? ...Ja... und nein. Sicher weiß ich nur, daß mich die Geschichte über einen Zeitraum von 17 Jahren wieder und wieder bedrängt hat.«

Stephen King über seinen Roman

WILHELM HEYNE VERLAG MÜNCHEN